D1854308

KNAUR

Von Jana Bennings ist bei Droemer Knaur bereits folgender Titel erschienen:
In Liebe, für immer

Über die Autorin:
Jana Bennings hat nach einer Bankausbildung die Richtung gewechselt und Soziologie und Komparatistik studiert. Nach vielen Jahren in Führungspositionen im Verlagswesen ist sie jetzt als Literaturagentin, Übersetzerin und Autorin selbstständig. Wenn sie nicht am Schreibtisch sitzt, übt sie Schwertkunst, Tango oder Achtsamkeit auf der Yogamatte. Jana Bennings lebt mit ihrer Tochter in Hamburg.

JANA BENNINGS

Wenn wir von Nähe reden

Roman

KNAUR

Besuchen Sie uns im Internet:
www.knaur.de

Aus Verantwortung für die Umwelt hat sich die Verlagsgruppe Droemer Knaur zu einer nachhaltigen Buchproduktion verpflichtet. Der bewusste Umgang mit unseren Ressourcen, der Schutz unseres Klimas und der Natur gehören zu unseren obersten Unternehmenszielen. Gemeinsam mit unseren Partnern und Lieferanten setzen wir uns für eine klimaneutrale Buchproduktion ein, die den Erwerb von Klimazertifikaten zur Kompensation des CO_2-Ausstoßes einschließt. Weitere Informationen finden Sie unter: www.klimaneutralerverlag.de

FSC www.fsc.org
MIX
Papier | Fördert gute Waldnutzung
FSC® C083411

Originalausgabe August 2023
Knaur Taschenbuch

Ein Imprint der Verlagsgruppe
Droemer Knaur GmbH & Co. KG, München

Dieses Werk wurde vermittelt durch die
Literarische Agentur Michael Gaeb.

Redaktion: Silvia Kuttny-Walser
Covergestaltung: Atelier Sanna, Claudia Sanna
Illustration Fahrrad/Blumen: Natalia Samoliuk/Shutterstock.com
Emoji: Cosmic_Design/Shutterstock.com
Satz: Adobe InDesign im Verlag
Druck und Bindung: CPI books GmbH, Leck
ISBN 978-3-426-52563-0

2 4 5 3

Für Emma,
du bist auch eine Hochleistungssportlerin, nur anders

Die Iris wird auch als Schwertlilie bezeichnet
und steht für eine positive Nachricht. Gleichzeitig ist sie
ein Symbol für Kreativität, Energie und Beständigkeit.
Eine verschenkte Iris sagt dem Beschenkten:
»Ich stehe bedingungslos zu dir«,
und ist so ein Zeichen der Treue.

Prolog

Iris lächelte, als sie die beiden Grappa-Gläser in die Spüle stellte. Seit Katja mit diesem Tobi, einem Biobauern aus dem Alten Land, zusammen war, kam sie jedes Mal mit einem neuen selbst gebrannten Obstler an: Zwetschge, Mirabelle, Birne-Zimt. Gestern war es Kirsch-Ingwer gewesen. Ausgesprochen lecker, das musste Iris zugeben. Aber sie hätte nach dem zweiten Glas Schluss machen sollen. Das gab ihr Kopf ihr deutlich zu verstehen. Iris trank so gut wie nie Alkohol. Sie mochte das Zeug einfach nicht. Aber der Abend mit ihrer besten Freundin war es, wie immer, wert gewesen. Die Vorstellung, wie Katja, die Familienanwältin, sich jetzt an ihren freien Wochenenden im Gemüseanbau verdient machte, war einfach zu komisch.

Iris legte sich kurz einen nassen Lappen an die Stirn. Schwimmen wäre jetzt genau das Richtige.

Es war Sonntag, und wenn nichts anderes anstand, ging sie sonntags mit ihrer Tochter fast immer schwimmen. Ein Ritual.

»Hast du deine Tasche gepackt, Schatz?« Iris merkte, wie sie sich unmerklich anspannte.

Pause. Iris seufzte. »Libby?!«, rief sie, nun schon eine Oktave höher.

»*Was?*«, kam es schließlich aus dem Nebenzimmer zurück, aus dem lautstark Popmusik erklang. Sia oder Lukas Graham – irgendwas, das sich Iris nie merken konnte.

»Ich habe gefragt, ob du deine Schwimmsachen in die Tasche gepackt hast.« Sie versuchte, heiter zu klingen.

»Kannst *duuu* das nicht machen?«, fragte ihre Tochter nun in diesem süßen Kleinkindton zurück, mit dem Livia sie schon so oft hatte um den Finger wickeln können. Ein bisschen maulig, ein bisschen einlenkend. Wenn Iris dem jetzt nachgab, hatte sie für zehn Minuten Ruhe. Um dann vor der nächsten Herausforderung zu stehen. Iris fuhr sich durch die schulterlangen Haare.

»Nein! Kann ich nicht. Mach dich bitte fertig. Wir fahren in fünf Minuten.«

Die Tür ging auf, und ein hochgewachsenes, sechzehnjähriges Mädchen mit den dunkelbraunen Augen ihrer Mutter kam in den Flur gestampft, um energisch ihren Sportbadeanzug und die Taucherbrille in die offene Schwimmtasche zu schmeißen.

»Zufrieden?«

In dem früher so warmen Blick ihrer Tochter lagen Gleichgültigkeit und Provokation. Iris' Herz zog sich zusammen.

Livia war oft so schroff in letzter Zeit. Als hätte sich irgendwann die Währung geändert, und Vertrauen wurde mit Zorn getauscht, Liebe mit Abwehr.

Katja hatte versucht, sie zu trösten: Das renkt sich schon wieder ein, hatte sie gesagt, das ist normal in dem Alter. Iris war sich da nicht so sicher.

Entschlossen griff Iris nach der Badetasche. Es war Sonntag, und sie fuhren in die Schwimmhalle mit dem Zehnmeterturm. Und dieses Mal würde sie springen. Sie hatte es Libby versprochen. Hundertmal. Und sich selbst. Tausendmal.

Es war doch nur dieser eine Schritt. Augen zu und vorwärts.

Es konnte nichts passieren. Beine zusammen. Kerzengerade Haltung und sich einfach fallen lassen. Ins hellblaue, erleuchtete Wasser.

Von unten sah es immer so schön aus, weich und vertraut.

Aber wenn man dann oben stand, gab es nur die Tiefe.

Doch dieses Mal würde sie den Schritt gehen. Sie musste es tun.

Für sich. Für Libby.

»Kommst du – Mama?«

Iris durchströmte ein warmes Gefühl. Livia betonte das nicht oft so, dieses *Mama,* so voll und rund und mit dieser Leerstelle nach dem »Kommst du …«.

Iris schöpfte Mut. »Na klar.«

Gemeinsam stiegen sie die Wendeltreppe des Sprungturms hinauf. Die Schwimmhalle war warm und stickig von diesem Chlorgeruch, der einen einlullte. Iris fühlte sich mutig. Wären doch nur die Stufen nicht so kalt. Mit jedem Schritt, den sie tat, verstärkte sich das Gefühl, in eine klamme Eishöhle aufzusteigen. Die Feuchtigkeit an den Füßen war so kalt. Iris sah nicht hinunter. Dieses Mal würde sie es schaffen. Das Geländer war offen, der Blick auf das wunderbar helle Wasser blieb frei. So tröstlich. Aber warum entfernte sie sich mit jedem Schritt von dem, was ihr ein Gefühl von Sicherheit verlieh? Iris zögerte, als sie bei fünf Metern angekommen waren.

»Wollen wir nicht hier vielleicht mal einen Probesprung machen?«, fragte sie zaghaft.

Livia war schon drei Stufen weiter und sah sich lachend um. »Ach Mama, hast du schon wieder Schiss? Komm einfach!«

Iris trat der Schweiß auf die Stirn.

Das Chlorwasserheizungsgemisch.

Ihre Finger krampften sich um den feuchten Handlauf. Sie starrte einfach auf ihre Knie, die sich abwechselnd hoben und senkten, während sie weiter nach oben stieg. Auch eine Art, sich im Kreis zu drehen, dachte sie noch, bevor sie endlich auf dem Tartan des Sprungturms angekommen war. Bis hierhin hatte sie es schon unzählige Male geschafft.

Bis hierhin. Und nie weiter.

Livia stand vor ihr. Mit der athletischen Figur, dem schon so reifen Körper für ihre sechzehn Jahre, den schlanken Beinen, den langen, glatten Haaren, auf die sie so schimpfte, weil sie gerne Locken gehabt hätte. Ein Erbe von Iris. Nicht von ihrem Vater.

Iris wusste es. Sie würde nicht springen. Wieder einmal.

Livia drehte sich zu ihr um. Ihr Lächeln erstarb. »Ach, Mama.«

Iris blickte an sich herab und sah die bläulichen Adern auf den weißen Beinen. Sie sah die Narbe, die lange vor Livias Zeit eine Spur auf ihrem Knie hinterlassen hatte, schaute auf ihre etwas zu kurzen Zehen, die jetzt auf dem Zehnmeterbrett vor und zurück tänzelten.

So fröhlich sie konnte, rief sie ihrer Tochter zu: »Spring nur, ich komm gleich nach.«

Libby, durchtrainiert, aufrecht, nickte und sagte: »Schon klar.«

Dann war sie weg.

Iris wartete noch das klatschende Geräusch des Eintauchens ab, bevor sie gebückt den Rücktritt antrat. Zum Glück waren nicht viele Besucher in der Schwimmhalle. An mehr als drei mitleidig ausweichenden Menschen musste sie heute nicht vorbei. Sie atmete auf, als sie die letzte Stufe nach unten genommen hatte, und schüttelte über sich selbst den Kopf. Gut, sie war sicherlich kein waghalsiger Typ, aber niemand würde sie direkt als ängstlich bezeichnen. Vielleicht brauchte sie einfach den Bodenkontakt.

Iris schwamm noch zehn Fünfzigmeterbahnen, bevor sie aus dem Wasser stieg, um nach ihrer Tochter zu sehen.

Sie hätte ihr gern ein Handtuch gereicht, sie damit abgerubbelt, so wie früher. Ihr mit den Frotteeecken durch die zarten Zehenspalten gerieben und ihr die Sache mit dem Fußpilz erklärt. Iris suchte die gesamte Schwimmhalle ab, fand Livia aber nicht. Wahrscheinlich war sie schon bei den Umkleiden.

Iris ließ es sich dennoch nicht nehmen, noch ausgiebig heiß zu duschen. Sie liebte die Gänsehaut, die das warme Wasser verursachte. Während sie sich das Shampoo aus den Haaren wusch, verfluchte sie sich dafür, Livia jemals dieses Versprechen mit dem Sprung vom Zehnmeterturm gegeben zu haben. Es war eine Laune gewesen, und Iris war sich sicher, es wäre ein Klacks. Aber es war kein Klacks. Bei der Höhe erfasste sie eine bis dahin unbekannte Panik und Unsicherheit. Es war ihr einfach nicht möglich, sich fallen zu lassen. Und bei jedem gescheiterten Versuch sah sie die wachsende Enttäuschung in Livias Augen. Für ihre Tochter war es einfach nur ein Versprechen mehr, das die Mutter nicht einlöste.

Als Iris sich umgezogen hatte und den Badebereich verließ, saß Livia bereits geföhnt und angekleidet auf einer Bank im Vorraum.

Wortlos schulterte sie ihre Tasche und ging zum Ausgang.

»Wenn wir zu Hause sind, bestellen wir uns 'ne Pizza und machen uns einen gemütlichen Frauentag, ja?«, versuchte es Iris mit einer Aufmunterung.

Irgendwie musste dieser Tag doch noch zu retten sein.

1

Iris sah auf die Uhr und warf Handy, Schlüssel und Tuch in ihre Tasche. Kurz vor fünf.

Mist, dachte sie. Das wird knapp.

Es war Freitag, und Iris hatte mit Livia vereinbart, sie an diesem Tag zu ihrem Leichtathletikcamp zu fahren. Es war einer jener unzähligen Workshops und Trainings, die Livia nicht nur auf die nationalen Olympiawettkämpfe, sondern vor allem auf die angepeilte Nominierung für eine der nächsten Meisterschaften vorbereiten sollte. Livia war im Kader, seit sie acht war.

Iris hatte nie ganz verstanden, woher Livia diesen Ehrgeiz nahm; warum ihre Tochter vor zwei Jahren, mit vierzehn, schon mehr über Low Carb und eiweißhaltige Ernährung gewusst hatte als Iris mit ihren damals fünfundvierzig. Livia hatte sich nie für Monsterhai-Puppen oder Zeichentrickfilme interessiert, sondern stattdessen Dokumentarserien über die jüngsten Olympioniken und die außergewöhnlichsten Sportler verschlungen. Sie hatte sich mit so viel Disziplin und Unterwerfung unter das Joch des Leistungssports gestellt, dass Iris sie manchmal am liebsten geschüttelt hätte.

Sie tröstete sich damit, dass ihre Tochter dadurch wenigstens nichts mit Alkohol und Drogen zu tun hatte und auch den Lockungen des Handy- und Internetmissbrauchs weitgehend widerstand. Und dennoch war Iris mit dieser Entwicklung nicht ganz glücklich.

Verglichen mit anderen Sechzehnjährigen hatte Livia wenige Freunde, verabredete sich selten. Sie gehörte zu keiner Mädchengang, die kichernd tuschelte, wenn die Gruppe der coolen Jungs auf dem Schulhof ihre Runde machte. Sie hielt sich eher abseits, war schlank, muskulös, bildhübsch und entschlossen, ihr Ziel zu erreichen.

Iris nahm das zur Kenntnis und unterstützte sie letztlich in dem, was sie tat. Insgeheim aber fragte sie sich, ob es nicht dazugehörte, ab und zu mal etwas außer Rand und Band zu geraten, sich etwas zu trauen, die Regeln zu brechen? Livia war doch ein Teenager, Herrgott noch mal.

Vor knapp einem Jahr hatte Iris das Thema einmal angesprochen. Es war ein milder, sonniger Tag im Mai gewesen. »Schatz, warum verabredest du dich nicht mal mit Bea oder Sofie? Vielleicht fahrt ihr am Wochenende mal mit dem Rad an die Ostsee? Oder ihr macht hier eine Übernachtungsparty. Einfach mal etwas Spaß haben.«

Livia hatte nur die Augen verdreht. »Spaß haben, meinst du? Na, darin bist du ja die Expertin. Wann hattest *du* denn zum letzten Mal Spaß?«

Iris war so perplex über diesen unvermuteten Ausbruch, dass sie nichts hatte erwidern können. Aber Livia war noch nicht fertig.

»Wie lange hast du Katja jetzt nicht getroffen? Sechs Wochen? Sieben? Und solange ich mich erinnern kann, gab es hier auch niemals *Herrenbesuch*. Der einzige Mann, von dem ich ständig höre, ist dieser bescheuerte Dr. Härtling. Du gehst nie tanzen. Du malst dir nie an einem Freitagabend vergnügt die Lippen an, weil du dich auf eine Verabredung freust. Stattdessen fährst du tagein, tagaus gehetzt zur Arbeit und kommst abends müde zurück.«

Livia machte einen Schritt auf ihre Mutter zu und legte vorsichtig die Hand auf Iris' Schulter. »Welchen Spaß, meinst du also, soll ich haben?«

Damit drehte sie sich um und ging in ihr Zimmer.

Iris hatte noch eine Weile wie erstarrt im Flur gestanden. Sie rieb sich die Stelle, auf der Livias Hand gelegen hatte. Einen Ausbruch wie diesen hatte es vorher noch nie gegeben. Sie versuchte doch alles, um ihre Tochter glücklich zu machen! Aber das schien nicht anzukommen. Stattdessen wurde ihr eigenes Leben hinterfragt.

Nicht ohne schlechtes Gewissen erkannte Iris die Spur von Wahrheit darin.

Das Camp an jenem Freitag fand bei einem Sportverein im Hamburger Norden statt, in Duvenstedt, zu dem man mit den Öffentlichen von Winterhude aus locker eineinhalb Stunden unterwegs wäre.

Deshalb hatte Iris versprochen, an diesem Tag pünktlich Feierabend zu machen und Livia mit ihrem alten rostlaubigen Citroën dorthin zu fahren. Das Auto war so ziemlich zur selben Zeit in ihr Leben getreten wie ihre Tochter. Es war ein auf Pump gekauftes »Geschenk« von Heiko, Livias Vater, sechs Wochen vor dem Geburtstermin: »Falls ich grad nicht da sein sollte, wenn es losgeht.«

Er war natürlich nicht da gewesen, als es losging, sondern unterwegs in einer der unzähligen Kneipen, in denen er sich nachts gern herumtrieb. Dass Livia in den Wehen trotzdem mit dem Taxi ins Krankenhaus gefahren war, hatte Heiko später nicht verstanden. »Wozu hab ich die Karre denn besorgt?«

Die Karre, die Iris dann fünf Jahre lang abbezahlt hatte.

Und mit der sollte sie nun um Viertel nach fünf beim Bäcker am Mühlenkamp warten. So lautete die Verabredung.

Iris trat auf den Flur und spähte vorsichtig nach rechts. Aufatmen! Die Tür zum Konferenzraum war immer noch geschlossen. Sie hatte vor der Mittagspause alle Zahlen präsentiert und erläutert. Es war nicht mehr an ihr, das Budget zu einer Strategie für die nächsten zwölf Monate auszubauen. Sie hatte alles Material geliefert. Sie konnte gehen und den Überbau anderen überlassen. Ihrem Chef, der mehr davon verstehen sollte als sie. Dafür wurde er schließlich bezahlt.

Sie wurde dafür bezahlt, dass das Fundament aus Zahlen vernünftig trug.

Schwungvoll warf sie sich ihre neue Nietentasche über die Schulter und schritt, ergriffen von einer ungeduldigen Vorfreude, den Flur von Orion Media Pub hinab. Sie freute sich auf ihre Tochter. Und sie freute sich auf die ersten Ergebnisse ihrer Crowdfunding-Aktion. Sie hatte sie zusammen mit Vivien, ihrer Lieblingskollegin und Pressechefin, mehr oder weniger hinter Härtlings Rücken aus der Taufe gehoben. Die beiden hatten sich mal in der Mittagspause darüber unterhalten, wie viel Geld man mit dieser Art von »Spendenaktion« machen konnte, ohne dass sich ihre größten Kunden, Banken, Versicherer, Reiseunternehmen, konkret als Schirmherr oder dergleichen nach vorne wagen mussten. Das Risiko war klein, und der Effekt konnte, wenn alles gut lief, beträchtlich sein. Wenn nicht, würde man einfach nicht drüber sprechen. So kam Iris auf die Idee mit *Girls in Distress.*

Und am Montag würden die ersten Zahlen online einsehbar sein.

Iris schnipste mit den Fingern und stieß ein leises »Yeah!« aus. Livia, meine Langstreckenläuferin, dachte sie lächelnd. Ich fahr dich überall hin.

* * *

Livia zog sich die Kapuze ihrer Adidas-Allwetterjacke tiefer ins Gesicht und zurrte das Band etwas fester, damit die Kopfhörer nicht nass wurden. Ein paar Minuten würde sie noch herumstehen müssen. So wie ihre Mutter eine notorische Zuspätkommerin war, neigte Livia dazu, immer ein paar Minuten zu früh an den vereinbarten Treffpunkten zu sein. Sie zog die Arme in der schützenden Jacke enger an ihren Körper. Der Regen kam in feinsten Tropfen wirklich von allen Seiten und legte sich auf die Klamotten wie eine zweite Haut. Livia machte das nichts. Wäre sie besonders wetterfühlig, wäre sie keine passionierte Leichtathletin. Sie fühlte sich draußen in der Natur sicherer als in den engen Grenzen von Häusern oder Turnhallen. Es kam ihr ehrlicher vor. Nicht so benutzt von den Menschen. So hatten ihr auch weder die trockene Hitze in Agadir noch die zweistelligen Minusgrade in Norwegen etwas anhaben können. Im Gegenteil. Je extremer die Bedingungen in den Camps waren, die sie schon besucht hatte, desto besser hatte Livia sich gefühlt. Und desto erfolgreicher war sie gewesen. Zwar war sie sonst ein gemäßigter, eher ruhiger Typ, doch man konnte Livia durchaus als extrem bezeichnen, wenn es um das Thema Sport ging. Vielleicht bedingte das eine ja das andere, denn so etwas wie ein gesundes Mittelmaß fehlte ihr.

Die Playlist auf ihrem iPhone sprang zum nächsten Lied. Queen. *We Are the Champions*. Livia mochte diese rockigen Motivationssongs. Sie halfen ihr, sich zu fokussieren, eine Körperspannung zu entwickeln, die sie in den nächsten Tagen brauchen würde.

Livia freute sich auf den Workshop. Endlich würde Bea auch wieder mal dabei sein. Bea war vermutlich das, was einer besten Freundin am nächsten kam. Sie war auch noch im Kader, so wie Livia, sprach aber immer häufiger davon, den Leistungssport an den Nagel zu hängen. Er fraß einfach enorm viel Zeit, und nicht nur Freundschaften litten darunter, sondern irgendwann auch die Schule. Sowohl Livia als auch Bea gingen beide aufs Gymnasium, allerdings nicht auf dasselbe. Bea war auf einem künstlerisch-musischen, und der Druck dort schien Livia ungleich höher, wenn man Bea so reden hörte. Die zehnte Klasse hatte es ohnehin in sich. Da wurde das Tempo noch mal angezogen. Und die verkürzte Schulzeit bis zum Abitur, die 2010 auch in Hamburg eingeführt worden war, machte es nicht leichter. Livia hatte das bislang noch halbwegs auspendeln können. Sie lavierte sich mit Dreien und ein paar Zweien durch die Mittelstufe. Und einer Eins natürlich, der in Sport.

Livia hatte allerdings auch den Verdacht, dass die Schule nicht der einzige Grund für Beas Überlegungen war. Im Gegensatz zu ihr war Bea deutlich anders gebaut: Sie war kleiner und insgesamt kompakter als Livia. Das half ihr bei den Ausdauerdisziplinen, und vor allem auf den zehntausend Metern war Bea kaum zu schlagen. Aber die Pubertät hatte ihren Körper noch mal verändert. An allen Stellen, an denen eine Frau rund werden konnte, wurde Bea es auch. Am Po, am Busen, selbst im Gesicht. Livia vermutete sogar manchmal eine heimliche Essstörung, denn dafür, dass sie Bea so gut wie nie essen sah, nahm sie erstaunlich zu.

Aber an diesem Workshop würde sie teilnehmen, und heute Abend würde man das Programm mit einem Sieben-Kilometer-Orientierungslauf durch den Duvenstedter Brook eröffnen. Bea und Livia hatten dort schon ein paarmal trainiert, sie liebten dieses Naturschutzgebiet, speziell wenn sie, wie heute, in der Dämmerung dort unterwegs waren. Es gab dort alles: Moor, versteppte Wiesen und Wald. Mit ein bisschen Glück könnten sie Wildschweine sehen oder einen Hirsch.

Sie würden an diesem Wochenende zu zwölft sein, und jeder würde seine Strecke von einem anderen Punkt auf einer imaginären Kreislinie beginnen. Mit einem Radius von gut zweieinhalb Kilometern verteilten sie sich gewissermaßen auf einem fiktiven Rand und liefen dann, mit dem entsprechenden Abstand und natürlich ohne sich zu sehen, erst mal bewaffnet mit einem Kompass los. Die Kunst bestand darin, kontinuierlich die richtige Kurve zu beschreiben und an einem markierten Punkt dann rechts abzubiegen bis zur Mitte. Angenommen, alle liefen im selben Tempo, was logischerweise nicht der Fall war, würden sie am Ende alle zur selben Zeit an den Mittelpunkt gelangen. Fünfundvierzig Minuten etwa, tippte Livia. Länger würden sie nicht brauchen.

Livia stellte sich vor, wie das wohl von oben aussah. Wie eine Torte, die gleichzeitig in zwölf identische Teile zerschnitten wurde. Und wenn man dann den gesamten Waldkreis einfach in der Mitte hochheben und wie einen Kreisel ins Drehen bringen könnte, dann ergäbe sich vielleicht so eine Illusionistenspirale. Das müsste doch cool aussehen, dachte Livia.

Sie versuchte, sich den Geruch des erdig-feuchten Waldbodens ins Gedächtnis zu rufen und das Geräusch knackender Zweige, wenn sie auf die Äste trat. Nach dem Regen würde man im Wald leichter laufen. Der Sand wäre feucht, und man würde nicht so tief einsinken oder über die Blaubeersträucher ausweichen müssen.

Livia lächelte. Ja, sie freute sich mächtig darauf.

Auf der gegenüberliegenden Straßenseite hing über dem Juwelier eine große Uhr mit goldenen Zeigern: zwanzig nach fünf. So langsam müsste ihre Mutter nun aber doch mal kommen.

Livia trat jetzt von einem Fuß auf den anderen, indem sie die Füße wechselweise abrollte, so als ob sie beim Joggen an einer roten Ampel wartete. Auch so eine Sportlermacke.

Hatte sie das feuchte Regennetz um sich herum eben noch anheimelnd gefunden, so fühlte es sich nun deutlich klamm an. Siebzehn Uhr dreiundzwanzig. Wo blieb ihre Mutter denn nur? Der Ärger verdichtete sich in ihr wie ein Haarknäuel im Magen einer Katze. Konnte sie denn nicht ein Mal einfach das einlösen, was sie versprach? Livia war gespannt, welche Ausrede sie sich heute einfallen ließ. Der Verkehr wahrscheinlich. Sie überlegte, ob sie sie anrufen sollte, und entschied, noch fünf Minuten zu warten. Das Training begann um sieben. Ein bisschen Zeit hatte sie noch.

Livia spürte, wie sie unruhig wurde. Sie kam auch deswegen grundsätzlich immer etwas eher, weil sie dieses Gefühl hasste: diese angespannte Unruhe, die einen fahrig und unkonzentriert werden ließ. Dieses unbestimmte Warten, in das sich Sorge und ein Hauch Panik mischten. Siebzehn Uhr neunundzwanzig. Sie drückte die Kurzwahltaste: Mama. Es klingelte fünfmal, dann sprang die Mailbox an. Livia beendete das Gespräch, ohne eine Nachricht zu hinterlassen. Sie spähte den Mühlenkamp hinunter, ob sie das Auto ihrer Mutter vielleicht entdeckte. Ihre Mutter hatte keine Freisprechanlage, also konnte sie vielleicht nicht rangehen. Aber da kam nichts Rostbraunes. Nur viel Großes – BMW, Range Rover – in Schwarz und Weiß und ein Bus. Der half Livia im Worst Case aber auch nicht. Falsche Richtung und überhaupt: zu spät dafür.

Sie überlegte kurz: Bis zum Camp waren es gut zweiundzwanzig Kilometer. Unmöglich, die in anderthalb Stunden zu Fuß zu schaffen. Öffentliche waren ebenfalls gestrichen. Das Rad! Livia wog diese Variante ab. Wenn sie jetzt schnell nach Hause lief und sich das Rad schnappte, könnte sie es schaffen. Der Weg war ihr zwar nicht hundertprozentig vertraut, aber wenn sie die Autoroute nähme, müsste sie ihn eigentlich halbwegs wiedererkennen. Sie holte das Handy erneut aus der Tasche und drückte auf Wahlwiederholung. Dasselbe Spiel. Jetzt sprach sie schon aus Wut nichts auf das Band. Sollte ihre Mutter doch umkommen vor Angst, wenn sie dann doch mal hier auftauchte und Livia nicht entdeckte.

Dann rief sie Bea an, die bereits am Nachmittag in das Camp gefahren war, und schilderte ihr kurz die Situation, nicht ohne die schmählichsten Salven gegen ihre Mutter – *blöde Kuh, unzuverlässige Zicke, willenlos, ferngesteuert* – loszulassen.

Livia war sauer. Stocksauer. Und enttäuscht. Maßlos enttäuscht. Mal wieder. Warum konnte ihre dämliche Mutter nichts einfach mal richtig machen?

Und in dieser aufgewühlten Gefühlslage rannte Livia los, um das Rad zu holen, zum Glück ein Rennrad. Einundzwanzig Gänge. Elfhundert Euro. Das Geburtstagsgeschenk zu ihrem Sechzehnten.

* * *

Mit schweißnassen Händen hielt Iris das Lenkrad umklammert und versuchte mittels waghalsiger Spurwechsel ein paar Sekunden der Zeit hereinzuholen, die sie bei Orion Media vergeudet hatte. Am liebsten hätte sie das Gaspedal voll durchgedrückt, aber das würde sie ihrer Tochter auch nicht näher bringen. »So eine Scheiße«, fluchte Iris. »So eine gottverdammte Scheiße.« Sie schlug auf das Lenkrad und unterdrückte mit Not ein paar wütende Tränen.

Sie war doch schon fast draußen gewesen! Und dann wieder dieses »Frau Zimmermann!«. Fordernd freundlich. Selbstverständlich und selbstgerecht. Qua Titel machtbefugt, nicht qua Persönlichkeit. Iris hasste Unterwerfung, am meisten die, der jede Grundlage fehlte. Wahrscheinlich weil sie genau hier nie widerstehen konnte. Wer auch immer sie früher in ihrem Leben zu unbedingtem Gehorsam angehalten hatte – er hatte ganze Arbeit geleistet.

Mit leicht gerötetem Gesicht hatte Iris sich umgedreht. Wie sehr sie die Visage ihres Chefs doch hasste. Diese Härtling-Visage: nervös, hilflos fast, und in seiner Rolle doch so feist.

»Frau Zimmermann, könnten Sie bitte noch einmal kommen! Wir haben zu den Werbesachkosten noch eine Frage.«

Iris atmete tief durch. Sie wollte es wenigstens versuchen. »Es tut mir leid, Herr Härtling, aber ich bin schon spät dran. Ich muss meine Tochter abholen, die …«

»Kein Problem. Es dauert auch nur fünf Minuten.«

Diese Masche kannte sie aus dem Effeff. Nicht fragen, nicht zuhören, einfach nur andere ignorieren und den eigenen Willen durchsetzen.

Iris überlegte, warum sie das nicht auch konnte. Einfach weitergehen. Aber sie konnte es eben nicht, und Härtling wusste das.

Also ging sie zurück in den Konferenzraum, in dem neben ihrem Chef noch vier weitere Finanzmanager saßen, schaute sich die Werbesachkosten an, fand einen Fehler bei der Monatsvalutierung und sah sich die Bilanzierung des Anlagevermögens ebenfalls noch mal an, weil dort eine Differenz von zweihundertdreißigtausend Euro klaffte.

Das würde sie am Montag prüfen, sagte sie, und die Männer nickten wortlos, als sei es Iris' Schuld gewesen, dass sie kostbare zehn Minuten ihrer Zeit in Anspruch genommen hatte.

Idioten, dachte Iris nur, und eilte aus dem Raum, beschleunigte ihre Schritte auf dem Flur und rannte schließlich die letzten Meter bis zur Tür und von dort aus zum Parkplatz.

Das war vor zehn Minuten gewesen, um siebzehn Uhr neunundzwanzig. Ein kurzer Blick auf ihr Handy hatte Iris verraten, dass Livia zweimal angerufen hatte – kein Wunder. Aber bevor sie noch mehr Zeit verlor, verzichtete Iris auf einen Rückruf.

Iris bog in den Hofweg ab, in dem sich vor einer Baustellenampel eine lange Autoschlange gebildet hatte. Sie war sich ziemlich sicher, dass es dieses Hindernis am Morgen noch nicht gegeben hatte. So was ging offenbar auch nur in Hamburg: An einem Freitagmittag mit Pflasterarbeiten beginnen, um sie pünktlich um vier Uhr dann für das Wochenende wieder zu beenden. Es dauerte drei Ampelschaltphasen, bis sie weiterfahren konnte. Zwei weitere rote Ampeln später kam endlich die Haltestelle am Mühlenkamp in Sicht, wo sie Livia aufgabeln wollte. Iris konzentrierte sich auf die Menschen auf dem Gehsteig, aber Livia war nicht darunter. Sie spürte einen erneuten Panikschub in sich aufsteigen und brachte den Wagen an der Haltestelle abrupt zum Stehen. Es war kurz vor sechs, und Iris musste nachdenken, was sie jetzt tun sollte.

Sie stellte sich vor, wie Livia hier auf sie gewartet hatte, erst voller Vorfreude auf das vor ihr liegende Wochenende, dann leicht ungeduldig, hilflos vielleicht oder unsicher, und zum Schluss mit Sicherheit stocksauer. Iris ließ den Kopf auf das Lenkrad sinken: *Wo bist du, Libby*?

Iris nahm das Handy aus der Tasche und wählte Livias Nummer. Es klingelte, aber niemand hob ab. Dann rief sie Bea an. Aber auch dort meldete sich niemand.

Iris schrak hoch, als hinter ihr lautes Hupen ertönte. Der Bus. Sie hob entschuldigend die rechte Hand, startete den Wagen und fuhr erst mal in Richtung ihrer Wohnung. Sie könnte jetzt direkt ins Camp weiterfahren, warten, bis Libby dort ankam, sich wortreich entschuldigen und wieder nach Hause zurückkehren. Oder sie fuhr direkt nach Hause, schaute nach, ob Libby dort war, und wenn nicht, versuchte sie sie weiter per Telefon zu erwischen. Irgendwann würde sie schon abheben. Sie entschied sich für Letzteres. Es wird schon nichts passiert sein, tröstete sie sich. Livia war ein vorsichtiger, verantwortungsbewusster Mensch. Wahrscheinlich hatte sie einfach den Bus genommen.

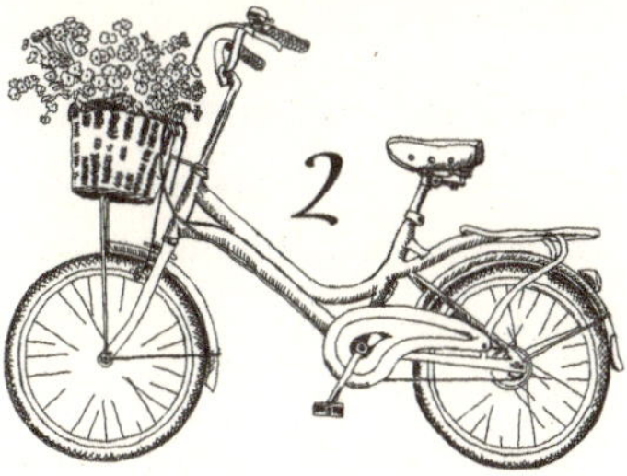

2

Iris hoffte, dass ein einziger Klick nach rechts mit dem Schlüssel genügen würde, um die Tür zu öffnen. Doch sie musste ihn zweimal herumdrehen, bevor das Schloss aufsprang. Zu Hause war Livia also nicht.

Seit ihr siebzehn Jahre alter Kater Mucke vor drei Wochen nach einer Routine-Zahnoperation nicht mehr aus der Narkose aufgewacht war, weil das Herz plötzlich aufgehört hatte zu schlagen, war es in der Wohnung erstaunlich still geworden. Iris war nie ein Katzenfan gewesen, aber irgendwann hatte sie sich in den letzten fünf Jahren doch an Mucke gewöhnt, der einem maunzend entgegenlief, wenn man die Tür öffnete und sich schnurrend auf dem Schoß einkuschelte, wenn abends der Fernseher lief.

Livia und Iris hatten noch nicht offen darüber gesprochen, ob sie sich erneut ein Tier anschaffen wollten. Iris wollte es eigentlich nicht, und bei Livia hatte sie den Eindruck, dass sie ihr insgeheim an Muckes Tod die Schuld gab und nun Angst hatte, dass auch eine neue Katze früher oder später eingehen, abhauen oder sonst wie abhandenkommen würde.

Vielleicht war Muckes Tod aber auch einfach noch zu frisch. Iris hatte ihn aus dem Tierheim geholt, als Livia aufs Gymnasium kam, und damit einen Haken hinter das jahrelange Gebettel um ein Haustier – Goldfisch, Hamster, Schildkröte, Schlange, egal, Hauptsache ein Tier – gemacht. Sie könnte morgen ja einmal unverbindlich im Tierheim vorbeischauen. Iris schüttelte den Kopf. Wenn sie sich fortan bei jedem Zuspätkommen oder sonstigem Fehltritt mit einem Haustier entschuldigen wollte, wäre die Bude bald ziemlich voll.

Iris' Hand zitterte, als sie den Schlüssel auf der Kommode ablegte. Hatte Livia wirklich den Bus genommen? Was, wenn ein fremder Wagen angehalten und der Fahrer ihr irgendeine Geschichte aufgetischt hätte? Nein. Livia verfügte über ein gesundes Misstrauen. Sie wäre bestimmt nicht eingestiegen. Aber sie war andererseits auch hübsch und erst sechzehn.

Fahrig hob Iris die Post auf und setzte sich damit an den Küchentisch, schob die drei Umschläge aber direkt wieder zur Seite. Sie griff nach dem Handy und drückte auf die Wahlwiederholung. Nichts.

Nein, beruhigte sich Iris. Es war noch zu früh. Sie war sicher noch unterwegs. Bestimmt war sie unterwegs.

Fieberhaft überlegte sie, wen sie noch anrufen könnte. Wo genau war sie im Duvenstedter Brook? Wie hieß das Sportzentrum? Iris googelte in ihrem Handy, und zu ihrer Erleichterung fand sie einen Eintrag für ein Leichtathletikzentrum. Noch als sie bereits die Nummer tippte, warf sie sich vor, dass sie die genaue Adresse tatsächlich nirgends notiert hatte.

Zu ihrer Erleichterung nahm beim dritten Klingeln jemand ab. Die Frau kannte die Namen der Teilnehmer nicht, und Jochen, Livias Trainer, war noch nicht vor Ort.

»Könnten Sie nach einer Bea fragen, Bea Garber?«, fragte Iris lauter als nötig. »Ich suche meine Tochter. Bitte!«

Die Frau hatte ein Einsehen, und kurz darauf war Bea tatsächlich in der Leitung. Als wäre dies schon die Rettung, atmete Iris einmal tief durch.

»Bea, hast du was von Livia gehört?«

»Hallo, Frau Zimmermann … ja, nein … also, sie hat mich angerufen. Um halb sechs etwa. Aber wo sie jetzt ist, weiß ich auch nicht.«

»Hat sie denn nichts gesagt?«

»Sie hat mir nur kurz auf die Mailbox gesprochen. Dass sie auf Sie wartet. Aber machen Sie sich keine Sorgen, Frau Zimmermann. Sie wird bestimmt gleich kommen. Spätestens in einer halben Stunde ist sie hier. Auf Livia kann man sich verlassen.«

Iris bedankte sich und legte auf. Nur mit Mühe hatte sie die aufkommende Panik noch zurückhalten können, die sich jetzt mit aller Macht Bahn brach. Lieber Gott, flüsterte sie, mach, dass meinem Kind nichts passiert ist.

Unzusammenhängende Bilder schossen Iris durch den Kopf. Livias erste Zahnlücke, und wie sie unbedingt damit hatte pfeifen wollte. Ihr strahlendes, lückenhaftes Lachen. Der unbändige Stolz in ihrem Gesicht. Am Abend hatte sie, wie es damals Mode war, den kleinen Milchzahn mit dem leicht blutigen Hals sorgsam in ein Stück Haushaltspapier gewickelt und ihn unter ihrem Kissen versteckt.

»Die Zahnfee kommt doch auch durchs geschlossene Fenster, oder?«

»Natürlich tut sie das. Wäre sie sonst eine Fee?«, hatte Iris zuversichtlich lächelnd geantwortet.

Aber über Wäsche, Geschirrspüler, etlichen E-Mails und einem Telefonat mit Katja hatte Iris den Zahn einfach vergessen.

Sie wurde erst wieder daran erinnert, als Livia mit nackten Füßen und weinend, das zerdrückte Papier in der Hand, am nächsten Morgen vor ihr in der Küche stand: »Sie ist nicht gekommen, Mama. Guck mal. Die Zahnfee mag mich nicht.«

Iris wäre vor Scham fast im Boden versunken. Während sie Livia in den Arm nahm und sich tröstende Worte zurechtlegte, überlegte sie fieberhaft, wo sie noch schnell ein Stück Traubenzucker finden könnte, um es heimlich unter das Kissen zu schieben. Es gelang ihr, aber die Enttäuschung konnte es dennoch nicht ungeschehen machen.

Dann der erste Schultag, an dem Livia sich bange hinter dem Rock ihrer Großmutter versteckte und sich sorgenvoll umsah, weil Iris auch hier fast zu spät gekommen wäre, weil sie die Würstchen für das Einschulungsfest zu Hause vergessen hatte.

»Hör doch auf, dich immer so verrückt zu machen! Du bist eine super Mutter! Mehr Verantwortung kann kein Mensch übernehmen«, rief sie sich Katjas Worte in Erinnerung, aber sie wollten nicht recht verfangen.

Sie spürte diesen Riss. Haarfein zunächst, aber mit den Jahren zu einem unübersehbaren Spalt verbreitert.

Sie liebte ihre Tochter. Abgöttisch. Daran lag es ganz sicher nicht. Aber was hieß das schon? Wenn Mutterliebe unverbrüchlich war, warum hatte sie selbst, Iris, dann seit fünf Jahren kein Wort mehr mit ihrer eigenen Mutter Johanna gewechselt?

Iris verscheuchte die dunklen Gedanken wie einen Schwarm aufstiebender Stare.

Mechanisch drückte sie erneut die Wahlwiederholung für Livia auf ihrem Handy, wobei ihr Blick ziellos durch den Raum wanderte, bis er an der Brotdose hängen blieb, die Livia am Morgen offenbar vergessen hatte. Es war eine Bento-Box mit japanischen Mustern. Darin lagen wie immer, wie seit Jahren: eine Scheibe Vollkornbrot mit Käse oder Salami, ein paar Tomaten oder ein aufgeschnittener Apfel. Wie oft hatte Livia sich darüber schon beschwert: »Mama, das ist peinlich, ich bin sechzehn! Ich brauche keine Schulbrote mehr. Ich hol mir was vom Bäcker.«

Aber Iris hatte sich diese Aufgabe nicht nehmen lassen. Es machte ihr Spaß, ihrer Tochter dieses kleine Menü mitzugeben, mal mit, mal ohne eine Überraschung. Sie wollte ihr damit einfach einen schönen Tag wünschen.

Hatte Livia die Box absichtlich stehen lassen?

Wieder der Anrufbeantworter.

Ich fahre jetzt selbst hin, beschloss sie, ich fahre den Weg einfach nach. Sie wollte gerade aufspringen, um nach den Autoschlüsseln zu greifen, da klingelte ihr Telefon.

»Na endlich!«, rief sie erleichtert.

Da war es achtzehn Uhr fünfundzwanzig.

* * *

Zehn Minuten später raste Iris bereits mit knapp siebzig Stundenkilometern die Eppendorfer Landstraße in Richtung Universitätskrankenhaus.

»Ihre Tochter hatte einen Unfall, Frau Zimmermann. Ein Rechtsabbieger hat ihr am Maienweg die Vorfahrt genommen. Offenbar hat die Fahrerin des Wagens das Rad übersehen. Aber machen Sie sich keine Sorgen, es geht ihr den Umständen entsprechend gut. Sie ist auf dem Weg ins Krankenhaus«, hatte ihr der Polizist am Telefon gesagt, der sich als Jörg oder Jorn Weber vorgestellt hatte. Iris erinnerte sich nicht genau.

In waghalsigen Manövern schlängelte sie sich durch den pulsierenden Verkehr. Der Regen hatte nachgelassen, und leichter Dampf stieg von dem feuchten Asphalt auf, den Iris, wie alles andere, nur durch einen milchigen Schleier wahrnahm. Immer wieder schossen ihr die drei neuralgischen Worte wie spitze Pfeile durch den Kopf: Livia. Unfall. Krankenhaus. Den Umständen entsprechend gut, hatte der Polizist gesagt. Aber auch: Sie solle ein Nachthemd mitnehmen, und Waschzeug. Wozu brauchte ihre Tochter ein Nachthemd, wenn sie doch nur kurz zur Kontrolle ins Krankenhaus musste? Wahrscheinlich hatte sie nur einen Schock. Bestimmt nur einen Schock, dachte Iris, und biss sich auf die Unterlippe, bis sie Blut schmeckte und der Schleier vor den Augen dichter wurde.

Jörg oder Jorn Weber hatte sie gewarnt: »Sind Sie sicher, dass Sie kein Taxi nehmen wollen? In Ihrem Zustand sollten Sie kein Fahrzeug führen.«

Natürlich sollte sie das nicht! Aber glaubte dieser Amateurpsychologe etwa, sie würde auch nur zehn Sekunden länger als nötig in der Wohnung ausharren, um auf ein Taxi zu warten?

Phh, machte Iris laut, und dieser hörbare Ausruf des Missfallens beruhigte sie ein wenig.

Und dann sollte sie auch noch in die Notaufnahme. Notaufnahme! Wie das klang. Als Livia damals mit fünf das erste Mal ohne Stützräder gefahren war und hinfiel, musste sie auch nicht in die Notaufnahme. Da gab es den Tränenwegföhnkuss, und weiter ging's.

Notaufnahme! Das Geräusch greller, surrender Neonröhren zuckte mit hundert Volt durch Iris' Kopf.

Bestimmt war es nur der Schock. Sie war ja ansprechbar gewesen, hatte dieser Weber gesagt. Möglich, dass das Fahrrad im Eimer war. Aber wen kümmerte das schon? Das würde sie ruckzuck ersetzen. Wenn es doch sonst nur der Schock wäre. Bitte, bitte … nur ein Kratzer und der Schreck …, betete Iris.

3

Iris wartete gefühlt stundenlang. Erst in der Notaufnahme, in der man ihr nach einer eingelieferten »Messerstecherei«, einem »Schlaganfall« und einer »Verätzung« endlich sagen konnte, dass ihre Tochter bereits in die chirurgische Station verlegt worden war und dort operiert wurde.

Und dann saß sie dort. C 21, hellgelb getünchte Wände, weiße Hartschalenstühle.

Sie versuchte mehrfach, bei den Schwestern Auskunft zu bekommen, doch immer hieß es kurz: »Bitte gedulden Sie sich noch ein wenig. Der Arzt wird sicher gleich für Sie da sein!«

Während die Wanduhr in dem Wartezimmer immer langsamer tickte, schlug Iris' Herz zunehmend schneller.

Ihre Tochter lag hier irgendwo, und sie konnte sie weder sehen noch ihre Hand halten, noch den Rucksack mit ihren Sachen und dem letzten schon völlig abgeschmusten Kuscheltier irgendwo aufbauen, um wenigstens eine Illusion von Geborgenheit zu schaffen. So lagen die Sachen nur zerrupft auf Iris' Schoß, und das dazugehörige Küken war weg.

Ein lange vergessener Satz schoss Iris durch den Kopf: »Mensch, Kind, du musst wirklich besser auf deine Sachen aufpassen!« Ihre Mutter Johanna hatte früher stets ein Talent dafür gehabt, ihr in Situationen größter Not – und die unauffindbare

Box mit den Lebensmittelfarben oder der verlegte grün-gelbe Stein für die Freundin *war* für eine Neun- oder Elfjährige durchaus eine Situation größter Not – zu verstehen zu geben, dass sie einfach zu schusselig und verantwortungslos war. Kein Gedanke daran, dass sie beim Suchen helfen könnte oder eine neue Packung Farben anbrach. Warum auch? Iris war ja selbst schuld.

Iris stöhnte auf. Jetzt bitte nicht diese alte Leier. Wie viele Jahre hatte sie gebraucht, um sich den Mantel mütterlicher Überwerfung abzustreifen? *Du könntest dich auch öfter mal melden. Na ja, du musst es ja wissen.* Und das Beste waren immer die Sätze, die mit »Kein Wunder« anfingen. »Kein Wunder, dass du niemanden kennenlernst, so viel wie du arbeitest.« – »Kein Wunder, dass du nicht befördert wirst, wenn du immer nur Dienst nach Vorschrift machst.« Wenn Iris dann aber doch mal mehr machte, zum Beispiel die berufsbegleitende Fortbildung zur Bilanzbuchhalterin, dann kamen die gefährlichen Pass-auf-Sätze: »Pass auf, dass dir am Ende nicht noch gekündigt wird, wenn du morgens immer so müde bist.« – »Pass auf, dass du Livia nicht vernachlässigst.«

Wie sie es auch machte, sie machte es in Johannas Augen irgendwie immer falsch. Und das war einer der Hauptgründe gewesen, warum sie nach der Schule mit gerade mal siebzehn ihre Ausbildung direkt in Hamburg machte und nicht in Lüneburg. Das war zwar nicht das andere Ende der Welt, aber ein guter Grund für das erste WG-Zimmer. »Pass auf, mit wem du dich da einlässt«, war Johannas Rat gewesen. Nach den Tränen am Anfang – »Ach, Schatz, muss das sein, so weit weg?« –, der Hilfe beim Umzug und dem Aufhängen der frisch gewaschenen Gardinen war dies der letzte Satz gewesen. Auch Johanna konnte so ihre Haken schlagen.

Es hatte lange gedauert, bis Iris ansatzweise verstanden hatte, dass auch Johanna nur eine Tochter war. Aufgewachsen mit dem für die Kriegsgeneration typischen Stell-dich-nicht-so an-Credo. Was sollte eine Frau in den 1950er-Jahren sich mehr wünschen als einen anständigen Mann, der nicht soff, nicht fremdging und die Familie versorgte? Das war das Mantra, das der kleinen Johanna von ihrer Mutter mit auf den Weg gegeben wurde. Die Wegweiser zu Emanzipation und Selbstbestimmung lagen unter den Trümmern des Kriegs noch nicht begraben. Die wurden später aufgestellt. Aber da war auch Johanna schon verheiratet gewesen. Mit Wolfgang, Iris' Vater, geboren im Schicksalsjahr 1945, in dem man für einen Liter frische Milch drei Kilometer laufen und manchmal lange betteln musste. Oder die Kuh nachts heimlich selbst auf der Wiese melken. Insofern war Wolfgang stets ein kränkelnder, zu Infekten und Allergien neigender Knabe gewesen, der diese Schwächen im Erwachsenenalter zunehmend mit Strenge und Jähzorn zu kompensieren versuchte. Dann nicht immer ganz so anständig.

Für Johanna war dies der Grund, sich immer mehr und mit der Zeit fast manisch um den Garten zu kümmern. Und für Iris war es der zweite wichtige Grund für den frühen Auszug.

Alle waren sie immer nur Töchter.

Oder die Frauen von … Nun, wenigstens das hatte Iris hinter sich gelassen. Heiko würde gewiss nie wieder eine Rolle in ihrem oder Livias Leben spielen.

All das ging Iris seit Langem mal wieder durch den Kopf, als sie auf dem harten Plastikstuhl saß und wusste: Hätte sie besser aufgepasst, hätte sie diese lächerliche Etatdifferenz und ihren Chef einfach mal ignoriert, dann säße sie jetzt nicht hier.

Iris seufzte und drückte die Sachen von Livia noch etwas fester an sich. Ein Kaffee wäre jetzt gut.

In diesem Moment kam ein schlanker, großer Mann in grünem Kittel zu ihr und stellte sich als Oberarzt Dr. Markus Mendez vor.

Er reichte ihr die Hand und zwang sie damit, aufzustehen.

»Frau Zimmermann?«

Er sah müde aus, und vielleicht wirkte er deswegen zugänglicher als die Schwestern.

»Ja … immer noch.« Es war ihr so herausgerutscht, und Iris entschuldigte sich mit einem verlegenen Lächeln.

Der Arzt lächelte ebenfalls. »Das wurden Sie heute schon häufiger gefragt?«

»Hm«, machte Iris nur. »Ein paarmal.« Dann richtete sie den Blick auf den Mann, der sie um knapp einen Kopf überragte.

»Wie geht es meiner Tochter?«, fragte sie und straffte die Schultern.

Dr. Mendez schaute kurz zur Seite, überlegte.

»Ihre Tochter ist Hochleistungssportlerin, Frau Zimmermann. Ist das richtig?«

Iris hob staunend die Brauen. »Ja, aber woher wissen Sie das?«

Die Gesichtszüge des Arztes bekamen beinahe etwas Verschmitztes. »Sie hat es mir erzählt.«

»Sie hat es Ihnen … Sie hat Ihnen *was?*« Iris musste fast lachen. Libby hatte diesem fremden Arzt auf dem Weg in den OP erzählt, dass sie gerade auf dem Weg zu einem Halbmarathon gewesen war? Unglaublich, dieses Kind!

»Na ja. Sie erwähnte ein Trainingscamp und den Olympiakader. Sie sagte sogar, dass ihr das mit dem Fahrrad leidtue …« Dr. Mendez zuckte mit den Schultern. »Menschen unter Schock sagen die merkwürdigsten Dinge, aber meistens sind sie wahr. Hatte es mit dem Rad irgendetwas Besonderes auf sich?«

Iris überlegte. »N-nein. Eigentlich nicht. Ich habe es ihr zum Geburtstag geschenkt. Ein Rennrad. Es war relativ teuer, aber in dem Sinn nichts … Besonderes …«

Dr. Mendez sah sie an. »Vielleicht war es für Ihre Tochter doch etwas Besonderes.« Er machte eine Pause. Er hatte das alles gut vorbereitet. »Frau Zimmermann, Ihrer Tochter geht es gut, aber sie hat sich bei dem Unfall einen komplizierten Trümmerbruch an der rechten Kniescheibe zugezogen. Wir haben gerade alle Splitter entfernt. Konservativ konnten wir nichts tun. Wir mussten operieren und die Kniescheibe verdrahten.«

Iris konnte die Hand, die Dr. Mendez genommen hatte, nicht befreien. Er hatte sie buchstäblich im Griff.

»Ich hoffe, die Wunden werden gut verheilen. Ein paar Prellungen hier und da. Und seien Sie unbesorgt: So ein Draht heißt nichts. Das ist nicht weiter dramatisch …«

Er ließ sie immer noch nicht los.

»Aber einen Haken gibt es. Das Schienbein ist angebrochen, und im Moment wissen wir nicht, ob die Wachstumsfuge Schaden genommen hat. Das können wir erst im MRT klären, und dafür muss die Schwellung abklingen.«

Dr. Mendez machte eine Pause.

»Was genau meinen Sie mit der Wachstumsfuge?«, fragte Iris alarmiert.

»Machen Sie sich vorerst bitte keine Sorgen. In achtzig Prozent der Fälle ist der im Wachstum befindliche Teil des Knochens unberührt von den Verletzungen, und sie wird keine Spätfolgen spüren.«

»Und in den anderen zwanzig?«, fragte Iris knapp.

Dr. Mendez sah sie nur an.

»So oder so aber werden Sie es schaffen müssen, Ihrer Tochter zu erklären, dass sie mit dem Hochleistungssport pausieren muss. Sie wird vermutlich nicht wieder im Olympiakader antreten können. Dafür ist allein die Verletzung der Kniescheibe zu groß.« Nun ließ er Iris' Hand doch los. »Sie wird sicher wieder Sport treiben können, aber nicht auf die Art, wie sie es bisher getan hat.«

Dr. Mendez machte eine Pause, und man sah ihm an, wie viel Mühe er sich gab. Dabei kannte er sie doch gar nicht. »Ich meine das ernst, Frau Zimmermann. Das wird für Ihre Tochter sicher ein Schock sein. Aber sie ist jung, und mit Ihrer Hilfe wird sie darüber hinwegkommen. Sie braucht Sie jetzt, Frau Zimmermann.« Wieso gab er sich bloß so viel Mühe? »Und noch mal: Sie können froh sein. Ihre Tochter ist wirklich glimpflich davongekommen.«

Iris nickte mechanisch. Man konnte nicht immer hören, wenn eine Welt zusammenbrach.

Iris nahm Livias Sachen unter ihren rechten Arm und wandte sich zum Gehen. »Ich danke Ihnen, Dr. Mendez. Wann kann ich Livia sehen?«

»Die Kollegen müssen die verletzte Patella noch weiter stabilisieren. Ich denke, sie wird in gut einer Stunde aus der Narkose erwacht sein.«

»Die Patella …?«

»Die Kniescheibe.« Er lächelte entschuldigend. »Fachchinesisch. Ich arbeite daran.«

Iris wollte noch irgendetwas sagen, eine Frage stellen, doch ihr fiel nichts Passendes ein. Ihr Kopf, ihr Herz, alles war leer.

»Kann ich mich nicht vielleicht jetzt schon an ihr Bett setzen?«, fragte sie schließlich. »Ich wäre gern dabei, wenn sie aufwacht.«

Verständnisvoll sah Dr. Mendez sie an. »Tut mir leid, Frau Zimmermann, aber das geht leider nicht. Seien Sie einfach in einer Stunde wieder hier. Die Schwester wird Sie dann rufen. Gönnen Sie sich jetzt auch eine Pause. Sie werden Ihre Kräfte noch brauchen.«

Iris zog das abgewetzte Kuscheltier unter ihrem Arm hervor. »Das ist übrigens Sid«, sagte sie. »Eigentlich ist es ein Faultier, aber laut Livia ist das Besondere an Sid, dass er nichts mehr hasst, als träge auf einer Astgabel zu lümmeln. Sid war eigentlich schon so ziemlich alles: Astronaut, Feuerwehrmann, Tiefseetaucher ... Arzt, glaube ich, auch schon ...«

»Na dann«, sagte Dr. Mendez. »Angenehm, Sid. Ich bin sicher, du wirst Livia helfen, ihre neue Situation zu begreifen.«

Iris nickte. »Danke, Dr. Mendez«, sagte sie. »Wir beide gehen jetzt einen Kaffee trinken, Sid und ich.« Denn zu zweit war man ja bekanntlich weniger allein.

* * *

Normalerweise hasste Iris Cafeterien in öffentlichen Gebäuden. Immer hing in ihnen der schlechte Geruch nach Resopal und Industriegeschirrspüler. Die Stühle schrammten metallisch über den pflegeleichten, gefliesten Fußboden. Die Einrichtung war immer aus *Buche furniert,* und überall stand Selbstgebasteltes herum – je nach Jahreszeit Osterkörbchen, Weihnachtssterne oder Herbststillleben. Und an den Wänden hingen Aquarellbilder mit Naturmotiven.

Entsprechend überrascht war Iris von dem loungeartigen Café des UKE. Ein Starbucks hätte nicht behaglicher sein können. Selbst der junge Mann an der chromglänzenden Kaffeemaschine sah aus wie aus dem Katalog, stellte Iris beiläufig fest: dunkles, gewelltes Haar mit ein paar Ponysträhnen, die ihm verwegen in die Augen hingen. Als er sich zu ihr umdrehte, strahlten sie:

»Buon giorno, Signora. Warum denn so trübe? Das Wetter ist schön, mein Kaffee ist schön, Sie sind schön. Ahh, Pietro wird Ihnen etwas ganz Besonderes zaubern. Meine Spezialmischung. Un momento.«

Fassungslos sah Iris den jungen Mann an. So was hatte sie ja überhaupt noch nicht erlebt! Der flirtete doch nicht etwa mit ihr? Konnte ja knapp ihr Sohn sein. Trotzdem musste Iris lächeln. Freundliche Worte tun einfach nicht weh.

»Danke«, erwiderte sie knapp. »Ein Cappuccino würde mir genügen.«

»Cappuccino mit viel Herz«, antwortete der Barista mit verschmitztem Lächeln. Und in der Tat fanden sich auf dem Milchschaum bestimmt fünf kleine Kakaoherzchen. Dass die überhaupt alle Platz hatten?

»Danke«, sagte Iris erneut, bezahlte und wandte sich kopfschüttelnd ab. Das ist ja ’ne Type, dachte sie.

Für diese Uhrzeit war das Café ungewöhnlich gut besucht. Kein einziger Tisch war mehr frei, außer der direkt bei den Toiletten, aber dort stand noch ein Tablett mit schmutzigen Tellern und ausgequetschten Ketchup- und Mayo-Tütchen. Den wollte Iris nicht, also sah sie sich im Raum um und entschied sich für einen Zweiertisch, an dem ein älterer Mann saß. Das schien ihr am unverfänglichsten.

»Entschuldigung, ist hier noch frei?«

Der Mann blickte teilnahmslos zu ihr auf. »Sieht das so aus?«

Iris glaubte, sich verhört zu haben, sah sich aber dennoch irritiert um, ob sie irgendwo eine über die Stuhllehne gehängte Jacke übersehen hatte. Da war aber nichts.

»Äh … Entschuldigung«, stammelte Iris und stellte schon aus Reflex ihre Tasse auf den Tisch und plumpste mehr oder weniger wie von selbst auf den Stuhl. »Aber hier ist doch frei. Und wissen Sie … ich bin wirklich müde. Ich hatte einen nicht ganz so guten Tag.«

Der Mann, Iris schätzte ihn auf Mitte oder Ende fünfzig, musterte sie jetzt direkt. Iris konnte gar nicht anders, als zurückzustarren. Er wirkte ein wenig verlebt, ausgemergelt traf es vielleicht eher, aber gleichzeitig auch kräftig und gegerbt. In seinem Blick lagen Zorn und ein Hauch Langeweile. Eine eigenartige Mischung.

Meine Güte, dachte Iris nur. Was ist denn das für ein Laden? Erst der flirtende Italiener und jetzt dieser komische Kauz. Vielleicht war die Psychiatrie in der Nähe. Ihr war nicht ganz wohl bei der Sache, aber das Café war voll, da würde dieser Mann ihr schon nichts tun. Also blieb sie sitzen.

»Ich fragte, ob dieser Tisch so aussieht, als wäre er frei«, präzisierte der Mann erstaunlich artikuliert, ohne auf Iris' Erklärung einzugehen.

Iris sah sich um. Außer dem benutzten Tisch bei den Toiletten sah nichts freier aus als der Platz, auf dem nun sie saß.

»Ja«, antwortete sie eine Spur trotzig. »Zur Hälfte schon.«

»Nun«, erwiderte er, »das denke ich nicht.« Eindringlich sah er sie an. »Der da hinten«, mit einer Kopfbewegung wies er auf den unbesetzten Tisch, den nicht abgeräumten, »der ist frei.«

»Ja, aber der ist schmutzig.«

»Machen Sie ihn doch sauber!«

Iris sah den Mann perplex an. Was war denn das für ein Typ? »Wissen Sie was«, reagierte sie verhalten zornig. »Ich weiß nicht, was für ein Problem Sie haben, aber ignorieren Sie mich einfach und lassen Sie mich meinen Kaffee trinken.«

»Ich könnte Sie besser ignorieren, wenn Sie mir nicht gegenübersäßen.«

»Gucken Sie nicht hin.«

»Ich saß aber zuerst hier.«

»Dann stehen Sie doch auf!«

»Wie bitte?« Wenn Iris sich nicht irrte, meinte sie fast eine Spur Belustigung in seinem Blick zu erkennen.

»Stehen Sie auf und setzen Sie sich wieder. Dann saß ich zuerst hier, und ich gestatte Ihnen gern, den Platz einzunehmen.« Iris dachte über ihre Worte gar nicht weiter nach. Das Ganze war so absurd, dass sie einfach ihrem Instinkt folgte. »Und wenn Ihnen das nicht passt, setzen *Sie* sich doch da hinten hin. Da ist ein *ganzer Tisch* frei.«

Der Mann starrte sie mit ausdrucksloser Miene unverwandt an, bevor er sich tatsächlich hinter seiner Zeitung verschanzte. »Nirgendwo hat man seine Ruhe vor diesen Emanzen!«, hörte sie ihn noch murmeln.

Iris schnaubte. *Was für ein Arschloch.* Trotz der unbehaglichen Situation schaffte sie es, mit halb abgewandtem Körper stur sitzen zu bleiben und ihren – erstaunlich guten – Cappuccino zu trinken.

Was hätte Libby wohl zu dieser Episode gesagt? Wie sie ihre Tochter kannte, hätte sie vermutlich eine Ecke der Zeitung angefasst und den Mann gebeten, sie etwas höher zu halten, damit sie die Rückseite besser lesen konnte.

Verstohlen schaute Iris zu dem Typen. Theoretisch würde sie hinreichen … Ach nein … lieber nicht. Das war wie mit dem Zehnmeterturm. Der letzte Schritt war einfach der schwerste. Immer wieder.

Iris trank ihren Kaffee in kleinen Schlucken und machte sich dann eine halbe Stunde später langsam auf den Weg zum Aufwachraum, den ihr Dr. Mendez beschrieben hatte.

Der Chauvi war zum Glück schon vor ihr gegangen, und der attraktive Mann am Tresen war mit dem Polieren der Milchschaumdüse beschäftigt. Einen verstohlenen Blick hatte Iris sich nicht verkneifen können.

Als Iris in der Chirurgie ankam, sagte ihr eine der Schwestern, dass ihre Tochter noch unter Beobachtung stehe.

»Gibt es Komplikationen?«, fragte Iris alarmiert.

»Reine Routine, machen Sie sich keine Sorgen. Ihre Tochter ist bei Dr. Mendez und seinem Team bestens aufgehoben.«

Wieder diese nichtssagende Freundlichkeit. Selbst wenn ihre Tochter unter der Narkose gerade einen unerwarteten Herzstillstand erlitt und ein Team in sterilem Grün hektisch »Sauerstoff!«, »Beatmung!«, »Kochsalz, null Komma drei Milligramm!«, »Defi!« rief, würde ihr diese Schwester nichts anderes sagen. Vermutlich würde sie gar nichts anderes wissen.

Iris nickte nur. Hatte ja doch keinen Zweck.

Sie sah aus einem der Fenster im dritten Stock, aber es war bereits dunkel. Vereinzelt sah sie die erleuchteten Fenster in den umliegenden Wohnungen. Heimelig. Vielleicht dachte jemand von gegenüber gerade genau dasselbe, wenn er bei ihr hereinschaute. Man konnte eben nicht hinter die Fassaden blicken.

Was für ein schöner Tag das noch hätte werden können: Libby hätte nach dem erfolgreichen Lauf unter der heißen Dusche gestanden, ihr Haar in ein Tuch gewickelt und sich mit Bea dann in einen Winkel der Umkleide zurückgezogen, um sich zu unterhalten, über den Lauf, die mal blöden, mal interessanten Teamkollegen, die Schule, die nervige Mutter und die Welt, die schief, aber doch noch in den Angeln hing.

Sie selbst hätte bei sich vielleicht die Staffelei aufgebaut oder bei einem Glas Wein den Fernseher angeschaltet, ein Buch zur Hand genommen, ihre Füße in eine Decke gewickelt, darüber nachgedacht, wie sie Libby am Sonntag, wenn sie wiederkäme aus dem Camp, eine Freude machen könnte.

Stattdessen saß sie hier in einem gelb gestrichenen Wartezimmer, das die Töne der Welt draußen nicht empfing, fühlte sich erschöpft und leer und bereitete sich darauf vor, ihrer Tochter die vermutlich größte Enttäuschung ihres jungen Lebens beizubringen: Du musst deinen Sport an den Nagel hängen. Schuld daran bin ich! Aber wir können ja froh sein, dass nicht mehr passiert ist … Und darüber schlief sie ein.

4

Frau Zimmermann?«

Iris konnte nicht direkt antworten. Ihre Lippen waren verklebt, und sie hatte einen schlechten Geschmack im Mund.

»Frau Zimmermann? Ihre Tochter ist jetzt ansprechbar. Sie können zu ihr.«

»Ist gut«, sagte Iris, leicht benommen. Sie wollte aufstehen, rutschte aber ab, weil die Beine unter ihr nachgaben.

Eine Schwester fasste sie noch rechtzeitig unter dem Arm und stützte sie. »Nun mal ganz langsam, Frau Zimmermann. Möchten Sie ein Glas Wasser und ein Aspirin?«

Iris schüttelte die Hand ab. »Nein, danke. Geht schon. Wo ist sie?«

»Zweite Tür rechts. Zehn Minuten. Mehr nicht. Ihre Tochter braucht Ruhe.«

Livia hatte die Augen geschlossen, als Iris leise das Zimmer betrat, und bei ihrem Anblick fuhr instinktiv ihre Hand zum Mund, um einen Schrei zu unterdrücken.

Dr. Mendez hatte die ganze Zeit nur von der Beinverletzung gesprochen.

Insofern hatte Iris auch nur daran gedacht. Sie hatte sich auf ein bandagiertes, vielleicht in einer Schlinge hochgelagertes und ruhig gestelltes Bein vorbereitet. Womit sie nicht gerechnet hatte, war der Anblick eines so geschundenen, schwachen Körpers.

Livia hatte die Augen geschlossen, ja. Aber ob sie das rechte überhaupt würde öffnen können, war nicht ersichtlich, so geschwollen waren Lid und Wangenpartie. Blutunterlaufen und aufgeschürft. Die Nase, Libbys süße Stupsnase, quoll aus ihrem Gesicht hervor wie eine Geschwulst, von schwarzem Schorf verunstaltet. Blut. Getrocknetes, altes Blut. Dazu frisches Blut, aus ihrem Körper geflossen und dann geronnen, als ein Auto sie brutal an der Breitseite erwischt hatte. Die Lippen dick und aufgerissen. Sie musste nicht nur auf ihr Knie gestürzt, sondern weiter über den Asphalt geschleift worden sein.

Auch das hatte Iris gar nicht überrissen: Ihre Tochter hatte einen schweren Verkehrsunfall gehabt! War in einem nervösen und freudig erregten Zustand einfach aus der Bahn geworfen worden. Aufprall. Schmerz. Alles an ihrem Kind wirkte wund und schutzlos. Unendlich schutzlos.

Iris schluckte. Sie schloss die Augen und lauschte auf die gleichmäßigen Atemzüge ihrer Tochter. Andere Sinne. Nicht sehen. Hören. Der Atem ging ruhig. War das schon ein Zeichen für Heilung? Oder noch Überleben?

Iris schlich sich weiter an das Krankenhausbett heran, zog einen Stuhl davor, setzte sich und nahm Libbys Hand. Sie hatte Tränen in den Augen. Die Schuld schnalzte vorwurfsvoll mit der Zunge. *Tja …* Der Trost war still. Iris wischte die Tränen fort und strich über den Handrücken ihrer Tochter.

Erneut dachte Iris an ihre eigene Mutter, mit der sie seit nunmehr fünf Jahren kein Wort mehr gewechselt hatte. Seit dem Tod ihres Vaters.

Viel Zärtlichkeiten hatte es nicht gegeben im Haus der Zimmermanns. Zur Belohnung gab es ein Fünfmarkstück. Bei Krankheit Medizin. Bei Kummer Konkurrenz: »Was soll *ich* denn erst sagen?«, hatte Johanna einmal gemeint, als Iris ihren ersten richtigen Liebeskummer hatte. »Bei dir geht das vorüber. Bei mir nicht mehr.« Iris muss damals fast so alt gewesen sein wie Livia heute. Sie hatte nur einen Teil dieser kryptischen Aussage verstanden. Aber wütend war sie trotzdem gewesen. Und noch trauriger.

Manchmal allerdings hatte ihre Mutter ihr auch schon mal über den Handrücken gestrichen. Einmal etwa, als sie sich die Hand in der Tür gequetscht hatte. Und auch als ihr Hund Hurricane gestorben war.

Damals hatte Iris ihrem Vater zugesehen, wie er nach der Rückkehr vom Tierarzt die leere Decke sorgsam zusammenfaltete und in das ebenso leere Körbchen legte. Sein Körper bebte, als er sich in der Hocke kurz abstützte und in dieser Bewegung zu ihr umdrehte. Und da hatte sie in seinen Augen eine Zärtlichkeit und einen Schmerz gesehen, der sie zutiefst erschütterte. Sie konnte sich nicht erinnern, jemals einen solchen Blick empfangen zu haben.

Johanna schien die ganze Szene beobachtet zu haben, denn sie war auf Iris zugelaufen, hatte sich zu ihr gebeugt, sie erst umarmt, um dann ihre Hände zu nehmen und sie mit dem Daumen zu streicheln. »Es ist alles gut, Schatz«, hatte sie gesagt, und Iris wusste, dass sie gemeint war. Nicht der Hund und nicht der Vater.

Aber solche Situationen waren selten gewesen. Iris war es so vorgekommen, als würden ihre Eltern beide so sehr in sich selbst wohnen, dass sie kaum auf die Idee kamen, mal hinauszugucken.

Iris strich weiter über Livias Handrücken, so sacht, dass sie die feinen Härchen auf der Haut spürte. Wohne ich auch zu sehr in mir?, fragte sie sich.

Bilder schossen ihr durch den Kopf: Livia, die morgens im Bad steht und sich die langen Haare föhnt, routiniert, kritisch, wenn eine Strähne mal wieder nicht richtig sitzt. Die nach dem Sport mit Kopfhörern in ihrem Sitzsack lümmelt und lächelnd mit dem Fuß wippt, bis sie merkt, dass Iris sie beobachtet. Dann hält der Fuß still, und das Lächeln verschwindet. Die in die Küche gerast kommt und nach dem schwarzen Lieblingshoodie fragt.

»Der ist in der Wäsche, Schatz!«

»Nein, da ist er nicht«, kommt die patzige Antwort.

»Dann ist er in deinem Schrank!«

»Da hab ich doch als Erstes geguckt.« Der Satz knallt wie eine wütend zugeschlagene Tür.

Iris spürt, wie sie sich zusammenreißen muss, mit den Augen rollt. »Dann weiß ich es auch nicht.«

Das ist alles die Pubertät, hörte sie wieder Katjas Stimme, während sie weiter Livias Handrücken streichelte. Doch für Iris fühlte es sich anders an. In der Pubertät streitet man, man ist genervt voneinander, man grenzt sich ab. Aber man zerschnitt doch nicht das ganze Band! Eine Tochter verlor doch nicht das Grundvertrauen in die eigene Mutter? Mit dem Anflug von schlechtem Gewissen dachte sie an Johanna. Doch das war eine andere Zeit gewesen. Andere Rollenmuster. Oder nicht?

»Dann such dir doch endlich einen neuen Job«, hörte sie Livia sagen, wenn sie mal wieder nach mehreren Überstunden genervt abends nach Hause kam und zu müde war, um noch das Abendessen zu richten.

»So einfach ist das nicht, Libby«, sagte Iris dann immer und rieb sich die Stirn.

»Stimmt, wenn man es gar nicht erst versucht, ist es bestimmt nicht so einfach.«

Oder wenn Iris doch mal wieder die Staffelei aufbaute und sich ihren Blumenaquarellen widmete. Manchmal kam Livia dann dazu, umarmte sie von hinten und sagte: »Die sind toll, Mama. Du solltest dir wirklich mal eine Galerie suchen.«

Dann drehte Iris sich lachend um, warf den Mallappen über die Leinwand und antwortete: »Ich glaube nicht, dass irgendjemand auf mich wartet.«

In dem Moment erstarb das Lächeln auf dem Gesicht ihrer Tochter, und Iris ahnte, warum.

Und so kam es, dass ihr Livia immer mehr wie eine Muschel erschien, die sie so gerne an ihr Ohr halten würde, um ihren Gesang zu hören und ihre Tiefe zu spüren, um die Verbindung mit ihr zu halten. Doch Iris hatte Angst, diese Muschel in die Hand zu nehmen. Wenn sie sie fallen ließe, würde sie zerbrechen.

Iris ließ die Hand los, als sie ein leises Stöhnen hörte. Sie sah zu ihrer Tochter, die versuchte, sich etwas aufzurichten und die Augen zu öffnen, vor Schmerz aber nur das Gesicht verzog.

Gib mir den Schmerz, dachte Iris, gib ihn einfach an mich ab. Die Qual über das Bild von ihrer Tochter hier im Krankenhausbett konnte nicht schlimmer sein als der Schmerz selbst.

»Hej«, sagte sie leise. »Wie geht es dir?«

Livia antwortete nicht. Gab nur ein paar undefinierbare Laute von sich.

»Ich bin's. Mama.«

»Hm.«

»Ich bin's.« Iris schluckte. Was noch konnte sie überhaupt sagen?

»Ich hab Durst«, flüsterte Livia, versuchte sich aufzurichten, um gleich darauf kurz aufzuschreien. »Schsch-scheiße. Tut alles weh.«

Hastig suchte Iris nach einer Flasche Wasser. Sie goss gut zwei Schlucke in den Plastikbecher, gerade wenig genug, um ihn ihrer

Tochter an den Mund führen zu können, ohne dass sie den Kopf anheben musste.

»Ahhrr«, machte Livia. Und es klang nach beidem: Wohltat und Anstrengung.

»Wie geht es dir?«, fragte Iris leise.

»Beschissen?«, kam es leise, zugleich kämpferisch und kraftlos zurück.

»Es tut mir so leid, Libby.« Iris wusste, wie dumm dieser Satz klingen musste, aber ein besserer fiel ihr nicht ein.

»Warum denn? Du hast mich ja nicht angefahren. Mach dir mal keine Vorwürfe deswegen.«

»Ich hätte pünktlich sein müssen. Ich war auch schon auf dem Weg, aber dann …« Iris stockte. Aber dann … *You can never make unspoken a spoken word.* Und was passiert ist, ist passiert. Iris hätte auch einfach gehen können um fünf. »Ich bin schuld, weil ich zu spät kam, Libby.«

»Das ist ja nichts Neues, Mama. Mach das mit dir aus.« Livia atmete etwas schwerer. »Hast du noch mal einen Schluck Wasser?«

Iris hielt den Becher erneut ihrer Tochter an die Lippen. Dabei war sie gezwungen, genau hinzuschauen, und sah die Risse, das verkrustete Blut, die Schwellungen. Das Wundsekret hatte bereits bräunliche Spuren auf dem Bettzeug hinterlassen.

Wenn sie doch bloß tauschen könnten! Wenn sie doch bloß früher gegangen wäre.

»Was ist mit meinem Bein?«

Die Frage kam unvermittelt, aber darauf hatte Iris sich vorbereitet. Fakten ließen sich besser erklären als Gefühle.

»Der Arzt sagt, du brauchst jetzt erst mal eine Pause, aber danach wird alles wieder so sein wie früher. In deinem Alter seien Spätfolgen eher unwahrscheinlich.« Iris biss sich auf die Lippe.

Sie wollte nicht daran denken, dass Livias linkes Bein vielleicht verkürzt bleiben könnte, weil die Wachstumsfuge Schaden genommen hatte. Und sie wollte auch nicht erklären müssen, dass Olympia zunächst gestrichen war. Vielleicht für immer.

»Was meinen die mit Spätfolgen?« Livia machte eine kurze Pause. »Ich hab immer noch Durst.«

Iris reichte ihr zum dritten Mal den Becher. »Du wirst für eine Weile das Training aussetzen müssen.« Iris sagte es so beiläufig wie möglich.

»Olympia ist futsch, oder?«

Iris schüttelte den Kopf. »Ich weiß es nicht, Libby, aber zuerst einmal musst du gesund werden.«

»Ich bin müde, Mama. Du kannst ja später noch mal wiederkommen«, sagte Livia. »Und ruf bitte die Schwester. Ich habe Durst.«

Wortlos legte Iris ihrer Tochter Sid auf das Bett, gab ihr einen sanften Kuss auf die Wange und nickte.

»Bis später«, sagte sie und ging, um die Schwester zu holen. Alles hatte seine Zeit. Auch Nähe.

* * *

Als Livia wieder allein in ihrem Zimmer war und die Kochsalzlösung langsam in ihre Vene tropfte, versuchte sie zuerst, den linken Arm zu bewegen und nach Sid zu greifen. Obwohl ihr rechtes Knie offenbar den größten Schaden abbekommen hatte, tat ihre linke Seite mehr weh. Es war die Seite des Aufpralls, glaubte sie, denn an viel konnte sie sich nicht erinnern. Nur an den Regen, wie sie auf dem Rad schwitzte, den Wald, das Camp vor Augen, wütend, außer Atem, in Vorfreude. Und dann dieser rote Wagen. Plötzlich war er da. Sie erinnerte sich noch an den Panda-Aufkleber auf dem Kotflügel. Danach sah sie nichts mehr, hörte nur noch das metallische Scheppern, als das Auto mit dem Rad und ihr kollidierte, den Luftzug ihres Falls, das Schrammen über den kiesigen Asphalt, etwas Schleifendes, vielleicht ihr unter dem Rad verkanteter Fuß, das Knacken ihrer Glieder. Danach war da nur noch Schwarz.

Sie bekam das Kuscheltier zu fassen, zuckte nur einmal zusammen, als sich in der Bewegung Schulter und Brust mitbewegten. Sie drückte Sid so fest an sich, wie ihr geschwollenes Gesicht es zuließ.

»Das hättste nicht gedacht, was? Dass wir zwei noch mal so eng werden.« Livia dachte den Satz mehr, als dass sie ihn flüsterte.

Das letzte Mal, dass sie sich an Sid und sie zusammen erinnern konnte, musste fast sechs Jahre her sein. Opa hatte noch gelebt, aber Oma hatte das Grundstück schon so weit in einen botanischen Garten verwandelt, dass es keinen Platz mehr für ein Zelt gab. Es waren Ferien, und Iris und Livia hatten die Großeltern für ein paar Tage besucht. Am letzten Abend hatte Livia unbedingt draußen übernachten wollen. Also hatten Iris und Johanna sich breitschlagen lassen, sich in der Nähe in einem Hochseilgarten, zu dem auch eine Art Baumdorf gehörte, einzumieten. Livia wusste noch, wie Johanna und Iris am nächsten Morgen alle Knochen wehgetan hatten und sie nicht müde wurden, diese »bescheuerte Aktion« zu bereuen. Livia hatte es toll gefunden!

Als Livia und Iris dann wieder auf dem Weg nach Hamburg waren, fiel Livia kurz vor den Elbbrücken plötzlich ein, dass sie Sid in dem Baumhaus vergessen hatte. Iris meckerte natürlich, drehte aber trotzdem um und fuhr die hundert Kilometer klaglos zurück.

Livia fielen alte Kindergeburtstage ein, bei denen sie den Bi-Ba-Butzemann gespielt hatten. Sid war der Plumpsack, sozusagen.

Es tanzt ein Bi-Ba-Butzemann

In unserm Kreis herum, widibumm …

Livia versuchte die aufsteigenden Tränen zurückzudrängen. Sie hatte Angst, sie könnten auf ihrem aufgeschürften Gesicht brennen. Sie dachte an den Kreis, den sie heute im Duvenstedter Brook hatte laufen wollen. Siebeneinhalb Kilometer. Würde sie die jemals wieder laufen können? Einmal um die Alster herum? Bis gestern eine ihrer leichtesten Übungen.

Und jetzt lag sie hier, in diesem stillen Raum, in dem es nicht tickte, sondern tropfte. In dem man das Laken rascheln hörte, nicht die Blätter, in dem das Bett knackte, nicht das Unterholz. In dem sie sich fragte, wann sie wieder einen Schritt machen würde. Einen allerersten Schritt nur.

Zu Livias Überraschung brannten sie nicht.

5

Der kalte Wind stach Iris in den Augen. Der Regen hatte aufgehört, stattdessen aber war es stürmischer geworden. Typisches Hamburger Wetter, denn in der Hansestadt bedingte das eine gern das andere. Iris tat der Spaziergang durch die Nacht trotzdem gut. Sie hatte beschlossen, den Wagen einfach auf dem Krankenhausparkplatz stehen zu lassen – sie würden ihn schon nicht abschleppen –, und nach Hause zu laufen. Sie wollte den Kopf frei bekommen, die kühle Luft in sich einsaugen, die all die Bilder und wirren Gedanken wegpusten sollte wie der Wind die Wolken. Ein paar aber blieben als Fragen in ihrem Kopf hängen wie festgenagelt. Wann genau hatte sie das Vertrauen in ihre Mutter verloren? Und wie war das bei Libby?

Iris dachte an ihre eigene Familie. Sie war nicht im klassischen Sinne dysfunktional. Im Grunde hätte sie normaler nicht sein können. Nur, was hieß das schon?

Die mütterliche Seite hatte während der beiden großen Kriege wenig auszustehen gehabt. Die Horsts lebten seit Generationen in der Nähe von Lüneburg, und ohne selbst einen eigenen Hof zu besitzen, waren sie als einfache Arbeiter doch immer der Land-, der Wald- und der Forstwirtschaft verbunden gewesen. In einer weniger von den Menschen als von Heide und Kiefernwäldern geprägten Gegend waren die Alternativen auch rar gesät; ein bisschen Tourismus und Gastronomie konnten sich durchsetzen. So aber war Ursulas Wahl – Johannas Mutter, Iris' Großmutter – klug auf einen fleißigen Moorarbeiter gefallen, denn, so erinnerte sich Iris noch an ihre Worte: »Den Schnaps können se trinken, aber ausschenken müssensen nich.«

Johanna kam zur Welt, als der Fernseher als die größte Nachkriegserrungenschaft massenhaft Einzug in die deutschen Haushalte nahm, und so wurde sie auf dem Schoß von Ursula im Alter von nur vier Monaten Bildschirmzeugin der Krönung von Großbritanniens Königin Elizabeth II.

Johanna erlebte so eine ebenso unbeschwerte wie unbeherzte, wenn auch nicht herzlose, Kindheit und Jugend und suchte sich, wie Ursula es empfahl, einen Mann, der ebenfalls »anständig war und nicht soff«. Johanna fand ihn in Wolfgang, dem kränkelnden, aber sensiblen Flüchtlingskind aus Mähren. Das wiederum missfiel Ursula, denn die Flüchtlinge, die Ursula auch in den späten Sechzigerjahren so und nicht anders nannte, nahmen den »Wackeren« die Arbeitsplätze weg. Und jetzt auch noch die Frauen und Töchter.

Johanna aber mochte diesen zurückhaltenden Bengel, der nicht wie ihr Vater mit offener Hose und den Füßen auf dem Wohnzimmertisch vor dem Grundig saß und das Abendessen lieber dort einnahm als mit der Familie in der Küche. Sie mochte es, wie er ihr kleine Figuren aus Holz schnitzte, einen gefundenen Ast zum Wanderstock umarbeitete und ihr viel vom Klang des Holzes und der Geschichte seiner Jahresringe erzählte. Wolfgang wusste alles über Holz, denn er war Zimmermann. Und so hieß er auch: Wolfgang Zimmermann.

Dass Wolfgang auch seine nörgeligen Seiten hatte, dass man ihm wenig recht machen konnte, dass in seiner Heimat, in

Brünn, alles viel schöner gewesen war, die Wiesen grüner, der Weizen gelber, die Bäume kräftiger, die Menschen freundlicher, das überhörte Johanna. Ursulas Sticheleien und der väterlichen Teilnahmslosigkeit überdrüssig, setzte sie alles daran, sich möglichst schnell ihren Mann und damit ihre eigene Familie zu sichern.

Wolfgangs Eltern spielten bei dieser Entscheidung eine untergeordnete Rolle. Sie waren so gebeutelt von dem Verlust ihrer Heimat und so bemüht, die Fremdheit der »anderen Deutschen« im »Deutschland der Wackeren« wegzuschuften, dass sie weder eine große Hilfe noch ein echtes Hindernis darstellten. Immerhin nahmen sie Johanna mit offenen Armen auf, denn Johanna gehörte ja zu den Wackeren.

Und dann kam Iris auf die Welt, als Johanna gerade zwanzig war. Das Richtfest für das erste eigene Haus und die Geburt wurden zusammen gefeiert. Zweimal einen ausgeben hätte sich die Familie nicht leisten können.

Iris zog ihre Jacke enger zusammen. So langsam wurde ihr kalt. Aber weit war es nicht mehr. Ein guter Kilometer noch. Mit einem Anflug von Scham dachte sie an Livia, die bewegungsunfähig in dem Krankenhausbett lag.

Bis hierhin hatte sich Iris die Geschichte aus den Erzählungen von Johanna und Oma Ursula zusammensetzen müssen. Aber sie erschien ihr relativ stimmig, da auch Iris ihre Großmutter als eine recht kontrollierte, herrische Frau erlebt hatte. An die Eltern ihres Vaters wiederum hatte sie kaum Erinnerungen, weil beide relativ früh gestorben waren. Das Heimweh hatte hier wohl nicht nur die Seele aufgefressen. Ihren Opa Hannes hingegen hatte Iris in ihrer Kindheit liebevoller wahrgenommen als Johanna – im Gegensatz zu ihrem eigenen Vater, den sie in der Tat vor allem als rechthaberisch, nörgelig und desinteressiert in Erinnerung hatte. Aber sie war ja auch die nächste Generation, und Hannes war ihr Opa, nicht der Vater.

Ihre erste bewusste Erinnerung an das Haus im Schulweg hatte Iris mit fünf. Sie hatte zu ihrem Geburtstag einen knallroten Roller geschenkt bekommen, und den wollte sie natürlich unbedingt sofort ausprobieren. Warum ausgerechnet im Garten und nicht auf der Straße, wusste Iris auch nicht mehr, denn ein Rasen eignet sich zum Rollerfahren nur bedingt, aber so war es nun mal, und auch wenn sie mehr schob und in das Gras trat, als zu fahren, so hatte sie doch ihren Spaß und juchzte und rief: »Guck mal, ich bin die Feuerwehr, huiii, und muss mir meinen Weg über die Weiden erkämpfen, um die Kuh zu retten, die im Sumpf feststeckt, huiii.« So sauste sie, bis ihr Vater auf der Terrasse erschien und sie anbrüllte, sie solle nicht so einen Lärm machen, und überhaupt, der ganze Rasen gehe ja kaputt von dem Getrampel. Iris erinnerte sich noch, wie sie erschrocken sofort innehielt, den Roller still gegen die Schaukel lehnte und sich mit hängendem Kopf auf die Stange setzte.

Ihre Mutter war damals auf sie zugekommen und hatte ihr ins Ohr geflüstert: »Wart mal ab, dem werden wir's zeigen.«

Und am nächsten Tag grub sie tatsächlich die ersten zwölf von später insgesamt vierhundertzwanzig Quadratmetern Rasen um und pflanzte ihr erstes Beet – Federgras, Sonnenbraut und Schafgarbe, fast wie eine Sommerwiese.

Dass man aber auf einem Beet erst recht nicht rollern konnte, wurde nie erwähnt. Insofern war Iris sich nicht sicher, wem da eigentlich was *gezeigt* werden sollte. Und was sie damit zu tun hatte.

Nun gänzlich durchgefroren, steckte Iris endlich den Schlüssel ins Türschloss ihrer Wohnung. Sie wusste nicht, ob dies schon der erste Bruch mit ihrer Mutter gewesen sein konnte. Aber sie hatte gelernt, dass sie sich nicht sicher sein konnte. Und dieses Gefühl setzte sich fort.

Deswegen vertraute Iris auch lieber auf Fakten, auf Zahlen und Gegebenheiten. Nicht unbedingt auf sich selbst. Vielleicht war es das, was Libby einforderte?

»Na, herzlichen Glückwunsch«, seufzte Iris, warf den Schlüsselbund auf die Kommode und schlüpfte direkt in ihren Schlafanzug. Sie war zum Umfallen müde, der Tag war lang gewesen, und die Nacht würde kurz. Die Zähne putzen konnte sie auch morgen früh … Und mit den Gedanken an Libby war sie auch schon eingeschlafen.

* * *

Das Erste, was sich Iris für den nächsten Tag vorgenommen hatte, war die Fahrt zum Tierheim. Innerlich verfluchte sie sich jetzt für ihre Idee, das Auto stehen zu lassen, denn der Weg mit dem Bus dauerte dreimal so lange. Dennoch stand sie Punkt neun dort vor der Tür und fragte nach einer mindestens zehn Jahre alten Katze, möglichst braun gestreift. Die gab es leider nicht, dafür aber eine sieben Jahre alte schwarze Katze, die auf einem Auge blind war. Das kam Iris entgegen, da das Tier sich draußen nicht mehr so gut orientieren konnte und von daher nur in der Wohnung gehalten werden konnte. Genau das Richtige für ihre Altbauwohnung im dritten Stock.

Gata hieß sie, das spanische Wort für Katze, und Iris gefiel das. Sie hatte einmal gelesen, dass Katzen kurze, harte Vokale gut hören konnten. Widerstandslos ließ sich das erstaunlich zierliche Tier in die Transportbox heben, was Iris ebenfalls ganz sympathisch fand. Kein gutes Omen wäre es gewesen, wenn die neue Beziehung gleich kratzend und beißend begonnen hätte.

Mit dem Katzenkorb auf dem Schoß fuhr sie direkt mit dem Bus ins Krankenhaus. Eine Schwester, die sie gestern noch nicht gesehen hatte, machte sie darauf aufmerksam, dass Tiere auf den Stationen verboten waren. Iris erwiderte, dass Blumen auf den Stationen eigentlich auch verboten waren, sie aber trotzdem jeder mitbrächte. Die Schwester hob zu erneutem Protest an, da ergänzte Iris: »Ich bin die Mutter von Livia Zimmermann. Das Mädchen mit dem Fahrradunfall.« Der Satz zeigte Wirkung, denn die Schwester, Beate stand auf dem Schild am Kittel, atmete wortlos aus. Iris fragte sich, ob es allein das Mitgefühl für Livia war oder ob sich die ganze Unfallgeschichte inklusive ihres indirekten Zutuns bereits so weit herumgesprochen hatte, dass das Mitleid auch ihr selbst galt.

Als Iris das Krankenzimmer betrat, hatte Livia die Augen geschlossen. Wie schon am Tag zuvor erschrak sie beim Anblick ihrer Tochter. Die Hämatome hatten über Nacht eine dunkellila Färbung angenommen. Gestern waren sie noch mittelrot gewesen. Erstaunlich, wie schnell so etwas geht, dachte Iris überrascht. Die Selbstheilungskräfte des Körpers machten ihren Job. Die Seele sah man ja nicht.

Iris stellte den Käfig mit der Katze seitlich an das Fußende des Betts, darauf bedacht, das hochgestellte, geschiente Bein nicht zu berühren. Sie öffnete die vordere Klappe und ging dann zum Kopfende. Vorsichtig strich sie Livia eine Haarsträhne aus dem Gesicht. Sie war ein wenig blutverklebt. Wann sie wohl das erste Mal duschen konnte?

Livia öffnete die Augen.

»Guten Morgen, mein Schatz. Wie geht es dir?«, fragte sie leise.

»Geht so.« Livia klang heiser. »Tut alles weh.«

Iris nickte. Wir sprechen, dachte sie. Immerhin. »Geben sie dir keine Schmerzmittel?«

»Ich weiß nicht. Doch, ich glaube schon, aber das reicht nicht, wenn jemand auf jedem Nerv in deinem Körper Schlittschuh läuft.«

Iris lächelte.

»Ich habe dir was mitgebracht.«

»Ich habe keinen Hunger.«

Iris schüttelte den Kopf. »Es ist ja auch nichts zum Essen. Würde ich zumindest nicht empfehlen.« Iris trat einen halben Schritt zur Seite, damit Livia die Box sehen konnte.

Livia versuchte, sich leicht aufzurichten. »Autsch … scheiße.« Sie atmete aus und ließ sich zurücksinken. »Was ist das?«

»Das«, sagte Iris, »ist Gata, unsere neue Mitbewohnerin. Sie ist auf einem Auge blind.«

»Du hast eine neue Katze geholt? Warum?«

»Du magst Katzen.«

»Du nicht.«

»Och, ich hatte mich dann schon an Mucke gewöhnt.«

»Eine Therapiekatze also?!«

Iris überhörte die Spitze. Nicht heute. Nicht jetzt.

»Eine Gesellschaftskatze«, sagte sie. »Und ich glaube, dass sie uns braucht.« Noch in dem Moment, wo Iris diesen Satz aussprach, bereute sie ihn.

»Na dann«, erwiderte Livia prompt. »Da ist sie bei dir ja genau an der richtigen Adresse.«

Iris spannte die Schultern an. »Libby, Livia, Schatz … glaube mir, was passiert ist, tut mir unendlich leid. Und ich schäme mich dafür, dass ich nicht pünktlich war, dass ich dich im Stich gelassen habe. Ich würde alles, wirklich alles dafür tun, diesen einen Moment ungeschehen zu machen …« Iris atmete durch. »Aber … aber du hattest recht, ich saß nicht hinter dem Steuer des Autos, das dich angefahren hat.«

Sanft strich Iris Livia weiter über die Stirn. Wenn es eine Uhr in dem Raum gegeben hätte, so hätte sie in dem Schweigen zwischen Mutter und Tochter laut getickt. Livia hatte die Augen wieder geschlossen. Tränen liefen aus den Augenwinkeln. Iris zerriss es das Herz. Aber sie musste das jetzt aushalten.

»Hast du schon mit dem Arzt gesprochen?«, fragte Livia schließlich mit belegter Stimme.

»Er ist noch nicht da«, antwortete Iris. »Aber ich bleibe hier, bis er kommt.«

»Ich bin müde«, sagte Livia.

»Okay. Ich warte draußen.«

Sie beugte sich vor und hauchte Livia einen Kuss auf die Stirn.

Livia ließ es geschehen.

Im Gegensatz zum Tag davor war die Cafeteria erstaunlich leer. Es ist wahrscheinlich noch zu früh, dachte Iris. Umso verwunderter war sie, als sie am Selbstbedienungstresen den unfreundlichen Mann vom Vortag wiedererkannte. Er humpelte, besser gesagt, er ging schief, weil sein rechtes Bein offenbar kürzer war als das linke und, soweit man das durch die weite Jeans erkennen konnte, irgendwie halbmondförmig gebogen. Ein Krüppel, dachte Iris erstaunt. Gemeinerweise ertappte sie sich dabei, wie sie das mit einer gewissen Genugtuung erfüllte.

Sein Anblick erklärte Iris jetzt auch, was ihr gestern, als sie den Griesgram nur auf der Bank sitzend wahrgenommen hatte, so schief oder unpassend an seiner Physiognomie erschienen war. Sie fragte sich, ob er als Kind auch eine Verletzung an der

Wachstumsfuge erlitten hatte. Woher käme sonst das krumme Bein?

Erneut sah Iris sich um. Von den zehn Tischen waren nur drei besetzt. Und auf der Bank, wo gestern dieser hinkende Idiot gesessen hatte, stand nun eine Art Feuerlöscher, und über einem der Stühle hing eine Outdoorweste. War er etwa hier der Hausmeister? Iris überlegte. Sollte sie versuchen, erneut das Gespräch zu suchen, ihn irgendwie aufzutauen? Vielleicht war er ja nur wegen seiner Behinderung so abweisend. Andererseits: Dieser Mensch war unfreundlich und gemein gewesen, und sie hatte überhaupt keine Lust, sich erneut anraunzen zu lassen.

Iris schüttelte den Kopf, und jeden Blickkontakt meidend, ging sie zielstrebig an den Verkaufstresen, an dem sie auch den kecken Barmann vom Vortag wiedererkannte.

»Ah, die schöne Signora ist wieder da«, begrüßte er sie wie eine alte Bekannte, und Iris wusste nicht, ob ihr das peinlich sein oder sie sich darüber freuen sollte. »Und heute ist ja auch schon wieder mehr Farbe im Gesicht. Gut. Sehr gut. Wieder die Spezialmischung?«

Iris nickte stumm und fragte sich, ob der Kauz von gestern die ganze Szene beobachtete. »Und ein Croissant, bitte.«

»Sì, Signora, una media luna, ein Halbmond. Das ist doch viel poetischer als dieses *Croassong*. Nicht so hart, Signora, weich und elegant … So wie Sie.« Er reichte ihr das Croissant auf einem Teller über den Tresen und berührte dabei leicht ihren kleinen Finger. Iris spürte, wie ihr die Röte ins Gesicht stieg. Was für ein Hallodri!

An der Kasse stand sie dummerweise hinter dem Miesepeter und rührte entsprechend beschäftigt in ihrer Tasse, obwohl sie die Milchschaumhaube mit einem Halbmond und drei Sternen auf dem Kaffee eigentlich mehr mochte als das Gemisch. Cappuccino löffelte man, sonst verlor sich der Zauber. Aber in Notsituationen wie dieser galten neue Regeln.

Der Fiesling gab zwanzig Cent Trinkgeld.

»Stimmt so«, sagte er ruhig, als die Kassiererin ihn um die eins achtzig bat. Seine Stimme war dunkel und voll.

Dann war Iris an der Reihe, erleichtert, doch der Mann vor ihr wollte noch eine Serviette. Seine Hände zitterten leicht, als er nach rechts zu dem Stapel griff, über Iris' Tablett hinweg. Deshalb trafen sich ihre Blicke nun doch.

Er musterte sie kurz, nahm eine Serviette und wandte sich ab.

»Sie schon wieder!«, sagte er mit dem Rücken zu ihr. »Haben Sie kein Zuhause?« Er klang dabei nicht aggressiv, eher desinteressiert. In der Tonlage hätte er ebenso gut das Wetter kommentieren können.

Iris schluckte. Sie hatte den Kontakt nicht gewollt. Wollte ihn noch immer nicht. Aber nun stand da eine Frage im Raum. »Warum sind Sie so unfreundlich?«, fragte sie. Ihre Stimme wollte kippen, tat es aber nicht. »Ich habe Ihnen nichts getan.«

»Eh, Sebastian«, rief der Kellner. »Mach dich nicht an die Signora heran. Sie ist eine feine Dame und findet deinen Humor langweilig.«

Der Stinkstiefel warf dem Barmann einen stirnrunzelnden Blick zu, erwiderte nichts, rührte sich aber auch nicht von der Stelle.

»Meine Tochter hatte gestern einen schweren Unfall. Deswegen bin ich hier. Und deswegen ist dies vielleicht auch tatsächlich gerade mein Zuhause, wenn Sie so wollen. Ja. Mein zweites.«

Nun drehte sich der Mann doch einmal zu ihr um. Iris erkannte beides wieder, die Furchen und die gegerbte Haut, die Augen, in denen man nicht lesen konnte und in denen dennoch etwas stand. Wie Hieroglyphen. Er musterte sie. »Tut mir leid.«

Iris nickte. Dann legte sie der Kassiererin einen Fünfeuroschein in das Schälchen, sagte ebenfalls »Stimmt so« und ging mit ihrem Frühstück an dem Mann vorbei in Richtung Ausgang.

Ein Spaziergang im Park würde ihr jetzt guttun.

»Bis morgen«, rief ihr der junge Kellner munter hinterher.

Wenn das so weitergeht, traue ich mich gar nicht mehr hierher, dachte Iris nur und gab ihrem Schritt dennoch mehr Schwung.

6

Iris war bestimmt eine gute halbe Stunde durch die Morgenluft geschlendert. Der an das Krankenhaus anschließende Park war nicht besonders groß, aber als der älteste Hamburgs sehr schön mit seinem Baumbestand und den verschlungenen Wegen. Die Kastanien und Buchen begannen jetzt im April bereits zu blühen. Zarte Rispen reckten sich aus den Astgabeln der Sonne entgegen. Bald würden sie ihre weißgelben Knospen entfalten. Auch Iris reckte ihr Gesicht in den Himmel, der noch immer verhangen und wolkenschwer über der Stadt lag.

Sie hatte so viele Fragen. Und es gab so wenige Adressaten dafür. Heiko fiel ihr ein, Livias Vater. Sie verdrehte die Augen. Ein echter Vater wäre jetzt gut gewesen. Und ein echter Partner für sie. Aber Heiko war beides nicht. Iris hätte es von der ersten Sekunde an wissen können. Heiko war charmant gewesen und hatte die kokettesten Augen, in die Iris jemals geblickt hatte. Iris, das Mädchen vom Land, hatte sich sofort verliebt und einfach angenommen, dass man sich auf Männer, egal welche Ecken und Kanten sie haben, doch irgendwie verlassen konnte. Ein folgenschwerer Irrtum. Also nein, Heiko war keine Option.

Katja natürlich. Oder Lara, ihre Kollegin aus der Presseabteilung, mit der sie ein fast freundschaftliches Verhältnis verband. Und doch waren das alles nicht die Richtigen. Iris wusste das. Sie sah auf zu den Meisen, die aufgeregt durch die Luft flatterten.

Sie würde ihre Tochter verlieren. Wenn sie nicht aufpasste, würde das passieren. Geschichten wiederholen sich, wenn man die Weichen nicht neu stellte.

Iris hatte mit ihrer Mutter gebrochen, weil sie die Dinge nie beim Namen nannte. Weil man bei ihr nie wusste, woran man war. Weil sie feige war. Und ganz besonders feige beim Tod ihres Vaters. Da hatte sie sich das erste Mal offen gegen ihn behauptet und seinen Letzten Willen nicht erfüllt: *Ich möchte, dass die Asche nach meinem Tod an den Ufern der Svratka in Brünn verstreut wird.*

Ihre Mutter hatte sich für ein anonymes Urnenbegräbnis auf dem Stadtfriedhof entschieden. Und mit welch erleichtertem Stolz sie das verkündet hatte!

Iris hatte an der Beisetzung nicht teilgenommen und sich seither auch nicht mehr bei ihrer Mutter gemeldet. Die Anrufe und Briefe, die zuerst häufig, später nur noch sporadisch kamen, hatte sie unbeantwortet gelassen.

Es ist so leicht, sich gerade zu machen, wenn niemand mehr da ist, der einen beugen will.

Das hatte sie ihr nicht verziehen. Das war der letzte Tropfen gewesen.

Iris holte ihr Handy aus der Tasche. Sie wusste nicht, ob sie es direkt über sich bringen würde. Ein Sprung vom Zehnmeterturm war schon eine Herausforderung. Ein Anruf bei »MaPa« war noch schwieriger. Zwölf Meter, mindestens.

Iris scrollte durch ihr Adressbuch.

Die Nummer von MaPa war vermutlich die erste gewesen, die sie überhaupt eingespeichert hatte. MaPa. Mama, Papa. Daran hatte sich seit Jahren nichts geändert, außer dass der Pa-Teil der Nummer nicht mehr lebte. Es war eine Festnetznummer mit fünfstelliger Vorwahl und vierstelligem Anschluss. Iris betrachtete die Ziffernfolge und hatte sofort den Geruch der Diele in der Nase, in der das Telefon ihrer Eltern stand. Immerhin schon ein schnurloses. Das wusste Iris, weil sie selbst es ihren Eltern vor acht Jahren zu Weihnachten geschenkt hatte. Sonst stünde da wahrscheinlich immer noch das Telekom-Grüne mit den schwarzen Tasten. Sie sah das Haus vor sich, in dessen Richtfest sie hineingeboren war. Ein warmer Rotklinker mit einem Walmdach, dessen Gratsparren ihr Vater noch selbst gelegt hatte. Den Garten, natürlich, von dem sich ihre Mutter Jahr für Jahr eine Parzelle mehr eroberte wie die großen Kriegsherren die Kontinente. Hätte ihr Vater sich nicht am Ende vehement gegen »das ganze Unkraut« gewehrt, so hätte Iris' Mutter auch vor den letzten zwei Quadratmetern für die Liegenstellfläche nicht haltgemacht.

Iris strich sacht über das Handy-Display, darauf bedacht, nicht aus Versehen den Ruf auszulösen. Natürlich hatte es sie als Kind gestört, nicht durch das Gras toben oder Federball spielen zu können. Der Garten ihrer Mutter verdiente den Respekt durch Betrachtung, nicht die Ignoranz, indem man wild durch ihn hindurchtobte. Aber Iris musste sich jetzt, hier in dem Park, doch eingestehen, dass sie die Schönheit des Ganzen auch gemocht hatte. Dieser Garten war eine große, blühende Sinfonie aus Gefühlen und Geschichten. In allen Facetten. Er war der Ausdruck dessen, was ihre Mutter nicht in Worte fassen konnte. Liebe, Schmerz, Sehnsucht, Verlust – die ganze Palette.

Zum ersten Mal kam Iris der Gedanke, dass der Grund für die Weigerung ihrer Mutter, ihren Vater dort beerdigen zu lassen, wo er es sich gewünscht hatte, nicht allein ein Akt stiller Rache war, wofür sie ihn immer gehalten hatte. Vielleicht war es gar kein Protest gegen den unwirschen Patriarchen, der sich zeitlebens geweigert hatte, die Bedingungen einer neuen BRD zu akzeptieren, in einem Land anzukommen, das er selbst mitgestalten und kennenlernen musste. Vielleicht wollte sie ihn ja einfach in der neuen Heimat, die für sie immer die alte war, einfach in ihrer Nähe wissen, damit sie, die das Grab ganz sicher mindestens viermal im Jahr neu bepflanzte, ihm weiter ihre Geschichten erzählen konnte? Damit sie ihn teilhaben lassen konnte an ihrem Leben, damit die Erinnerung nicht starb?

Iris schaltete das Handy aus. Sie würde ihre Mutter anrufen. Aber nicht heute.

Sie dachte an ihren eigenen Balkon. Seit ihrem Einzug vor acht Jahren hatte sie ihn nie richtig bepflanzt. Auch das würde sie ändern. Der April war der perfekte Monat dafür.

Iris nahm das Croissant aus der Tüte und biss einmal hinein. Der Cappuccino war bereits kalt. Es war an der Zeit, zurückzugehen. Sie überlegte, ob sie einen Schlenker über die Cafeteria machen sollte. Um den Teller zurückzubringen … Letztlich aber fühlte sie sich der geballten Ladung italienischen Testosterons doch nicht gewachsen.

* * *

Als Iris Livias Zimmer betrat, war Dr. Mendez gerade zur Visite da. Umringt von drei Assistenzärzten und einer Abordnung von Pflegern und Schwestern hob er den Katzenkäfig in die Höhe, wandte sich zu Iris um und sah sie fragend an. »Was ist das?«

Iris errötete. »Eine Katze?« Was sollte sie sonst sagen?

Mit der Transportbox in der Hand kam Dr. Mendez mit ernstem Gesicht auf sie zu. »Mal im Ernst, Frau Zimmermann, was haben Sie sich dabei gedacht? Ihre Tochter hatte gestern einen relativ schweren Unfall und danach eine aufwendige Operation. Sie hat frische Wunden und bekommt prophylaktisch ein Antibiotikum, damit wir eine Entzündung oder sonstige Komplikationen auf jeden Fall vermeiden. Und dann kommen Sie und stellen Ihr einfach diese Kiste mit einem Haustier aufs Bett!?« Dr. Mendez' Augen funkelten jetzt ärztlich-streng, und Iris fühlte sich ein wenig unbehaglich. Sie hatte es gut gemeint und nicht bedacht, dass sie womöglich die nächste Blutvergiftung in Livias Zimmer schleppte.

»Schon gut«, erwiderte sie kleinlaut. »Und ich bin ja jetzt hier, weil ich sie abholen wollte.« Sie streckte ihre Hand aus, um dem Arzt die Box abzunehmen.

»Lassen Sie sie hier, bitte«, kam es da heiser vom Krankenbett.

Alle drehten sich um. Der Arzt, die Assistenten, die Pfleger. Nur Iris nicht. Sie konnte Livia auch so direkt ins Gesicht sehen.

»Wie bitte?«, fragte Dr. Mendez, als hätte er nicht richtig verstanden.

»Ich möchte gern, dass die Katze bleibt. Ein paar Stunden wenigstens«, sagte Livia schwach, aber dennoch nachdrücklich.

Nun glaubte Iris, nicht richtig gehört zu haben. Verteidigte ihre Tochter sie da gerade?

»Livia, ich sage es noch einmal: Dies ist ein Krankenhaus und …«

»Entschuldigung, ich weiß, was das hier ist, aber das Tier tut mir gut.« Livia machte eine Pause.

Iris lächelte. Sie freute sich, dass Livia so für sich einstand, fand aber insgeheim auch, dass das Tier selbst ebenfalls Bedürfnisse hatte, die man nicht ignorieren durfte.

»Also gut«, sagte Dr. Mendez dann entschieden und setzte die Kiste auf dem Boden neben dem Bett ab. Er merkte offenbar, dass seine Patientin Ruhe und in dem Fall auch ihren Willen dringender brauchte als ihre Tabletten. »Dann soll es so sein. Aber heute Abend ist die Kiste weg. *Mit* der Katze!« Eindringlich sah er Iris an.

Diese nickte nur – das war ja sowieso der Plan gewesen – und fühlte sich nicht mehr ganz so schlecht. »Und wie geht es meiner Tochter?« Das war ja nun die eigentliche Frage, die sie interessierte.

Dr. Mendez blickte sich kurz zu Livia und seinem Team um. »Ich sagte es gerade, Frau Zimmermann. Ihre Tochter ist erstaunlich robust, und rein medizinisch ist alles im grünen Bereich. Die Wunde sieht soweit gut aus, der Kreislauf ist stabil. Das MRT des Schienbeins können wir frühestens in fünf Tagen machen, wenn die Schwellungen etwas abgeklungen sind. Dann haben wir Gewissheit, ob die Wachstumsfuge Schaden genommen hat. Ich hoffe nicht, aber wir müssen es ausschließen. Es ist von daher zu früh, es zu sagen, doch ich glaube, Ihre Tochter hat großes Glück gehabt, Frau Zimmermann.« Iris las ihm jedes Wort von den Lippen ab. »Dass Ihre Tochter so viel Sport treibt, hat ihr definitiv geholfen. Der Körper ist fit.«

Iris nickte. Beide Botschaften waren angekommen, alle drei im Grunde. Livias Zustand war zufriedenstellend, immerhin. Wie sich das in der Zukunft darstellte, lag nicht allein in Dr. Mendez' Händen. Hier hatte Livia eine Aufgabe vor sich, aber vor allem auch sie selbst.

Und bei der würde sie nicht wieder zu spät kommen.

Als der Tross an Personal das Zimmer verlassen hatte, ging Iris zum Bett hinüber und strich ihrer Tochter wie am Morgen einfach sanft über die Stirn. Sie hätte sie umarmen wollen, küssen, sie umfangen und an sich drücken.

Stattdessen fing Iris einfach an, drauflsozureden.

»Weißt du, was ich mir überlegt habe, Libby?« Iris sah kurz zu ihrer Tochter, ohne mit dem Streicheln aufzuhören. Sie achtete darauf, ob sich auch nur der leiseste Widerstand in Livias Gesicht regte, aber da war nichts. Nur die geschlossenen Augen und ein ruhiger Atem.

»Ich habe mir überlegt, Oma mal anzurufen. Vielleicht auch mal hinzufahren. Je nachdem.« Iris hielt kurz inne. »Ich war gerade ein bisschen spazieren, und da fiel mir Omas Garten wieder ein. Erinnerst du dich noch an den Garten?«

Iris lauschte auf den ruhigen Atem ihrer Tochter.

»'türlich erinnere ich mich noch. Ich bin sechzehn!«, kam es da fast schnoddrig aus den Kissen. »Der war toll.«

Iris lächelte. »Ja. Das stimmt. Das habe ich heute Morgen auch gedacht. Als Kind fand ich es nervig, diese ganzen nach Farben und Größen geordneten Beete immer nur angucken zu können, anstatt mal ordentlich drüberzutrampeln, aber im Grunde waren das alles kleine Kunstwerke.«

»Oma hat 'ne Ader für so was. Ich glaub, das Maltalent hast du von ihr.«

Iris spürte, wie sie rot wurde, so sehr freute sie sich über diese Bemerkung. »Ja, vielleicht«, sagte sie, ohne sich ihre Gefühle anmerken zu lassen. »Ich wiederum glaube, deine Sportlichkeit hast du von ihr.«

»Oma war doch nicht sportlich. Hast du ihre krummen Beine schon vergessen?«

Iris musste lachen. Stimmt, Johanna hatte echte O-Beine, aber sie erinnerte sich trotzdem noch gut daran, wie sie, als Livia noch klein war, im Schwimmbad mit ihrer Enkelin unermüdlich wieder und wieder die Wildwasserbahn herunterrutschte, wie sie zwei Stunden im Wald nach Pilzen suchen konnte und zwei weitere drangehängt hätte, wenn Tochter und Enkelin nicht lautstark gemeutert hätten. Zäh und patent – das war ihre Mutter ganz sicher.

»Vermisst du sie manchmal?«

»Manchmal. Ja.«

»Ich auch, und ich glaube, ich hab da was zu klären.«

Livia antwortete nicht. Dafür maunzte die Katze.

Iris lachte fast kurz auf, erleichtert über die Ablenkung. »Was willst du denn nun, hm? Auch nicht genug Aufmerksamkeit?«

Iris beschloss, die alte Katze einmal aus dem Käfig zu holen, damit sie die Umgebung ein bisschen erkunden konnte. Sie öffnete das Türchen der Box.

Das Tier tapste unsicher auf dem Krankenhausboden herum, untersuchte Winkel und huschte in Ecken.

»Kannst du sie mir auf die Decke legen, damit ich sie streicheln kann?«

»Ja, klar«, sagte sie nur. Sanft hob Iris das ängstliche Tier auf das Bett, und die alte Katze machte mit. Sie war auf Libbys Bauch gelandet und schnurrte. Livia streichelte sie vorsichtig.

»Was macht das Bein? Hast du Schmerzen? Brauchst du noch etwas?« Iris überlegte kurz, ob sie die Bettdecke, die über das verdrahtete und geschiente Bein gelegt war, anheben sollte, traute sich aber nicht.

»Alles gut«, sagte Livia knapp und klang erschöpft.

Iris küsste ihre Tochter auf die Stirn und saß noch eine Weile still an ihrem Bett, bis sie an Livias ruhigem Atem erkannte, dass ihre Tochter eingeschlafen war. Vorsichtig bugsierte sie die Katze zurück in die Box.

»Ich liebe dich, mein Engel«, sagte sie. »Und ich werde dich wieder lachen sehen. Das verspreche ich.« Mit oder ohne Olympia. Aber auf jeden Fall zusammen. Iris dachte kurz an Livias Vater, verscheuchte aber den Anflug von schlechtem Gewissen sofort wieder.

7

Livia hielt die Augen weiter geschlossen. Sie war vom Geschirrgeklapper wach geworden, das sich erneut in ihren Traum hineingewoben hatte. Der Regen, die Ampel, das Auto, der Knall, das Schwarz. Sie bekam die Bilder einfach nicht aus dem Kopf.

Vorsichtig betastete Livia ihr Gesicht. Die rechte Wange tat verflixt weh, wenn sie etwas doller drückte. Dann versuchte sie, sich etwas aufzurichten, um das hochgestellte Bein ein wenig nach rechts und links zu drehen, doch schon beim ersten Versuch schrie sie vor Schmerz auf.

Mehr wütend als resigniert ließ sie sich in die Kissen zurücksinken. Sie sah sich schon im Rollstuhl durch die Gegend fahren, hilflos vor den drei Stufen haltmachend, die zur Schulpforte hochführten. Sie kam sich vor wie eines dieser amerikanischen Wildpferde, die regelmäßig durch Menschenhand »gebrochen« wurden, gefügig gemacht, reif für den Beritt. Aber Livia wollte sich nicht fügen. Sie wollte laufen!

Ihr fiel das Eislaufcamp am Saimaa in Finnland ein. Letztes Jahr über Silvester war das gewesen. Sie hatte noch deutlich den Blick ihrer Mutter vor Augen, als sie sie am Flughafen ablieferte. Nicht vorwurfsvoll, aber doch irgendwie anklagend, hatte Livia gedacht. Aber es war nicht ihre Schuld, dass Iris über den Jahreswechsel allein bleiben würde. Also hatte sie nichts gesagt. Sie hatte sich einfach gefreut: Zehn Tage über zugefrorene Seen laufen oder joggen, rohen Fisch essen, wenn nicht gar fangen, Ringelrobben sehen, abends am Kamin sitzen, vielleicht mit einem netten Jungen quatschen … Sie waren zu zwölft, vier Mädels, sechs Jungen und zwei Betreuer. Am dritten Tag hatten sie sich zu einem Orientierungslauf getrennt. Kein großes Ding. War es wirklich nicht. Aber Livia war dort, in der totalen Stille und Klarheit dieser zugefrorenen Seenplatten, die sich in die bewaldete Landschaft einfügten wie diamantene Inseln, etwas passiert, was sie sich nie hätte träumen lassen. Livia dachte, das Eis dieser Seen wäre spiegelglatt und einfach blau. Oder blauweiß. Jedenfalls plan und einfarbig. So hatte sie es auf den Fotos auch gesehen. Das stimmte aber nicht. Vielmehr war die Oberfläche an manchen Stellen rau und uneben, das Licht brach sich in schillernden Farben, und obwohl sie nicht tief in das Eis hineinschauen konnte, hatte sie doch den Eindruck, die wenigen Zentimeter, die sie in die Tiefe blicken konnte, wären wie einzelne Stockwerke in anderen Welten. Als wäre das Eis gefroren, als gerade eine Windböe über den See fuhr, und hätte das agile Treiben von Sandpartikeln, Luftbläschen, Moosspuren und was sonst noch alles in Miniaturform eingegossen. Livia war so fasziniert von den Blumenmustern, geometrischen Formen, Zwergfamilien gewesen, die sie dort entdeckte, dass sie einfach das Weiterlaufen vergaß.

Sie hatte noch nicht mal bemerkt, wie die Dunkelheit über sie hereingebrochen war. Das geschah erst, als sie in der Ferne den Schein von Fackeln erkannte und die ängstlichen Rufe ihrer Gruppe hörte.

Nachdem Jochen, ihr Trainer und einer der Betreuer, ihr zunächst erleichtert die Leviten gelesen hatte, war sie das Thema des Abends: »Mann, du hast echt Schwein gehabt! Was da alles hätte passieren können.«

Aber Livia hatte gar nicht richtig zugehört. Sie war noch immer so fasziniert von diesen Formationen gewesen, dass sie am liebsten am nächsten Tag wieder dorthin zurückgegangen wäre. Wie konnte ein winziges, in sich selbst erstarrtes Stück Eis so viele irre Geschichten erzählen?

Livia seufzte. Und jetzt sagten sie ihr wieder, wie viel Glück sie gehabt hätte. Aber Glück war gerade das Letzte, was sie empfand. Denn diesmal *war* etwas passiert. Etwas, das ihr komplett den Boden unter den Füßen wegzog. Sie würde nie an einer echten Olympiade teilnehmen. Die Sportcamps, die wöchentlichen Trainingsstunden – das alles war jetzt futsch. Jochen, die Gemeinschaft, Bea – alles weg. Das war ihr Leben gewesen. Der Sinn des Ganzen. Wie konnten sie es wagen zu sagen, sie hätte Glück gehabt?

Na klar, alle würden sich bemühen, Livia wieder auf die Spur und in ein Leben ohne »Folgeschäden« zu bringen. Die Versicherungen würden den Sachschaden regulieren. Doch was war mit ihr? Wo sollte sie die nächsten Eisminiaturen entdecken, wenn sie nur noch zu Hause in ihrem Zimmer hockte, mit einer Mutter, die nie Zeit hatte oder genervt oder unzufrieden war? Oder alles zusammen?

Livia presste sich ein Kissen auf den Mund, um alles zu ersticken, was womöglich herausgewollt hätte.

Ihre Mutter hatte so viel geredet vorhin an ihrem Bett. Livia konnte sich nicht erinnern, wann sie das letzte Mal so ein langes Gespräch geführt hatten.

Wie war sie überhaupt auf Oma gekommen? Oma und ihre Gartenmacke … Livia nahm das Kissen wieder vom Mund. Oma war super, und es stimmte: Oma war ausradiert worden nach Opas Tod. Niemals wieder hatte sie ihre Mutter über ihre eigene Mutter sprechen hören seit dem Tod von Opa. Ihr heute wieder im Gespräch zu begegnen, war irgendwie tröstlich gewesen. Oma war noch da. Und im Gegensatz zu ihrer Mutter war Oma immer eine kampffreie Zone gewesen.

Die Idee, Oma demnächst mal zu besuchen, war nicht die schlechteste Vorstellung für Livia, deren Geist, immer noch benommen von den Schmerzmitteln, langsam wieder in den Schlaf driftete.

Im Wegdämmern bildete Livia sich ein, das Schnurren einer Katze unter ihren Fingern zu spüren.

* * *

Trotz der latent immer vorhandenen inneren Anspannung musste Iris zugeben, dass ihre Tage schon nach kurzer Zeit einer gewissen, auch wohltuenden Routine folgten: Morgens vor der Arbeit ging sie direkt ins Krankenhaus und brachte Livia etwas mit; mal banale Dinge wie Essen oder neue Wäsche, dann aber auch wieder Außergewöhnliches: ein kleines, goldgerahmtes Bild von einem Specht, das sie in einem Trödelladen entdeckt hatte und das sie an eine Unterhaltung über diesen Vogel aus Kindertagen erinnerte. Livia war damals etwa neun gewesen, und ihr wollte partout nicht in den Kopf, dass der Vogel sich nicht den Schnabel stumpf schlug, wenn er stundenlang gegen das Holz klopfte. Ein *Best of Paul McCartney* hatte sie ihr für den MP3-Player mitgebracht, weil Iris fand, dass man Paul McCartney immer und überall hören konnte. Zeichenpapier und Kohle brachte sie mit, da Livia früher gern gezeichnet hatte und man wenig tun musste, um auf dem Papier schnell viel zu sehen – so Iris' Überlegung. Allerdings tauschte sie die Kohle schnell gegen weiche Buntstifte aus, weil die Schwestern sich beschwerten, dass die Bettwäsche dadurch so einsaute. Was Iris immerhin sagte, dass Livia sie wenigstens ausprobiert hatte. Bilder bekam sie nicht zu sehen. Sie fragte aber auch nicht danach.

Auf dem Weg zum Parkplatz machte Iris jetzt regelmäßig einen Abstecher in die Cafeteria. In ihrer Tasse hatte sie inzwischen das gesamte Universum aus Kakaopulver bewundern dürfen. Pietro, so hieß der Italiener aus der Lombardei, begrüßte sie inzwischen wie eine alte Bekannte, oder besser: wie eine exotische Königin. Iris verstand das immer noch nicht, aber wie gesagt: Komplimente taten nicht weh. Pietro schwärmte vom Lago Maggiore, *Madschohre,* sagte er weich und rund und sah ihr dabei tief in die Augen und erzählte von seinem Traum, eine echt italienische Kaffeebar in Deutschland zu eröffnen.

»Warum denn gerade in Deutschland?«, wollte Iris einmal wissen.

Worauf Pietro sie verständnislos angesehen hatte: »Ja, wieso denn nicht? Die Deutschen mögen italienischen Kaffee.«

Er schien kurz zu überlegen. »Kannst du dir etwas Schöneres vorstellen als eine Frau, wie du zum Beispiel, die mit einem strahlenden Lächeln und feuerroten Lippen den Kunden einen *cafè* und *un dolcino* serviert? Sie würden Schlange stehen, weißt du das?«

Iris machte lachend eine wegwerfende Handbewegung. Klar, gerade sie, die Eleganz in Person, als Kellnerin …

Und dennoch, so einfach, dachte sich Iris, sollte sie ihre Welt auch ein mal betrachten. Daran merkte sie, dass Pietros leichtfüßige Selbstverständlichkeit, gepaart mit seinem Charme und seinem Lächeln, ihr gutzutun begannen, ja sie seine Gegenwart regelrecht suchte. Das Wort Problem schien er einfach nicht zu kennen. Sie überlegte, ob sie ihn mal um eine Verabredung bitten sollte, fand aber, dass das zu weit ginge. Er könnte ja immer noch fast ihr Sohn sein.

Nach diesen kurzen Treffen fuhr sie zur Arbeit – ganz normal.

Am Anfang hatten die Kollegen und auch Dr. Härtling noch mit besorgter Miene nach dem Zustand ihrer Tochter gefragt. Doch als Iris von der Art der Verletzung erzählte, schienen sie innerlich gleich abzuwinken. *Ach so,* hörte man sie förmlich denken, *nur das Knie …*

Von da an hatte Iris so wenig wie möglich von der Situation berichtet.

Sie hatte im Büro auch vor dem Unfall nicht besonders viel Privates von sich erzählt. In erster Linie, weil es nicht viel gab und sie gar nicht auf die Idee gekommen wäre. Jetzt aber war es doch anders. Die Arbeit bestand aus den Zahlen, die sie bearbeitete. Sie selbst blieb draußen. Und das war neu.

Nach der Arbeit fuhr sie wieder ins Krankenhaus. Livia durfte das Bett noch immer nicht verlassen, aber man merkte deutlich, wie gut sie sich erholte: Sie war quengelig, weil sie sich langweilte und ihr die Bewegung fehlte, sie sah zunehmend besser aus, weil der ganze Körper abschwoll und schon bald auch das MRT gemacht werden konnte, um festzustellen, ob die Wachstumsfuge nun Schaden genommen hatte oder nicht. Iris mied dieses Thema, denn im Moment konnte sie ohnehin nichts daran ändern, und es gab auch so schon genug Gedanken, die in ihrem Kopf herumkrabbelten wie Ameisen auf Futtersuche.

Wenn sie abends im Krankenhaus war, versuchte es Iris mit Konversation. Sie plauderte drauflos, so unbeschwert und freimütig sie konnte: von ihrem Tag, an dem im Büro wieder beide Fahrstühle ausgefallen waren, von Gata, die ihren Küchenstuhl mit dem Kratzbaum verwechselte und am liebsten mit dem Wischmopp spielte, dass sie gerade das neue Buch von Elena Ferrante las und wie wunderbar es war, dass sie es mal mit Zucchini-Pommes versucht hatte, die aber so ekelhaft schmeckten, dass sie noch nicht mal das erste Stück ganz hinunterbekam.

Manchmal schaffte es Iris, eine Stunde damit zu füllen, meistens weniger. Sie hatte das Gefühl, in einer Art Dazwischen zu schweben: Für ein berührendes Gespräch war die Zeit noch nicht reif. Für unbeschwerte Plauderei erst recht nicht. Dabei kam ihr Livia nicht feindselig vor. Ihre ganze Körperdynamik strahlte sogar Aktivität und Wollen aus, aber der Mensch dahinter war irgendwie nicht bereit.

Wenn Iris ihr einfache Fragen stellte wie: »Wie war das Essen heute?«, dann war die Antwort: »Wie soll es schon gewesen sein? Genauso scheiße wie gestern.« – »Was hat der Arzt bei der Visite gesagt?« Achselzucken. An Sonnentagen sagte Iris: »Ist das nicht ein herrlicher Tag?«, und Livia erwiderte: »Draußen bestimmt.« Gab es Regen, und Iris freute sich für die Pflanzen, dann freute sich Livia über die Schnecken.

Livia ließ sich von Iris nicht erreichen, und deswegen waren die Besuche manchmal eher kurz. Trotzdem war Iris darauf bedacht, sich möglichst immer mit einem Kuss auf die Stirn oder einem Streicheln über die Wange zu verabschieden. Meist ließ Livia es geschehen. Manchmal wendete sie sich ab. Iris konnte nicht deuten, was wann den Ausschlag gab.

Und dann fuhr Iris nach Hause. Und dort fand sie zu ihrem eigenen Erstaunen etwas, das sie lange so nicht gespürt hatte: Ruhe! Sie hatte bis zum Schlafengehen drei, vier Stunden ganz allein für sich. Wenn sie anfangs noch wie aufgezogen durch die Wohnung lief, eine halbe Trommel Wäsche wusch, ihre Sockenschublade aufräumte oder den Vorratsschrank mit all den abgelaufenen Dosensuppen und Mandelbackaromen ausmistete, setzte sie sich irgendwann einfach in ihren Sessel und hörte die alte CD von Joaquín Sabina oder las eben das Buch von Elena Ferrante. Wenn ihr das zu anstrengend wurde, wich sie auf Komödien im Fernsehen aus. Wenn ihr das zu banal wurde, sah sie

Dramen. Und wenn ihr das alles zu passiv war, ging sie ins Badezimmer und betrachtete sich im Spiegel.

Zu ihrer eigenen Überraschung stellte sie fest, dass ihr doch nicht alles missfiel, was sie dort sah: Ja, sie wirkte müde, eingefallener als sonst. Ihre Haut war blasser, ihr Haar strähniger. Aber: Ihre Augen waren noch immer groß und von einem tiefen Grün. Und auch wenn sie müde wirkten, dann noch lange nicht leblos. Die Brauen waren geschwungen, ebenso der Mund, etwas blutleer zwar, aber weniger verkniffen. Iris hätte fast wetten können, dass es vor drei Wochen andersherum war: leere Augen, frischer Teint.

Sie versuchte, ihr Spiegelbild anzulächeln. Das war ihr so peinlich, dass sie sich direkt abwandte und sich im Raum umsah. Da niemand da war, zuckte Iris gleichgültig mit den Achseln und fixierte den Korb mit den Shampoos. »Hi, ich bin Iris, hatten Sie einen schönen Tag?«, fragte sie ihren Duschschaum. »Ja, das sieht man Ihnen an. Sie sprühen ja geradezu vor Energie!«

Iris war froh, dass sie niemand hörte. Aber sie merkte auch, dass ihr Lächeln echter wurde. Sie verspürte den Impuls, in die Küche zu gehen und mit ihrer Küchenschublade ins Gespräch zu kommen: »Sagen Sie, stört es Sie eigentlich, dass man Sie immer aufzieht?« Iris lachte. »Nun, machen Sie sich nichts daraus, Sie können sich ja jederzeit zurückziehen.« Iris fand die Situation ebenso komisch wie sich selber irre. Und das machte ihr großen Spaß!

Als ihr der Radius ihrer unbehausten Wohnung zu klein wurde, ging sie eine Woche später einen Schritt weiter und überlegte, welche schönen Dinge sie auch draußen unternehmen konnte. Als Erstes ging sie zum Friseur. Allein das Haarewaschen und die Kopfmassage waren ein Genuss. Und nach dem Stylen ließ sie sich auch noch die Brauen zupfen. Zufrieden mit dem Ergebnis, suchte sie ein kleines gemütliches Eckcafé auf, in das sie sonst nur gehetzt von außen hineingeschaut hätte. Jetzt aber gab es niemanden, dessentwegen sie nach Hause hätte flüchten musste. Sie bestellte sich ein Glas kühlen Weißwein – und genoss es.

So reihten sich die Tage aneinander, und an jedem fand Iris etwas Neues, das ihr Freude bereitete: eine Maniküre, eine Pediküre, wieder ein Glas Wein in dem Café, jetzt aber zusätzlich auch mit rot geschminkten Lippen, die die typische Spur am Glasrand hinterließen. Früher hätte sie das als arrogant und rücksichtslos empfunden, dieses nachlässige Verschmieren des Glases. Jetzt fand sie es sehr weiblich.

Sie begann, durch die Winterhuder Boutiquen zu schlendern, und erstand ein unendlich süßes, blau-weiß-rot gemustertes, knöchellanges Kleid und ein paar silberne Birkenstocksandalen dazu. Die mochte sie zwar nicht, aber jeder trug sie, und in Ballerinas hätte man ihre schönen Nägel nicht sehen können.

Und noch etwas später nahm sie schließlich das Rad und fuhr in den Blumenladen, um sich zwei Körbe voll mit Lavendel, Petunien, Purpurglöckchen und Bartnelken zu packen. Die Erde schleppte sie dann noch zu Fuß vom Baumarkt um die Ecke nach Hause.

Und dann pflanzte sie. Vier große Eternitkästen voll. Solche mit intelligentem Wasserspeicher-Überlaufventil. Sie staunte nicht schlecht. Sieben Jahre wohnte sie nun schon in dieser Wohnung, aber das hatte sie noch nie wahrgenommen.

Als sie das Ergebnis betrachtete, war sie nicht nur stolz, sondern vollkommen hingerissen von der Schönheit dieses bisschen Lebens. Was für einen Unterschied es doch machte, auf leere, mit Erdkrusten und Spinnweben verklebte graue Kästen zu starren oder auf eine kleine, sich im Wind räkelnde Pracht in sattem Mutterboden!

An dem Abend war Iris so gesund k. o. wie gefühlt seit Jahren nicht mehr. Und auch wenn sie ein immens schlechtes Gewissen hatte, wie sie all das genießen konnte, wo ihre Tochter doch gerade allein und verletzt im Krankenhaus lag, hatte sie dennoch das Gefühl, dass es niemandem besser gehen würde, wenn sie sich all dies nicht zugestanden hätte.

Vielleicht würde sie morgen dafür eine ganze Stunde mit Livia plaudern können.

Und vielleicht würde es ihr auch bald gelingen, mit dem Plaudern aufzuhören und stattdessen mit dem Reden anzufangen.

Sie war noch nicht so weit, doch sie spürte, da wuchs etwas, genau wie in ihrem Balkonkasten die Essblüten zaghaft sprossen. Sie freute sich schon jetzt, sie über den Radicchio und Römersalat zu streuen. Das würde schön aussehen.

Eine bunte Mischung!

Mit einem Lächeln schlief sie ein.

Ihre Tochter.

Ihre Mutter.

Der Stinkstiefel.

Wieso dachte sie denn jetzt an den? Ne, der nicht.

8

Livia zupfte gefühlt zum hundertsten Mal an ihrem Armband. Der Gummi war schon so ausgeleiert, dass er die Steine nicht mehr richtig zusammenhielt.

Auch sie hatte zu einer gewissen Routine gefunden, die ihr aber weniger ihr Wille als der Krankenhausalltag vorgab. Und der war mehr als öde. Das Abwechslungsreichste war wirklich der Blick aus dem Fenster, weil wenigstens das Wetter und die Wolken nicht immer gleich aussahen. War Livia am Anfang noch froh gewesen, in einem Einzelzimmer zu liegen, wünschte sie sich jetzt doch manchmal eine Zimmergenossin, zur Not auch eine, die schnarchte, Hauptsache, man könnte mal eine Viertelstunde mit jemandem reden.

So war sie auch nach Beas fünftem Anlauf, sie per Handy zu erreichen, nicht mehr ganz abgeneigt, den Anruf anzunehmen.

Zuerst war sie zu schwach gewesen. Sie hatte diesen Unfall gehabt, der sie lähmte und verfolgte. Je besser es ihr jedoch ging, desto mehr überfiel sie die Angst, was sie Bea sagen sollte. Denn wenn sie vor allem eins waren, dann Sportsfreundinnen.

Sicher, Bea überlegte aufzuhören mit Olympia und all dem. Aber Livia war sich nicht sicher, ob eine Freundschaft auf anderer Basis tragen könnte. Das hatten sie noch nie versucht. Nie versuchen müssen. Für Livia war Olympia gesetzt. Für Bea zum Schluss offenbar nicht mehr. Aber Livia war nie so weit gegangen, mit Bea über ihr Problem zu reden. Dafür lag es ihr viel zu fern.

Doch jetzt hatte sie selbst eines, ein viel größeres. Ob sie wollte oder nicht – sie konnte nicht mehr zu Olympia.

Heute würde man das MRT bei ihr machen. Dr. Mendez hatte ihr gesagt, dass die Schwellungen hinreichend abgeklungen seien, um sich ein Bild von ihrem Bein zu verschaffen. Wenn die Wachstumsfuge, dieser plötzlich magische Begriff, unbeschadet geblieben war, wenn sie wirklich die Chance hatte, wieder gesund zu werden, dann würde sie Bea anrufen.

Das zumindest nahm Livia sich vor, denn das neue Gesund wäre noch immer nicht das alte. Egal, wie sehr sie es sich wünschte – durch die Wüste zu laufen und durch das Eis, durch Höhen und Tiefen zu gehen und zu siegen –, mit dem immer noch ruhig gestellten, geschienten rechten Bein war es sicher nicht die wahrscheinlichste aller Perspektiven.

Livia lachte kurz auf. Duschen wäre auch mal ganz schön.

Sie dachte an ihre Mutter, die ihr immer wieder die Haare aus der Stirn strich. Gestern hatte sie sich dabei ertappt, wie sie die Finger an ihrem Kopf nicht mehr ertragen konnte. Strähnige Haare werden nicht lockerer, wenn man ständig darin herumfährt.

Und sie fühlte dennoch, dass ihre Mutter ihr etwas mitteilen wollte: Sie wollte geben, sie wollte Livias Leid auf sich nehmen. Das spürte sie sehr wohl. Aber ihre Mutter hatte immer schon das Beste gewollt und es verfehlt. Sie hätte einfach da sein müssen, um Viertel nach fünf! Nicht wieder dem bescheuerten Härtling nachgeben, ihrem Job oder was auch immer.

Und jetzt lag *sie* hier, Livia, und nicht ihre Mutter! Sie versuchte, sich in eine bequemere Position zu bringen und den eingeschlafenen Oberschenkel ein wenig zu massieren. Sie war es so leid, hier tatenlos herumzuliegen. Wann endlich konnte sie aufstehen?

»Jetzt!« Als hätte jemand ihre Frage erraten, hörte sie dieses Wort aus dem Mund einer fremden Person mit rauer, unignorierbarer Stimme. Nicht unfreundlich, aber herrisch.

Irritiert drehte sich Livia erneut um. Sie hatte mit dem Rücken zur Tür gelegen.

Ein älterer Mann mit verkürztem Bein und faltigem Gesicht sowie Dr. Mendez standen bei ihr im Raum.

»Was soll das denn?«, fragte Livia. »Wer sind Sie?«

Dr. Mendez machte eine beschwichtigende Handbewegung, eher an die koboldhafte Gestalt gerichtet als an sie, und ging einen weiteren Schritt auf sie zu.

»Livia, das ist Bastian Baumgart …«

»Sebastian«, tönte es heiser.

»Sebastian«, wiederholte Dr. Mendez kurz. »Er ist der beste Physiotherapeut, den ich je kennenlernen durfte, und ich glaube, ihr beide könntet euch verstehen. Er begleitet dich ins MRT.«

Livia sah kurz von dem Krüppel zu dem stattlichen Dr. Mendez. Was ging denn hier ab?

»Aha«, machte sie kurz. »Ein Wunderheiler. Wenn er so gut ist, kann er ja gleich mal die Hand auf meine zertrümmerte Kniescheibe legen … Vielleicht wächst sie dann direkt wieder zusammen.«

»Nun, ich denke … „

»Lassen Sie mal«, unterbrach der Alte und klopfte Dr. Mendez auf den Arm. Dann wandte er sich an Livia. »Pass mal auf, Mädchen. Du hast die Wahl: Du kannst laufen, und du kannst humpeln. Du kannst springen, und du kannst stolpern. Du kannst zynisch sein oder die Zicke in den Stall stellen. Ich hab nicht viel Zeit. Könntest du dich wohl entscheiden?«

Der ältere Mann sah sie eindringlich an. Unbezwingbar, das war das Wort. Aber da war auch noch mehr. Irgendwas an ihm war auch beschädigt. Und gleichzeitig hatte sie diese Art der Klarheit noch nie gespürt.

Livia wusste nicht recht … »Wenn Sie wollen, dass ich laufe, müssten Sie zumindest das linke Bein aus der scheiß Schlaufe nehmen. Sonst geht sich's nicht so gut.«

Der alte Mann wollte lachen, doch das Glucksen ging in ein Husten über. Er lachte und hustete und hustete weiter, bis Dr. Mendez den Raum verließ und kurz darauf mit einer Art weißem Feuerlöscher wieder auftauchte. Der ältere Mann nahm sich die Maske, die durch einen Schlauch mit dem Behälter verbunden war, und atmete dreimal tief ein und aus.

Dann nahm er die Maske vom Gesicht und sagte: »So gefällst du mir schon besser. Ich darf dich doch duzen?«

Livia war viel zu erstaunt, um irgendetwas zu sagen. Sie nickte bloß.

Und dann nahm Dr. Mendez das Bein vorsichtig aus der Schlaufe, Livia bekam ein paar Krücken, und jetzt sollte sie gehen lernen.

Sie sah kurz aus dem Fenster. Diese Blattstauden da draußen, die so rot leuchteten und fast zu grinsen schienen, standen die gestern auch schon da? Purpurglöckchen, meinte Livia sich zu erinnern. Ihre Mutter mochte sie sehr.

* * *

Iris glaubte ein Lachen aus Livias Zimmer zu hören, als sie wie jeden Tag nachmittags um halb sechs im Krankenhaus ankam.

Unmöglich, dachte sie. Sie musste sich verhört haben.

Aber da war es erneut: ein unterdrücktes Glucksen. Und dann hörte Iris Stimmen: »Das ist fantastisch, mein Mädchen. Ich frage mich, warum du so lange faul im Bett herumgelegen hast. Ihr Frauen seid doch alle gleich!«

Es war eine Stimme, die Iris vage bekannt vorkam, aber sie konnte sie nicht zuordnen.

»Sehr gut, Livia.«

Iris horchte auf. Das war eindeutig Dr. Mendez. »Komm, eine Runde schaffst du noch.«

Auch er klang ungewöhnlich heiter und gelöst. So hatte Iris ihn noch nie gehört. Was ging da vor sich?

Iris überlegte, ob sie anklopfen und das Zimmer betreten oder einfach wieder gehen sollte. Sie kam sich schon jetzt wie ein Eindringling vor.

Aber schließlich siegte die Neugier. Iris atmete kurz ein, klopfte und öffnete dann direkt die Tür.

Weit kam sie jedoch nicht, denn als sie die drei auf sie gerichteten Augenpaare sah, blieb sie wie angewurzelt im Türrahmen stehen. Livia, mit hochrotem Kopf und leicht verschwitzt, blickte sie euphorisch und erschrocken zugleich an. Dr. Mendez wirkte eher etwas betreten.

Und dann war da dieses von Furchen umrahmte graublaue Augenpaar, das sie fragend und mit leichtem Amüsement musterte.

»Sie?«, entfuhr es Iris, den Blick unverwandt auf den Mann gerichtet, der für sie bislang nur der Stinkstiefel gewesen war. »Was tun Sie hier?«

Noch bevor er selbst antworten konnte, ergriff Dr. Mendez das Wort. »Frau Zimmermann«, hob er an, »das ist Sebastian Baumgart. Er hat sich bereit erklärt, die Physiotherapie bei Livia zu übernehmen. Glauben Sie mir, er ist der beste weit und breit …«

Iris wusste nicht, was sie sagen sollte. Dieser unfreundliche Krüppel sollte ein guter Therapeut sein und noch dazu mit ihrer Tochter arbeiten?

Der Miesepeter schaute belustigt. In gewisser Weise schien er das Spektakel zu genießen.

»Ihr *kennt* euch?«, fragte nun Livia irritiert, offenbar auch nur ungern um ihre Exklusivität gebracht.

Iris spürte, dass sie mit Konfrontation nicht weiterkommen würde, und riss sich zusammen. »Kennen ist wohl zu viel gesagt«, antwortete sie knapp. »Herr Baumgart mag es nur offenbar nicht, seinen Tisch im Café mit anderen Gästen zu teilen. Er bleibt wohl lieber für sich. Umso erstaunlicher ...« – hier legte sie eine kleine Pause ein – »dass er *in der Lage* ist, einen helfenden Beruf auszuüben.« Iris versuchte, dieses »in der Lage« so unverfänglich wie mehrdeutig klingen zu lassen.

Baumgart hob eine Braue.

Iris überging es und wandte sich ihrer Tochter zu, die auf Krücken und mit einem glücklich erhitzten Gesicht wie versteinert vor ihr stand – das rechte Bein halb gekrümmt wie ein schlafender Flamingo.

»Libby, Schatz, ich weiß ... ich weiß gar nicht, was ich sagen soll! Das ist ... einfach fabelhaft! Wann bist du aufgestanden? Wie geht es deinem Bein?«

Livia sah kurz prüfend zu Baumgart und Dr. Mendez, als ob man die richtige Antwort in ihren Gesichtern ablesen könnte. Doch beide überließen ihr die Entscheidung.

»Nun«, sagte sie schließlich. »Es geht ... Siehst du!« Und damit humpelte sie los, kraftvoll, etwas unsicher, aber endlich wieder beweglich.

Iris unterdrückte die Tränen, die in ihr aufsteigen wollten. »Das ist wunderbar, Livia«, sagte sie leise und machte eine Bewegung auf ihre Tochter zu, traute sich jedoch nicht, sie in den Arm zu nehmen. Nicht, dass sie für den nächsten Sturz verantwortlich wäre. »Das ist großartig!«

Verstohlen blickte sie hinüber zum Miesepeter. Doch der schaute weg.

»Frau Zimmermann«, ergriff schließlich Dr. Mendez das Wort, »ich habe noch mehr gute Nachrichten für Sie. Das MRT hat einen negativen Befund ergeben, was so viel heißt wie: Die Wachstumsfuge am linken Knochenschaft Ihrer Tochter ist unbeschadet geblieben. Es gibt im vorderen Schienbein einen feinen Haarriss, der jedoch schnell verheilen dürfte. Dadurch haben wir es jedoch mit einem vergleichsweise großflächigen Hämatom um die Bruchstelle herum zu tun. Es wird eine Weile dauern, bis auch das abgeklungen ist, aber ich halte es für unkritisch. Wir werden Ihrer Tochter vorsichtshalber niedrig dosierte Blutverdünner geben, aber ich denke, dass sie dennoch schon in sieben bis zehn Tagen nach Hause darf und mit den Reha-Maßnahmen beginnen kann.« Dr. Mendez machte eine Pause. »Ich sage es noch einmal, Frau Zimmermann: Ihre Tochter hat großes Glück gehabt.«

Er wandte sich an Livia. »Und auch wenn du es nicht hören willst, Livia, du kannst wieder eine Topsportlerin werden. Vielleicht nicht mehr Olympia. Aber sei nicht so stolz, dass du den Sport ganz an den Nagel hängst. Das wäre eine Verschwendung.« Eindringlich sah er Livia an. Diese wollte etwas erwidern, ließ es dann aber. Auch Iris sagte nichts. Sie war Dr. Mendez dankbar. Für einen reinen Krankenhausarzt war er erstaunlich engagiert. Iris dachte es selten, aber in diesem Moment ging ihr doch durch den Kopf, dass ein Mann im Haus, ein Vater für Livia, durchaus hilfreich sein könnte. Unwillkürlich ging ihr Pietro durch den Kopf. Mit einem großen Bruder für Livia wäre ihr nicht geholfen, aber Spaß hätten sie mit ihm sicher auch …

»Wir sehen uns morgen, Mädchen, okay?«, unterbrach der Stinkstiefel die Überlegungen. »Ich glaube nicht, dass du wirklich fett und faul werden willst, oder?« Verschwörerisch zwinkerte er ihr zu.

»Und Sie kommen wirklich wieder, ja?«, fragte Livia in einem Ton, der etwas unverkennbar kindlich Hoffendes hatte.

»Nur, wenn du mich endlich duzt. Wenn ich dich mal vom Boden aufsammeln muss, haben wir keine Zeit für dieses Gefremdel. Es sei denn …« Nun blickte er doch zu Iris hinüber. »Es sei denn, deine Mutter möchte noch etwas sagen. Sie hat das zu entscheiden. Und wie ich hörte, kann sie das ja gut …«

Iris wurde tiefrot und spürte alle Blicke auf sich. »Wenn Dr. Mendez es empfiehlt und Livia es will, dann ist es wohl das Richtige«, sagte sie knapp.

»Na, dann haben wir das ja auch geklärt«, schloss Baumgart.

»Und Sie … du kommst wirklich wieder, ja?«

Wie viel Hoffnung doch in diesem Satz lag. Iris wünschte nur, Livia würde nicht zu viel in diesen alten Mann investieren. Den Fall könnte sie niemals abfangen.

»Hab ich dich schon jemals enttäuscht, Mädchen?«

Livia lächelte. »Nicht seitdem ich dich vor drei Stunden zum ersten Mal traf.«

»Na siehst du. Das sind doch locker hundert Prozent, und du hast noch nicht mal auf mich gewartet!«

Baumgart hob die Hand zum Gruß und verließ den Raum.

»Dr. Mendez«, hob Iris an, »kann ich Sie gleich noch einmal sprechen?«

»Sehr gern, kommen Sie einfach in einer halben Stunde in das Ärztezimmer. Aber bringen Sie bitte Ihre Tochter jetzt erst einmal ins Bett. Es war ein anstrengender Tag für sie, und ich muss noch zu zwei weiteren Patienten.«

Damit verschwand auch er.

Und wie in einer isolierten Versuchsanordnung standen sich nun plötzlich Mutter und Tochter allein gegenüber.

»Ich schaff das schon«, durchbrach Livia die Stille, mit leichtem Trotz in der Stimme.

»Davon bin ich überzeugt«, erwiderte Iris fest. »Dann mal los. Ich bin nur dein Backup.«

Livia humpelte zum Bett, drohte zu fallen, wollte sich halten, doch da war nichts außer dem starken Arm ihrer Mutter, der sie stützte und an den sie sich nun klammerte.

Gemeinsam bugsierten sie Livia in das Bett zurück, und mit ebenso zärtlichen wie ungeübten Händen stellte Iris Livias Bein erneut in der Schlaufe ruhig.

Als wäre es nie anders gewesen.

Iris war stolz auf sich. Das hatte besser geklappt, als sie vermutet hätte. Viel besser.

Livia schien erschöpft von den ungewohnten Anstrengungen und schloss direkt die Augen.

Iris gab ihr einen Kuss auf die Stirn und wandte sich dann zur Tür. Auch wenn es leise war, hörte sie es noch.

»Danke, Mama.«

9

Wie schon vor vierzehn Tagen, saß Iris erneut auf dem Stuhl im Wartezimmer, auf dem die Zeit schier stillzustehen schien.

Doch im Gegensatz zum ersten Mal fühlte Iris sich heute leichter, unbeschwerter. Livia hatte heute ihre ersten Schritte nach dem Unfall getan und war stolz gewesen. Das MRT hatte ihnen die letzte große Angst genommen, und ob sie es nun gut fand oder nicht – und sie fand es *nicht* gut! –: Livia hatte von unerwarteter Seite Hilfe erfahren und sie offenbar angenommen.

Wie schnell sie Vertrauen fassen konnte! Wie viel Kraft in ihrer Tochter steckte!

Heute Abend würde Iris sich ein Glas Wein gönnen. Und endlich ihre Mutter anrufen. Lange genug hatte sie sich davor gedrückt. Zwei Wochen lang. Zwei Wochen und fünf Jahre.

Die Tür zum Sprechzimmer ging auf.

»Frau Zimmermann …«, sagte Dr. Mendez auffordernd.

Der Arzt sah müde aus, und Iris schämte sich fast für ihre leichten Gedanken und die Pläne für den Abend. Wann würde sich dieser unermüdliche Doktor wohl selbst mal auf eine entspannte Auszeit freuen können? Und mit wem? Ob es eine Frau Dr. Mendez gab?

Iris stand auf und ging auf die einladende Geste des Arztes hin an ihm vorbei ins Sprechzimmer.

»Danke.«

»Und, Frau Zimmermann, was liegt Ihnen auf dem Herzen?«, hob Dr. Mendez an.

Iris wollte nicht direkt mit ihrem Anliegen herausplatzen, also fragte sie zunächst nach dem genauen Befund.

»Wie ich schon sagte. Das MRT war zum Glück negativ, was einen Schaden der Wachstumsfuge angeht. Die Verdrahtung der Kniescheibe sieht sauber aus. Der Körper reagiert gut. Keine Wundbildung. Das Hämatom am Schienbein ist in der Tat recht groß, aber dafür haben wir ja die Blutverdünner verordnet. So weit reine Routine. Ich denke, wenn wir in vierzehn Tagen mit den Reha-Maßnahmen beginnen, hat Ihre Tochter gute Chancen, im Sommer wieder trainieren zu können.«

Dr. Mendez machte eine kurze Pause und versuchte ein Lächeln. »Vielleicht nicht gerade Klettern an der Steilwand, aber die Leichtathletik sollte kein Problem sein …« Prüfend sah er sie an.

»Herr Dr. Mendez«, platzte Iris nun doch heraus. »Das klingt alles ganz und gar wunderbar, aber wer ist dieser Sebastian Baumgart?«

Dr. Mendez schmunzelte. »Frau Zimmermann, ich hätte nicht gedacht, dass Sie es schaffen, ganze sieben Minuten mit dieser Frage zu warten!«

Iris wurde rot.

»Ich kann es nur wiederholen, Frau Zimmermann, er ist der beste Physiotherapeut, den ich kenne. Ich weiß nicht, wie lange noch …« Mendez machte eine kurze Pause. »Aber im Moment ist er es. Vielleicht nicht unbedingt für Erwachsene, und vermutlich erst recht nicht für erwachsene Frauen, aber für junge Menschen ist er ein Segen!«

»Dieser Mensch ist unfreundlich und zynisch«, sagte Iris mit einem leicht trotzigen Unterton, der ihr selbst missfiel. »Und offensichtlich ist er krank. Ein … ein Krüppel, meine ich.«

Die Worte waren ihr aus dem Mund gefallen. Sie hatte sie nicht aufhalten können.

Dr. Mendez nahm seine Brille ab, die Iris vorher noch nicht einmal aufgefallen war, und rieb sich einmal über die Augen.

»Ein Krüppel, meinen Sie, ja? Und Sie haben wahrscheinlich auch recht, aber ich als Arzt darf die Frage wohl stellen: Was heißt denn schon krank oder gesund? Haben wir nicht alle unsere Päckchen zu tragen? Bei dem einen sieht man es vielleicht mehr als bei dem anderen. Aber nur weil wir nicht mit einer Sauerstoffflasche herumlaufen, heißt das doch nicht, dass wir gesund sind, oder?«

Erstaunt sah Iris den Arzt an. Der Feuerlöscher war ein Sauerstoffdepot?

»Aber was … was hat denn dieser … Sebastian, und warum ist er so unfreundlich?«

»Das soll er Ihnen besser selber sagen«, erwiderte Dr. Mendez. »Ich möchte ihm da nicht vorgreifen, aber ich empfehle Ihnen dringend, Ihre Vorbehalte zu überwinden und Livia und ihm eine Chance zu geben. Sie passen gut zusammen. Und Livia hat nicht nur ihre Verletzung zu verwinden. Sie muss in ein neues Leben hineinwachsen.«

Dr. Mendez sah kurz auf. »Eins sollten Sie noch wissen: Sebastian hat eine Praxis hier im Krankenhaus. Aber für die Langzeittherapien lädt er seine Patienten gern in sein Häuschen oben bei Ahrensburg ein. Dreißig Kilometer von hier. Ganz idyllisch, hörte ich. Wenn er Livia das vorschlägt, sollten Sie zustimmen. Und vielleicht sollten Sie sie sogar begleiten. Es würde auch Ihnen guttun!«

Iris enthielt sich einer Antwort. Eine Therapie in der Pampa, im Privathäuschen eines verkrüppelten Frauenhassers mit Sauerstoffmangel? Wirklich verlockend klang anders. Aber sie begriff die Ernsthaftigkeit des Arztes und nickte. »Ich habe verstanden, Dr. Mendez, auch wenn ich kaum glauben kann, dass dieser Mensch größeren Wert darauf legt, mich um sich zu haben. Aber wir schauen mal.«

Und zwar ganz genau schauen wir, dachte Iris noch.

Dr. Mendez stand auf. »Warten wir's ab.«

Iris nickte erneut und erhob sich ebenfalls. Sie reichte dem Arzt die Hand. »Danke, Dr. Mendez, für alles, was Sie getan haben!«

Er hielt ihre Hand mit festem Druck. »Danken Sie nicht mir, Frau Zimmermann, danken Sie Ihrer Tochter. Und seien Sie gnädig mit sich. Was passiert ist, war nicht Ihre Schuld.«

Iris fühlte sich ertappt, und sofort stiegen Tränen in ihr auf. »Aber wenn ich pünktlich gewesen wäre …«, brach es aus ihr heraus.

»Schauen Sie nicht zurück, Frau Zimmermann. Schauen Sie nach vorne. Sie können sich vornehmen, es jetzt anders zu machen.«

Iris seufzte. Sie dachte an Pietros Worte und ertappte sich dabei, wie sie sich gedanklich in einem kleinen Eckcafé in einem der schönen Altbauhäuser Hamburgs wiederfand. Die Sonne schien, und draußen standen kleine Bistrotische. Die Menschen trugen die Brillen im Haar und lächelten sie an, wenn sie ihnen ihren Aperol Spritz oder einen selbst gebackenen Kuchen brachte. In der Kaffeebar wartete Pietro, pustete ihr im Vorbeigehen zärtlich in den Nacken, ließ seine Hand sanft über ihren Rücken streichen.

Iris erschauerte. Was für eine absurde Fantasie – und doch tat sie gut. Meinte sie das ernst, fragte sie sich? Konnte sie sich ernsthaft vorstellen, von Pietro begehrt zu werden und dieses Gefühl zu erwidern? Sie war so vollständig aus der Übung, aber das Kribbeln in ihrem Körper sprach seine eigene Sprache. Vielleicht würde sie ihn heute Abend doch mal anrufen. Die Nummer hatten sie ja schon ausgetauscht. Was sollte schon passieren?

* * *

Nachdem die drei gegangen waren, lag Livia mit zur Decke gerichtetem Blick in ihrem Bett und dachte an ihren Vater. Er war mit dem Motorrad tödlich verunglückt, als sie noch ein Baby war, anderthalb, hatte man ihr gesagt. Den Artikel, in dem im *Hamburger Abendblatt* über den Unfall berichtet worden war, hatte Livia sich so oft angeschaut und durchgelesen, dass er an den Rändern schon dünn und eingerissen war. Angeblich war er sofort tot gewesen, aber Livia fragte sich, ob er vielleicht doch noch einen Schmerz gespürt hatte, ein Knacken oder einen Knall gehört hatte, bevor das Taxi ihn erwischte.

Livia dachte nicht oft an ihren Vater. Sie kannte ihn ja nicht, erinnerte sich nicht an ihn, aber in gewisser Weise teilten sie jetzt doch etwas, das Livia an ihn denken ließ. Sie teilten die Erfahrung eines Unfalls. Ihr Vater war dabei gestorben. Aber auch für sie ging etwas zu Ende, dessen Verlauf sie nie infrage gestellt hatte. Ihre Träume – was sollte aus ihnen werden? Livia wusste, dass es an ihr war, einen neuen Anfang zu finden. Aber dafür musste sie es auch wollen. Und da war sie sich noch nicht sicher.

Wie ihr Vater wohl mit ihr darüber gesprochen, wie er sie begleitet hätte?

Sebastian kam ihr in den Sinn. Mit ihm hatte sie heute ihre ersten unsicheren Gehversuche gemacht. Vielleicht dachte sie auch seinetwegen an ihren Vater, denn sie konnte sich nicht erinnern, dass ihr in ihrem Leben jemals ein erwachsener Mann zur

Seite gestanden hätte. Livia überlegte kurz, warum es eigentlich überhaupt kein Foto von ihr und ihrem Vater gab. Als sie laufen gelernt hatte, musste er doch noch gelebt haben?

Doch der Gedanke war so flüchtig, dass Livia ihn in dem Moment, in dem er ihr durch den Kopf ging, auch schon wieder vergaß.

Ihre Mutter mochte diesen Sebastian offensichtlich nicht, doch Livia vertraute ihm. Es lag etwas Entschlossenes in seiner Art, und er ließ sich nicht an der Nase herumführen. Er machte nicht viel Tamtam, er bemitleidete sie auch nicht. Sebastian verlangte von ihr, dass sie Ja sagte und in ihre Spur fand. Er ließ einfach keinen Zweifel zu. Zierte sie sich, würde Sebastian sich vermutlich achselzuckend abwenden und seiner Wege gehen. Solange du am Leben bist, schien er sagen zu wollen, mach das Beste draus und hör auf, dich selbst zu bejammern!

Das war nicht gerade die Haltung, die sie sich von einem Vater erträumte, aber im Gegensatz zu ihrer Mutter war er klar und eindeutig. Nicht so ängstlich und zaghaft. Und Sebastian war krank. Vielleicht lag es auch daran. Sein rechtes Bein war verkrüppelt, und er war gezwungen, immer diese Sauerstoffflasche mit sich herumzutragen. Livia hatte keine Idee, unter welcher Krankheit man leiden musste, um darauf angewiesen zu sein. Asthma vielleicht? Sie würde das mal googeln. Wie schrecklich es wohl sein musste, als erwachsener Mensch nicht einfach weglaufen zu können, wenn einem danach war. Sie hatte das gekonnt, wenn sie sich mal verloren oder allein gefühlt hatte. Sie war einfach davongelaufen. Aber hatte sie damit auch gewonnen?

Livia griff nach Sid. »Na, Kumpel, was sagst du dazu? Ganz schön kompliziert, was?«

Was hätte ihre Mutter zu diesen Überlegungen gesagt? Sie war niemand, die als Erste über die Ziellinie schoss. Aber sie war ein

Mensch, der den Weg harkte und glatt strich, damit andere es leichter hatten.

Livia seufzte. Ihr linkes Bein schmerzte, das mit dem großen blauen Fleck.

Sie beschloss, nun endlich bei Bea anzurufen.

Nach dem ersten Klingeln hörte sie bereits die vertraute Stimme ihrer Freundin. »O mein Gott, Livia, endlich! Ich habe mir ja solche Sorgen gemacht. Wie geht es dir?«

Livia wurde von innen ganz warm. Sie hätte nie gedacht, wie gut ihr diese vertraute und aufrichtig besorgte Stimme ihrer Freundin tun würde.

»Na ja«, sagte sie, »gut ist vielleicht übertrieben, aber wie du siehst: Ich lebe noch.«

10

Iris saß in ihrem Lieblingssessel im Wohnzimmer, das Handy auf dem Schoß. Der Wein stand geöffnet auf dem Tisch neben ihr, das Glas halb gefüllt, eines der geschliffenen Kristallgläser: ein Erbstück von Oma Ursula, das sie sorgsam geputzt und poliert hatte, nachdem es jahrelang im Schrank verstaubt war.

Die Sonne schickte einen letzten langen Streifen Helligkeit in den Raum. Er strahlte mit der Kraft des späten Frühlings und hatte doch noch nicht die Intensität des Sommers.

Sie starrte auf ihr Display: *MaPa* leuchtete da in dem technischen Grün. Sie musste nur auf »Verbindung herstellen« drücken. Sie schluckte trocken, und das grüne Licht erlosch.

Fünf Jahre waren eine lange Zeit.

Was, wenn ihre Mutter sie direkt mit den alten subtilen Vorwürfen konfrontieren würde? »Ich hoffe, es ist dir gut ergangen, während ich all die Jahre hier allein zusehen musste …« – »Wie schön, dass du dich meldest. Aber ich hätte dich eigentlich nach dem Tod deines Vaters gebraucht.«

Sie drückte erneut die Aktivierungstaste, um das *MaPa* wieder leuchten zu sehen.

Ja, ihre Mutter hätte sie gebraucht. Aber noch viel mehr hatte Iris ihre Mutter gebraucht. Damals. Als Kind.

Die Handybeleuchtung erlosch erneut, und langsam verblasste auch der gelbe Schein im Raum und veränderte sich in ein dunkles Orange. Abgesehen von ihrem Sessel war das Zimmer bereits in Dunkelheit getaucht.

Iris drückte die Taste, und dann drückte sie *MaPa*. Nach dem kurzen digitalen Piepsen der Ziffern ertönte das Freizeichen. *Nicht auflegen, Iris, jetzt nicht auflegen …*

Die Stimme am anderen Ende der Leitung meldete sich nach dem dritten Klingeln. Iris sah das alte rote Telefon noch vor sich. Und das Tischchen, auf dem es stand, beinahe in Duckhöhe unter einer Treppenschräge. Ein merkwürdiges Gefühl der Freude beschlich sie. Es war wie nach Hause kommen.

»Zimmermann.«

Das war die Stimme ihrer Mutter. Aufmerksam, wach, agil, fragend. Ihre Mutter, die Gärtnerin, während sie die Wetterfrau war: jemand, der auf Dinge reagierte, wenn sie passierten, und nicht lange im Voraus einen Plan fasste.

Iris wusste plötzlich nicht mehr, was sie sagen sollte.

»Hallo? … Wer ist denn da?«, hörte sie es aus dem Lautsprecher.

»Mama? … Ich bin's …« Iris unterdrückte einen Schluchzer. Dass es so schlimm werden würde, hätte sie nicht gedacht.

Am anderen Ende hörte man nichts. Außer einem Kruscheln vielleicht. Als ob jemand einen frisch gestärkten Mantel enger um sich schlug. »Iris.«

»Iris?« Ihre Mutter sprach mit erstickter Stimme. »Iris, du bist das?«

»Ja, Mama, ich bin's. Iris.«

Weil die Situation so absurd war, hätte sie fast noch ein »deine Tochter« drangehängt.

»Iris, o mein Gott … geht es dir gut? Du rufst an? Ist alles in Ordnung bei dir? Was ist denn los? O mein Gott … wie wunderbar … Ist etwas passiert? Wie geht es Livia? Schatz, nun sag doch was …!«

»Mama …« Iris' Tränen gingen in ein Lächeln über. Wie konnte sie vergessen, dass Mütter immer genau das waren: Mütter!

»Ja?«

»Es geht mir gut, aber Livia hatte einen Unfall.«

»Ach Gott, Kind. Das ist ja furchtbar. Was ist denn passiert?«

Und Iris erzählte. Von dem Freitag, dem Regen, ihrer Verspätung, dem Anruf des Polizisten, dem Krankenhaus, der Diagnose. Sie erzählte. So lange, bis die Dunkelheit sogar die Vorhänge verschlungen hatte, die Iris wegen des gekippten Fensters um die Füße wehten.

Sie sprachen über die Genesungsperspektiven und über Dr. Mendez, etwas über den schratigen Physiotherapeuten und etwas über Iris' Probleme mit Livia. Sie sprachen etwas über das Leben ihrer sechsundsechzigjährigen Mutter, etwas über den Job von Iris.

Über die Jahre des Schweigens sprachen sie nicht.

Wenn man nach so langer Pause zu ungestüm mit der Tür ins Haus fiel, dann, das wussten beide, konnte es leicht zusammenbrechen.

Aber dafür hatten sie die Sprache der Blumen.

Johanna erzählte von ihrem Garten, Iris von ihrem Balkon.

Es überraschte Iris nicht, dass Johanna bereits vor drei Jahren auch das letzte Stück Rasen, »diese nutzlose Liegefläche«, wie ihre Mutter pointiert meinte, in eine »schöne Insektenwiese, mit Zwerghibiskus durchsetzt«, verwandelt hatte. »Du kannst dir nicht vorstellen, was das im Sommer für ein Konzert ist«, schwärmte Johanna, und Iris wunderte sich, wie sie je diese unbändige Lebensfreude ihrer Mutter hatte vergessen können. Die hatte sie gewiss nicht von ihr geerbt. Da war sie selbst doch eher von der spröden Art ihres Vaters. »Vor allem die Hummeln sind völlig scharf drauf. Aber ich kann dann auch den Grillen zuhören. Und natürlich den Honigbienen. Eine Wonne. – Du hast bestimmt Lavendel gepflanzt, stimmt's?«, fragte Johanna schließlich.

Iris fühlte sich beinahe ertappt. »Wie kommst du darauf?«

»Du mochtest die kühleren Töne schon immer. Und Lavendel ist eine Pflanze der Träume, die beruhigend wirkt«, sagte sie nur, und Iris fühlte sich nicht ganz wohl damit.

»Bartnelken habe ich noch. Und Purpurglöckchen.«

»Ja«, sagte ihre Mutter. »Das passt. Sehr filigrane Pflanzen, denen man ihre Robustheit auf den ersten Blick gar nicht ansieht. Eine schöne Wahl.«

So redeten sie, zwei Frauen, beide Mütter, beide Töchter, beide mit der Sehnsucht nach Nähe, von der sie nicht wussten, was genau das sein sollte.

Am Ende des Gesprächs war Iris' Flasche Wein leer, und sie fühlte sich wohlig und leicht.

Der Abschied war herzlich und unverkrampft gewesen, und Johanna hatte angeboten, nach Hamburg zu kommen. Spontan sagte Iris zu. »Das wäre schön, Mama. Ich würde mich freuen. Und Libby erst!«

Beides war in dem Moment wahr.

* * *

Am nächsten Morgen wachte Iris mit leichten Kopfschmerzen und dem dumpfen Gefühl auf, dass sie vielleicht doch einen Schritt zu weit gegangen war. Sie hatte Angst vor der Begegnung mit ihrer Mutter. Aber das gehörte wohl dazu. Sie bereute ihren Entschluss jedenfalls nicht.

Vielmehr freute sie sich darauf, Livia davon zu erzählen! *Libby, Schatz, stell dir vor, Oma kommt, und es wird nicht lange dauern, bis wir zusammen schwimmen gehen. Und dann werden wir alle drei vom Zehnmeterturm springen. Da bin ich ganz sicher. Wir alle drei. Wir Mütter. Wir Töchter.*

Selbst in der Agentur schien man die leise Veränderung von Iris zu spüren.

Annelie, Härtlings Assistentin, musterte sie kurz, als sie um halb neun die Agentur betrat. »Warst du beim Friseur?«

Die beiden Frauen mochten sich nicht besonders. Annelie, eine ewige Nörglerin und vermeintlich Zukurzgekommene, bekam die Manöver natürlich mit, mit denen Härtling Iris ausnutzte, und boshaft, wie sie war, ließ sie darum keine Stichelei aus, wenn sich die Gelegenheit bot. Eine gar zum Positiven verwandelte Iris passte ihr da absolut nicht in den Kram.

»Das auch, wieso?«

Annelie zuckte mit den Achseln. »Du siehst heute irgendwie anders aus.«

Iris zuckte grinsend mit den Achseln. An ihrem Arbeitsplatz angekommen, ging sie schnell und präzise die Quartalskennzahlen durch.

Es stimmte, was sie Freitag schon kurz entdeckt hatte: Seit zwei Jahren lag Orion endlich mal wieder zweistellig über den Planwerten. Iris schaute sich die Zahlen genauer an, um sicherzugehen, ob das Ergebnisplus wirklich ihrem Crowdfunding- Projekt geschuldet war und nicht am Ende doch wieder irgendwelchen Kostentricksereien von Härtling.

Darunter litten sie ja nun schon seit Jahren; Härtling, der vermeintliche Schlaukopf, frisierte die Gewinn-und-Verlust-Rechnungen, indem er an der Kostenschraube drehte, ohne wirklich mal mutig zu investieren.

Milk the cow, war einer seiner Lieblingssprüche. Doch es gab im Kundenmagazinbereich nicht mehr viele Kühe zu melken.

Ohne neue kreative Ideen würde Orion irgendwann von einem neuen Start-up abgelöst, weil die großen gelangweilten Manager immer noch glaubten, Kundenbindung und Vertrauen in ein Unternehmen sei eine Sache für Dummköpfe.

Iris hatte vor fünf Monaten eine Charity-Kampagne ins Leben gerufen. Wenig Geld, denn das hatte sie ja nicht, aber großer Effekt. Sie hatte ein Crowdfunding-Projekt für traumatisierte Mädchen konzipiert, über das sie in allen Kundenmagazinen berichtete. Sie gehörte ja eigentlich weder zur Marketingabteilung noch zur Redaktion, aber sie als Controllerin war die Zahlenchefin, und sie wollte, dass die Zahlen besser wurden. Vor allem aber wollte sie, dass diesen Mädchen, die von ihren Vätern vergewaltigt, von alkoholabhängigen Müttern ignoriert und von der Gesellschaft ausgeschlossen wurden, geholfen wurde.

Und nun staunte sie nicht schlecht. Über sämtliche Magazine waren mehr als drei Komma sieben Millionen Euro gespendet worden. Ihre Auftraggeber, Großbanken, Reiseunternehmen, Onlineportale, waren allesamt vollkommen überfordert von dem Run der Presse, zu diesem vermeintlichen Sozialprojekt Stellung zu beziehen. Iris hatte mehr als hundertzwanzig Mails in ihrem Postfach und zudem die Zahlengewissheit, dass zwölf Prozent der Spenden als »Handling-Pauschale« an Orion gingen. Das waren locker vierhundertvierundvierzigtausend Euro!

Deswegen war das Quartalsergebnis extrem gut, und ihr Job war es nun, etwas daraus zu machen.

Iris schrieb eine Mail an die Pressemanagerin: »Liebe Lara, riesen Hype, see attached, mach was draus.«

Und sie schrieb an Härtling: »Quartal plus 17 % direct profit. Grund in erster Linie die ›Arme Mädchen‹-Kampagne. Ich muss los. Rückfragen gern an mich. Viele Grüße, IZ«.

Es war fünfzehn Uhr zwei, als Iris ihren Computer herunterfuhr, um erstmals in ihrem Leben mit einem guten Gefühl ihren Arbeitsplatz vor Ende der Arbeitszeit zu verlassen.

Sie hatte ihre Tochter vor dreizehn Jahren laufen lernen sehen.

Und wenn es nun ein zweites Mal passierte, wollte sie nicht fehlen.

Die Physiotherapie war auf vier Uhr angesetzt. Iris hatte also noch eine halbe Stunde Zeit und beschloss, bei Pietro vorbeizuschauen. Das Gespräch neulich abends hatte tatsächlich stattgefunden. »Ciao, Bella, was für eine Überraschung!«, hatte er gesagt, und sie hörte sein verschmitztes Lächeln förmlich durch das Telefon. Andererseits war ihr sein Erstaunen auch echt vorgekommen, als hätte er ihren Anruf überhaupt nicht erwartet. Das hatte den Zweifel in ihr genährt, er sei einfach der charmante, leichtfüßige Italiener, für den man ihn halten konnte. Und was wusste sie denn, wie er anderen Frauen begegnete? Vielleicht war jede für ihn eine Königin. Beobachtet hatte sie es noch nicht, weil bisher keine Frau alleine in der Cafeteria aufgetaucht war. Aber was wusste sie schon von ihm, außer dass er vom Lago Maggiore kam und drei Schwestern sowie einen Bruder hatte, die allesamt kleine Betriebe in ihrer Heimatstadt führten: eine Bäckerei, eine Schusterei, eine Papeterie und einen Souvenirshop. Insofern war das Gespräch, auch wenn nicht schleppend, so doch relativ belanglos vor sich hin geplätschert. Vielleicht war die Schnittmenge zu klein. Von ihrem Job wollte Iris nicht erzählen. Von Livia berichtete sie ein bisschen, aber auch das kam ihr komisch vor. Pietro hingegen beschrieb die italienischen Sommer seiner Kindheit, wie er mit einem Tretboot kenterte, wie er sich mit zehn mit einem Jungen geprügelt hatte, weil der seine Schwester – welche, wusste Iris nicht – vor Dritten eine Bohnenstange geschimpft hatte, und wie er mal beim Kaffeebohnenweitspucken gewonnen hatte, wodurch er sich einen Teil seiner Liebe zu der Kaffeebar-Idee erklärte. Nach zwanzig Minuten hatten sie aufgelegt. Eine Fortsetzung der Unterhaltung hatte keiner von beiden angesprochen.

Als sie jetzt die Lounge betrat, konnte sie Pietro nirgends entdecken. Sie sah sich um, wartete fünf Minuten und holte sich dann ein Wasser. An der Kasse fragte sie so beiläufig wie möglich: »Ist Pietro heute gar nicht da?«

»Nee. Kam wohl nicht«, war die knappe Antwort.

Iris stutzte. »Aha.« Sie überlegte. »Und Sie wissen nicht, warum?«

»Keine Ahnung«, sagte die Frau. »Macht zwo achtzig.«

Offenbar hatte sie wirklich keine Lust, über den immer gut gelaunten Barista nachzudenken.

»Danke«, sagte Iris verwundert und ein wenig besorgt, und ging dann Richtung Trainingsraum. Sie hatte ihren Besuch nicht angekündigt und hoffte, dass keiner der beiden es ihr verwehren würde.

Umso erstaunter war sie, als sie Sebastian erneut auf »seinem« Platz auf der Bank sitzen sah. Ein Glas Wasser vor sich. Da sie sich ja nun auch unter anderen Umständen kannten, beschloss sie, ihn weder zu ignorieren noch sich provozieren zu lassen.

Sie ging an seinen Tisch. »Hallo.«

Der Griesgram schaute kurz auf und brummte irgendetwas, das eventuell wie ein Hallo klang.

»Keine Sorge, ich setze mich an den Tisch nebenan.«

»Hm«, machte er nur.

Sie ging wie angekündigt einen Tisch weiter und platzierte sich mit dem Rücken zu ihm. Um sich jedoch eine Minute später direkt wieder umzudrehen.

»Ich dachte, ich bin heute mal dabei, wenn Sie mit meiner Tochter arbeiten.« Sie suchte seinen Blick, doch der Griesgram wich aus.

»Müssen Sie heute nicht arbeiten?«

Iris lächelte. Eigentlich grinste sie eher. »Ich bin einfach abgehauen«, raunte sie ihm zu wie ein Mädchen, das sich verbotenerweise nachts aus dem Zimmer geschlichen hatte.

»Verwegen«, sagte der Griesgram, doch Iris meinte, den Hauch eines Lächelns erkennen zu können.

»Hätten Sie etwas dagegen?« Iris fand, dass es einen Unterschied zwischen devot und respektvoll gab. Und den wollte sie gerade anwenden. »Wenn ich zuschaue, meine ich.«

Nun sah Sebastian sie doch an. »Haben Sie sich jemals mit dem Sozialverhalten von Alligatoren beschäftigt?«

Iris verschluckte sich fast. »Mit bitte was?«

»Alligatoren. Wissen Sie, diese andere Art der Krokodile.«

»Nun …« Iris wusste nicht, wie sie den Griesgram eigentlich ansprechen sollte. »Also, natürlich weiß ich, was Alligatoren sind, aber da es diese Tiere hier in Norddeutschland doch eher selten gibt, muss ich gestehen, dass ich mit deren Sozialverhalten auch nicht ganz vertraut bin. Wieso?«

»Das Alligatorenmuttertier kann bis zu einhundert Eier ausbrüten, und wenn die Babys geschlüpft sind, wartet sie erneut geduldig weitere hundert Tage, damit die Brut das Schwimmen und vor allem das Jagen lernt.«

Iris nickte beeindruckt. Und was hatte das mit Livia zu tun?

»Und wissen Sie, was passiert, wenn die Tiere das nicht schaffen? Dann frisst die Mutter sie auf. Ganz einfach.«

»Das ist ja grauenhaft«, entfuhr es Iris.

»Nun ja, unter schwächlich moralischen Gesichtspunkten mag das so aussehen, unter evolutionären ist es der Lauf der Dinge.

Die Mutter will weiterleben und braucht dafür ihr Revier. Die Jungtiere müssen lernen, sich ihr eigenes Terrain zu erobern. Und das können sie im Grunde nur allein. Bliebe die Mutter zu dicht bei ihnen, würden sie sich auf sie verlassen und am Schluss – so oder so – verenden.«

Iris überlegte einen Moment. »Und das ist die Antwort auf die Frage, ob ich Ihnen heute zusehen darf? Ich meine, wir leben hier nicht in den Sümpfen Louisianas, und ich bin kein Alligatorweibchen.«

»Wissen Sie, ein bisschen Wildnis ist überall. Und ob das die Antwort auf Ihre Frage ist, weiß ich nicht. Aber das ist die Antwort, die mir auf Ihre Frage einfiel. Entscheiden Sie.«

Iris nickte. Sie hatte verstanden. Vielleicht wollte sie es nicht, aber sie hatte.

»Ich werde Livia fragen.«

Der Griesgram nickte ihr zu. »Das ist doch mal ein Ansatz.«

Er griff nach seiner Sauerstoffflasche und richtete sich mit unterdrücktem Ächzen auf. »Dann kommen Sie. Es ist Zeit.«

11

Livia saß auf ihrem Bett. Blass, aber aufmerksam. Sie hatte ihre Haare gewaschen. Wenn man in einem Krankenhaus gesund aussehen konnte, so gab sie sich Mühe, dies zu tun.

»Hej, Sebastian, schön dich zu sehen. Ich habe geübt«, sagte sie stolz.

Sebastian rollte mit seinem Sauerstoffgerät in das Zimmer und nickte ihr zu. Er wirkte müde.

Iris nahm das wahr. Livia vermutlich eher nicht.

»Schön, junge Lady. Ich hab hier jemanden im Schlepptau. Die ließ sich nicht abschütteln. Okay für dich?«

Hinter dem massigen Sebastian war Iris tatsächlich nicht zu sehen gewesen, und nun tauchte sie auf wie die Fee hinter dem Bettlaken aus dem Kasperltheater. »Hej, Schatz. Ich wäre gern dabei. Einfach nur zuschauen. In Ordnung?«

Livias Blick wanderte etwas verunsichert zwischen Sebastian und ihrer Mutter hin und her. »Wir trainieren, Mama, okay? Egal, was ist, du bleibst einfach sitzen, sagst nichts und schaust zu. Ist das die Regel?«

Iris atmete auf. »Ja. Das ist die Regel.« Sie machte einen Schritt rückwärts. »Danke.«

Es dauerte eine Weile, bis der kleine Tross sich endlich in Richtung Therapieraum aufmachte. Livia auf Krücken, dann der Griesgram mit seiner Flasche und Iris, so langsam, dass sie glaubte, fast umzufallen, leise hinterher. Gefühlt mussten sie um fünf Ecken wandern und dann noch zwei Stockwerke hinunter. Als sie endlich in dem hellen, turnhallenähnlichen Raum ankamen, atmete der Griesgram tief und ächzend, als wäre der Weg doch zu lang gewesen.

Livia schenkte dem keine Beachtung. Alles an ihrer Körpersprache signalisierte, dass sie nur noch eins wollte: laufen. Und obschon sie auf die Ansagen von Sebastian warten musste, kam es Iris eher so vor, als würde ihre Tochter den Therapeuten antreiben. Nicht umgekehrt.

Sagte der: »Versuch den Softball mit dem linken Bein zu mir zurückzurollen«, lachte sie, legte ihn sich zurecht und probierte einen starken Schuss auf seine rechte Außenflanke. In Anbetracht eines Softballs war *stark* vielleicht relativ, aber die Energie war nicht zu verkennen.

Ungeachtet ihres kaputten Beins.

Ungeachtet der Schweißtropfen, die sich auf Sebastians Stirn bildeten.

Sagte sie: »Los, komm, der geht noch«, und nahm den Basketball, um ihn humpelnd in Richtung Korb zu bringen, rang er nach Luft und versuchte dennoch, ihn ihr abzujagen.

Für Iris war das ein grausames Schauspiel. Sie wusste, wenn nicht bald etwas geschah, würde einer von beiden zusammenbrechen, und sie war sich nicht sicher, ob Sebastian weise genug war, derjenige zu sein, der dem Ganzen Einhalt gebot.

Dass ihre Tochter es nicht sein würde, war klar.

Sie war sechzehn. Und verwundet. Sie wollte kämpfen.

Was hatte Sebastian über die Alligatoren gesagt?

Das Ächzen kam etwa in dem Moment, in dem Iris rief: »Schluss! Es reicht.«

Da wand sich Sebastian auch schon auf dem Boden, krampfartig zuckend und röchelnd, als bekäme er keine Luft mehr. So gut er konnte, deutete er mit den Armen zur Turnbank. Iris brauchte einen Moment, bis sie begriff, aber dann fiel ihr Blick auf die Sauerstoffflasche, die direkt neben der Bank stand.

»Meinen Sie die Flasche, Sebastian?«, rief sie und lief auch schon los. Sebastians Kopf war hochrot, Schweißperlen rannen über seine Stirn.

Livia stand nur da, jäh aus dem Geschehen gerissen, die Hand vor dem Mund, die Augen vor Schreck aufgerissen.

Iris holte das Gerät und wunderte sich, wie schwer es sich anfühlte, trotz der Rollen. Sie kam damit zu ihm, beugte sich hinunter. »Wie geht das, Sebastian? Sie müssen mir erklären, was ich tun muss.«

Der Griesgram versuchte nach dem Mundstück zu greifen, das Iris bereits in der Hand hielt. Dass man das brauchte, erklärte sich von selbst.

»Livia, Schatz, kannst du das vielleicht mal festhalten? Dafür müsstest du dich etwas bücken. Geht das?«

Livia machte einen vorsichtigen Schritt und beugte sich hinunter. Wortlos nahm sie das durchsichtige Plastikteil und hielt es Sebastian fest über Mund und Nase.

Iris drehte derweil an einer achtkantigen Schraube, von der sie vermutete, dass es die Öffnung für die Sauerstoffzufuhr sein müsste. Sebastian rang weiter nach Atem und riss sich fast die Maske vom Gesicht, doch aus dem Gerät kam noch keine Erleichterung. Irgendwas stimmte noch nicht.

»Nicht sterben, Sebastian, bitte nicht sterben«, hauchte Livia.

»Papperlapapp«, erwiderte Iris fest. »Hier stirbt heute niemand«, wenngleich sie genau die gleiche Angst hatte wie ihre Tochter. Nicht noch mehr Schuld. Nicht noch mehr Trauer. Sie hatte den ganzen Raum auch bereits hektisch nach einem Notrufknopf abgesucht – immerhin waren sie ja in einem Krankenhaus, da sollte man doch schnell Hilfe holen können –, und sie fand ihn auch, aber er war zu weit entfernt, als dass sie wertvolle Sekunden hätte verschwenden wollen.

Sebastians Krämpfe ließen nach, und sein Körper begann zu erschlaffen, aber nicht aus Linderung. Sebastian würde ersticken, wenn nicht sofort etwas geschah. In Windeseile studierte Iris die Gebrauchsanleitung, die groß auf die Metallflasche gedruckt war. Sie fand das andere Rädchen, das sie aufdrehen musste, schalt sich, dass sie es nicht früher erkannt hatte, und in der Tat hörte man sofort das Zischen des aus der Flasche entweichenden Sauerstoffs. Sebastian sog ihn ein wie jemand, dessen Schlinge um den Hals sich kurz vor dem Exitus doch noch gelöst hatte. Weit hob und senkte sich seine Brust, und die Spannung kehrte in den Körper zurück.

Endlich fand er auch wieder Worte. »Ist genug«, sagte er. »Es geht wieder«, und nahm Livia erstaunlich sanft die Maske aus der Hand. »Geht schon wieder.«

Iris wischte sich über die Stirn. Livia hockte mit halb ausgestrecktem Bein und kreidebleich auf halber Höhe zwischen dem Boden und Sebastian. Es war mucksmäuschenstill in dem Raum. Jeder von den dreien wartete auf ein Zeichen des anderen. Niemand von ihnen fühlte sich wirklich lebendig. Sie saßen einfach auf dem Boden des Therapieraums, alle überfahren von dem Schreck, alle erschöpft von dem Adrenalin, das gerade durch ihren Körper geströmt war. Drei Marathonläufer nach dem Zieleinlauf.

Bis Sebastian sich langsam und benommen hochrappelte.

Livia war es, die zuerst das Schweigen brach: »Was war das denn?«

Iris blieb stumm, aber im Geiste wiederholte sie genau diese Frage. Ja, was war das denn gewesen?

Der Griesgram legte seine Hände auf die Knie. »Na, Mädels, so haben wir uns bisher wohl noch nicht kennengelernt, was?« Er versuchte zu lächeln, aber die beiden Frauen fanden es nicht lustig.

»Ihr meint, ich bin euch eine Erklärung schuldig?«

Die beiden nickten stumm.

»Okay.« Er rieb sich kurz übers Gesicht. »Dass ich ein Krüppel bin, habt ihr ja schon mitgekriegt.« Er zeigte auf sein Bein.

Schweigen.

»Ich bin vierundfünfzig. Ein Kind der Sechzigerjahre des letzten Jahrhunderts. Eigentlich war Polio in Deutschland damals kein Thema mehr. Aber wenn du einen Geologen zum Vater hast, dann kommst du schon mal in Gegenden, in denen es dieses wunderbare Netz aus Kinderärzten, Schutzimpfungen und Virenbekämpfung eben nicht gibt. In meinem Fall war es Kamerun.

Ich war vier damals, und im Grunde hatte ich Glück. Mit meinem Hintergrund hatte man die Krankheit zumindest schnell erkannt, und dann – meine Mutter flog mit mir zurück – konnte ich in Deutschland auch behandelt werden. Deswegen habe ich damals überlebt. Aber vor den Spätfolgen bist du nicht gefeit. Gerade bei Männern kehrt das Virus, das sich im Grunde als Schläfer in deinem Körper einnistet, in fortgeschrittenem Alter manchmal zurück. Und was dann passiert, habt ihr gerade mitbekommen: Muskelkrämpfe, allgemeine Abgeschlagenheit und eben auch Lähmung der Atemwege sind die klassischen Symptome. Daher laufe ich nun seit drei Jahren mit diesem Sauerstofftank herum wie ein Kamel mit seinem Wasserspeicher.«

Der Griesgram, der er gerade eigentlich gar nicht mehr war, lachte bitter auf.

»Wisst ihr, ich könnte mich ja einfach hinlegen und sterben. Den lieben Gott, an den ich nicht glaube, einen guten Mann sein lassen. Aber wenn ich ehrlich bin, den Gefallen will ich niemandem tun.«

Iris und Livia waren beide so betroffen, dass sie immer noch nichts erwidern konnten. Sie sahen Sebastian immer nur weiter unverwandt an.

»Ich gehe nach Frankreich. Im Sommer. Ich werde im Juli fünfundfünfzig – und das Datum habe ich mir als Deadline gesetzt …« Er lachte wieder auf. »Schönes Wortspiel, oder? Deadline …«

Doch Livia und Iris fanden auch das nicht komisch.

Er fuhr also fort. »Ich kaufe mir ein Hausboot und schippere als mobiler Masseur die Rhône rauf und runter. Das klingt doch romantisch, findet ihr nicht? So zwischen kleinen Dörfern und den Lavendelfeldern hin und her die übersäuerten Muskeln der Rad fahrenden Touristen entkrampfen? Und wenn's dann nicht mehr geht, na ja, dann ist es eben so.«

Nervös sah er die beiden Frauen an. »Hab viel geredet für meine Verhältnisse. Könnt ihr nicht mal was sagen jetzt?«, fragte er fast wie ein schüchterner Junge, der er vielleicht irgendwo tief drin auch noch war.

»Aber was wird denn aus mir?«, fragte Livia.

Einem Impuls folgend, machte Iris einen Schritt auf ihre Tochter zu und legte ihr den Arm um die Schulter. Hausboote auf der Rhône gehörten verboten. Sofort.

Sebastian nahm Livias Hand, seine raue Pranke umschloss Livias durchsichtige, weiße, zarte Haut. »Bis ich gehe, bist du längst wieder auf dem Damm, mein Mädchen. Du kennst mich noch nicht gut genug, um das zu wissen, aber ich sage es dir jetzt: Wenn ich mich einmal entscheide, jemandem zu helfen, dann, das kannst du mir glauben oder frag den Mendez, dann lass ich den auch nicht im Stich. Ich mag ein übellauniger alter Sack sein«, ein Seitenblick wanderte zu Iris, »und Menschen gehen mir oft ganz schön auf die Nerven, vor allem die, die sich für so gesund halten, aber noch nie bin ich abgehauen, wenn ich vorher etwas anderes versprochen hatte.«

Livias Finger glitten sanft über Sebastians gegerbten Handrücken.

Langsam kam Sebastian über die Knie in den Stand. »So. Ich denke mal, für heute ist Feierabend. Livia: Du warst super, aber du solltest mit deinen Reserven besser haushalten. Du warst zu schnell und wolltest zu viel. Das ist das Wesen der Jugend, doch ich sage dir: Du wirst schneller gesund, wenn du langsamer machst. Das ist die Weisheit des Alters.« Vorsichtig löste er seine Hand aus Livias.

»Und du … wie heißt du eigentlich?«

Verdattert sah Iris ihn an. »Zimmermann … Iris … äh … ich heiße Iris Zimmermann.«

»Iris also. Na gut. Kannst ja nichts dafür. Aber immerhin eine Blume. Und dazu noch eine, die für Energie, Kreativität und gute Nachrichten steht. Hm … Weiß nicht, ob du das so einlösen kannst, aber …«

Nun wollte Iris doch endlich mal protestieren, da schubste der Griesgram sie unsanft, aber nicht unfreundlich mit der Schulter zur Seite. »Na, komm schon. Die Blume für Humor gibt's meines Wissens leider noch nicht.«

Mit diesen Worten richtete Sebastian, als wäre gar nichts gewesen, seinen Sauerstoff-Trolley auf, befestigte das Mundstück in der Halterung und winkte ihnen noch im Weggehen kurz zu. »Ach so, ehe ich es vergesse: Diese Sitzungen machen wir nie wieder hier. Das ist mir unheimlich. Das nächste Mal treffen wir uns bei mir in der Kate. Nicht weit. Paar Kilometer östlich von Hamburg. Brunsbek, Nummer sieben. Hat einen Kranich im Wappen.«

Und damit war er weg. Die Tür schnappte leise ein, als sie sich hinter ihm schloss.

Mutter und Tochter standen einen Moment sprachlos beieinander, bis beide bemerkten, dass sie unbeabsichtigt zum ersten Mal seit dem Unfall unbefangen, und ohne sich zu belauern, allein in einem Raum gewesen waren. Mit Sebastians Weggang hatte sich genau diese Unbeschwertheit ebenfalls verabschiedet.

»Na, das war ja mal ein Auftritt«, sagte Iris schließlich, um überhaupt etwas zu sagen.

»Hm«, murmelte Livia, und nach einer kurzen Pause: »Wusstest du das?«

»Was?«

»Das mit der Kinderlähmung, also dass diese Krankheit im Alter noch mal ausbrechen kann?«

»Nein«, sagte Iris aufrichtig. »Das wusste ich nicht. Aber Polio war in meiner Generation eigentlich auch kein Thema mehr. Wie Sebastian sagte: Wir hatten schon die Schutzimpfungen.«

Livia nickte. »Meinst du, dass er daran sterben wird?«

Diese Frage spukte auch Iris durch den Kopf, allerdings mehr das *Wann* als das *Ob*.

»Nun, Livia, auch das weiß ich ehrlich gesagt nicht genau. Ich kann ja mal Dr. Mendez fragen, aber grundsätzlich denke ich nicht, dass diese Krankheit einen so absehbar tödlichen Verlauf hat wie … sagen wir mal, Krebs in einem fortgeschrittenen Stadium. Ich stelle es mir eher vor wie Diabetes. Da muss man sich auch auf die Krankheit einstellen, damit leben, Insulin spritzen. Und es gibt gewisse Symptome, die den Körper schwächen, aber wie gesagt, nicht von sich aus tödlich sind. Vielleicht wird er einfach nicht ganz so alt, wie er es unter anderen Umständen würde.« Iris machte eine Pause. »Du magst ihn, was?«

Livia nickte mit gesenktem Kopf.

»Livia?«

»Glaubst du, dass ich schuld bin an seinem Anfall eben? … Weil ich ihn so getrieben habe?«

Iris machte spontan einen Schritt auf Livia zu und nahm sie in den Arm, ließ aber gleich wieder los, als sie spürte, wie der Körper ihrer Tochter sich versteifte. Diese elende Zimmermann'sche Frage: *Bin ich schuld?*

»Ach Livia, Schatz. Natürlich bist du *nicht* schuld daran. Fang gar nicht erst an, in diese Richtung zu denken. Warum wohl hat Sebastian sein Sauerstoffgerät bei sich? Weil er diese Anfälle kennt und weil sie ihn immer und überall treffen können. Überleg mal: Letztlich lebt er seit fünfzig Jahren damit, und wenn ich mir seine Pläne so anhöre«, Iris versuchte zu lächeln, »dann hat er vor, auch noch eine ganze Weile so weiterzumachen.«

Livia sah auf, und ein Hauch von Dankbarkeit lag in ihrem Blick. »Warum bist du eigentlich schon da? Normalerweise wärst du doch jetzt noch bei der Arbeit.«

Schon zum zweiten Mal an diesem Tag wusste Iris nicht, wie sie antworten sollte, ohne zu stolz zu klingen. »Ja, das stimmt, aber ich dachte, ich mach mal etwas anders als sonst.«

Livia nickte. »Das hat ja heute gut gepasst«, sagte sie, ohne dass Iris aus der Tonlage eine Wertung hätte heraushören können.

»Ja, das hat es wirklich, und soll ich dir noch was sagen?«

»Na?«

»Oma kommt uns besuchen.«

Nun hellte sich Livias Gesicht doch sichtbar auf. »Echt?«

»Echt!«

»Hast du mit ihr gesprochen?«

Iris grinste. »Hab ich.«

»Und wie war es?«

»Nun ja, sie kommt uns besuchen, also war es so ganz verkehrt wohl nicht.«

»Krass«, sagte Livia, plötzlich einmal kurz der Teenager, der sie sein sollte.

»Und weißt du, was das Dollste ist?«

»Na?«

»Der letzte Rest Liegefläche ist jetzt eine Insektenwiese.«

»Ach Quatsch, echt?«, sagte Livia kopfschüttelnd. »Oma ist echt eine so coole Socke.«

Einen Moment dachte Iris, sie spürte einen leisen Stich. Sie wäre vielleicht auch gern eine coole Socke. Aber dann erinnerte sie sich, dass jede Socke, auch die coolen, erst einmal mühsam gestrickt werden muss, um sie zu erkennen. Und sie fand, ein paar bunte Reihen hatte sie eigentlich gerade geschafft.

»Ja«, erwiderte Iris, »das ist sie echt. Und ich freue mich, dass sie nach Hamburg kommt.« Einen Moment herrschte Stille zwischen Mutter und Tochter. »Ich glaube, wir sollten dich langsam mal wieder in dein Zimmer bringen. Das war ganz schön anstrengend alles, meinst du nicht?«

Livia nickte.

»Schaffst du es allein, oder soll ich dich unterhaken?«

»Nein, es ist besser, wenn ich mit den Krücken laufe. Das passt schon.« Und so ging sie voran. Energisch, entschlossen.

Iris trottete wie auf dem Hinweg schon langsam hinterher, aber ihr Gefühl war jetzt anders: leichter, aufrichtiger.

Das hier war ein guter Tag, dachte sie. Lieber Gott, lass es noch mehr von diesen guten Tagen geben. Gute Mütter mit guten Töchtern. Wie lange bloß hatte sie nicht mehr so gefühlt?

12

Beim Verlassen des Krankenhauses war Iris erneut auf Dr. Mendez getroffen. Er war in Eile, hielt aber dennoch kurz inne, als er Iris erkannte.

»Frau Zimmermann!«, rief er, und doch hatte es wie eine Frage geklungen.

»Dr. Mendez«, antwortete sie fast kokett, als hätte er sie zum Tanz aufgefordert.

»Ist etwas passiert? Sie sehen so … anders aus.«

Iris strahlte ihn an und fuhr sich von hinten kokett durch die Haare.

»Ich war beim Friseur, wenn Sie das meinen.«

Er lächelte. Immer so müde, der Dr. Mendez, und doch immer so wach. Vielleicht wollte sie doch nicht an der Stelle von Frau Dr. Mendez sein. »Nein, das meinte ich nicht. Aber Sie sehen gut aus. Fröhlich.«

»Ja, Dr. Mendez, das trifft es: Es geht mir gut. Wir hatten einen tollen Tag. Wir alle: Livia, Sebastian, und ich auch.«

Dr. Mendez hob die Augenbrauen: »Sebastian? Und Sie? Und Livia?«

»Ja. Ich war heute bei der Physio dabei.«

»Gut … das ist gut. War das alles?«

»Nicht ganz … haben Sie einen Moment?«

»Eigentlich nicht, aber fragen Sie schon. Schließlich habe ich

Sie angesprochen, da wäre es wohl unhöflich, jetzt direkt weiterzugehen.«

Iris wurde ernst. »Heute bei der Physio … also … Sebastian hatte … wie soll ich sagen … er hatte einen Anfall. Krämpfe, akute Atemnot, Sie kennen das?«

Nun veränderte sich die Haltung des Arztes von jovial zu professionell. »Er hatte einen Anfall?«

»Ja. Machen Sie sich keine Sorgen. Wir haben das ganz gut hingekriegt mit dem Sauerstoff und so. Aber wir kennen jetzt auch Sebastians Leid. Und er hat uns von seinem Traum erzählt: Frankreich, das Boot und so weiter. Sie kennen das Thema sicher?«

Dr. Mendez nahm seine Brille ab und nickte.

»Wird er daran sterben, Dr. Mendez? Wird er an dem Poliovirus sterben und Livia eventuell nicht zu Ende behandeln können?«

Dr. Mendez sah sich kurz um und führte Iris in eine etwas ruhigere Ecke. Für eine gezielte Besprechung im Ärztezimmer war die Antwort zu einfach, für den Flur wiederum war die Frage zu schwerwiegend: »Ja, Frau Zimmermann. Irgendwann wird er an den Folgen der Kinderlähmung sterben. Und nein, auch wenn ich nicht Gott bin, sondern nur ein medizinisch geschulter Mensch: Dieser Zeitpunkt wird nicht in Livias Therapiezeitraum fallen. Das Einzige, was ich Ihnen vielleicht mitgeben möchte, Ihnen und vor allem Livia: Machen Sie nicht den Fehler, sich zu sehr an Sebastian zu binden. Ich stehe zu meinem Wort: Er ist der beste Physiotherapeut, den ich mir vorstellen kann. Aber er ist sicher nicht der idealste … wie soll ich sagen … psychologische Berater. Sie haben ja Ihre ersten Erfahrungen mit ihm machen können. Livia hat ihn von einer anderen Seite kennengelernt. Sebastian wird sich nicht binden. Niemals. Er steht zu seinem Wort. Er wird sich um Livia kümmern. Und er hat sich bewusst für Ihre Tochter entschieden. Glauben Sie mir, das ist schon viel für jemanden wie ihn. Aber er würde ihretwegen nicht seine Pläne ändern. Ich denke sogar …«, und hier musste Dr. Mendez auf eine Art auflachen, die die tiefe Verbundenheit, die diese beiden Männer offenbar teilten, doch verriet: »Ich denke, sollte er jemals einen solchen Gedanken hegen, geht er erst recht. Verstehen Sie das?«

Iris verstand nur zu gut. Aber es war so absurd. »Die Menschen sind schon komisch, was?«

Dr. Mendez setzte seine Brille wieder auf und nickte. »Reisende soll man nicht aufhalten. So sagt man doch.«

Iris sah kurz zur Seite. »Ja, so sagt man.«

Dr. Mendez berührte sie leicht an der Schulter. »Wir reden ein andermal weiter. Haben Sie einen schönen Abend, Frau Zimmermann. Und machen Sie weiter so!«

Iris sah Dr. Mendez nach, wie er in den Krankenhausfluren verschwand. Ein großartiger Mensch, ein guter Arzt. Sie hätte ihn ohne diesen Unfall nie kennengelernt. Und trotz des unglücklichen Anlasses spürte sie eine Welle der Dankbarkeit: dafür, dass sie ihn kannte, dass Livia gesund werden würde, dass sie selbst eine Chance bekommen hatte, dass es Hoffnung gab und ihre Seelen vielleicht schon bald im Frühlingswind baumeln durften wie Blüten an einem Apfelbaum und nicht wie Kochsalzlösungen am Tropf.

Ihr schoss der Gedanke durch den Kopf, vielleicht noch in diesem Sommer einmal eine Party zu geben. Was für eine blöde Idee, schimpfte sie sich. Aber so ganz ließ sie sie nicht los.

13

Iris hatte sich den Rest der Woche und die beiden folgenden Wochen freigenommen. Sie hatte noch nicht einmal auf Härtlings Unterschrift auf dem Urlaubsantrag gewartet. Nicht nur, dass sie ohnehin noch genug Urlaubstage hatte, sie zehrte zudem weiter von dem Crowdfunding-Erfolg, wegen dem Härtling sich noch nicht zurückgemeldet hatte.

Iris hatte das wütend gemacht, aber sie kannte ihn. Wollte sie wirklich auf seine Anerkennung warten, würde sie nie fertig werden. Und das war definitiv nicht Teil ihres Plans, denn sie hatte einiges zu tun an diesen drei Tagen. Putzen war das eine: Fenster, Böden, Bad und was man sonst noch so auf Hochglanz bringen konnte. Aber da war noch mehr. Seit ihrem Einzug in diese so lichte, doch vernachlässigte Wohnung wollte sie den Flur lindgrün streichen, eine Kreidetafel an die Wand hängen und einen alten, grünen Samtsessel irgendwo dort platzieren. Sie hatte es sich immer so schön vorgestellt, aber nie etwas dafür getan. Also kaufte sie sich die teuerste Farbe von Annie Sloan – zarter konnte ein Lindgrün nicht sein. Und sie raste durch drei Designerläden in Hamburg, durchforstete das gesamte Internet, bis sie auf eBay-Kleinanzeigen diesen, *ihren* Sessel fand, Fünfzigerjahre-Design, leicht abgewetzt, aber noch gut erhalten; silbergrün schimmernd, Standort Nürnberg, Kaufpreis achtzig Euro, Express-Speditionskosten zweihundertfünfzig Euro. Beides lachte sie mit PayPal und ihrer Kreditkarte einfach weg. Und kaufte den Hocker dazu gleich mit.

Und sie tapezierte Livias Zimmer. Auch das war ein Drama in fünf Aufzügen. Die richtige Tapete fand sie schnell. Dass sie sündhaft teuer war und ihr Preis wohl deswegen nicht in Rollen angegeben war, sondern in Quadratmetern, verdrängte sie sofort wieder und tröstete sich damit, dass sie ja nur die eine Wand dreiviertelhoch hinter Livias weißem schmiedeeisernem Wohlfühlbett tapezieren wollte.

Aber Iris war nicht gut im Tapezieren. Um es einmal so auszudrücken: Ihre letzte Erfahrung lag fünfundzwanzig Jahre zurück und beschränkte sich auf Erfurt-Raufaser. Das Risiko also, dieses Experiment so richtig gegen die Wand zu fahren – im wahrsten Sinne gewissermaßen –, war relativ hoch.

So musste sie am Freitagabend noch schnell einen Maler finden, der ihr diese Tapete am Samstag erfolgreich an die Wand brachte.

Iris probierte myHammer, die Hausverwaltung, den Design-Tapetenverkäufer. Erfolg hatte sie letzten Endes an der Kasse des EDEKA-Ladens, wo sie die Kassiererin in ein Gespräch verwickelte, die ihr von ihrem Neffen erzählte, der wiederum gerade in einer Malerausbildung steckte und ein paar Euro extra sicher gut gebrauchen konnte.

Die Kassiererin rief ihren Neffen an. Der Neffe rief Iris an, und am Samstag um halb zwei Uhr nachmittags waren die teuren Bahnen verklebt.

Und es sah toll aus! Die ganze Wohnung sah toll aus! Nie zuvor hatte Iris diese großen, bodentiefen Fenster so bewusst wahrgenommen. Livias Zimmer hatte seinen Charakter komplett verändert. Iris dachte sogar, dass hier endlich ein Charakter zu Hause wäre.

Iris, gut gelaunt, mit Zeitungshut auf dem Kopf und gesprenkelt mit dem kostbaren Lindgrün von Anne Sloan, dachte nur: Jetzt dürfen sie kommen. Meine Mutter. Und bald auch Livia. Die beiden Zimmermann-Frauen.

Sie atmete tief durch, nahm den orangefarbenen Mikrofaserlappen in die Hand und hängte ihn sorgsam über den Griff der Spülmaschine. Mehr geht nicht, dachte sie, als es um kurz nach fünf klingelte. Ich habe ein schönes Zuhause, und jetzt mache ich einfach die Tür auf.

Das Erste, was Iris von ihrer Mutter wahrnahm, waren die gelben Schuhe. Knallgelbe Lacksandalen mit Kunstlederschleife oben. Iris konnte sich nicht erinnern, ihre Mutter jemals in anderem als festem dunkelbraunem Schuhwerk gesehen zu haben, abgesehen von ihren grünen Plastikgartenschuhen vielleicht. Insofern schnellte ihr Blick automatisch nach oben, um nachzusehen, wer sich da versehentlich in der Tür geirrt hatte.

Doch auch wenn das Gesicht von Johanna ähnlich fremd auf Iris wirkte wie die gelben Sandalen– dezentes Make-up mit blauem Lidstrich, rosafarbener Lippenstift, mittelblonde Föhnfrisur bei kinnlangem Haar statt wie früher gar keine Schminke und pflegeleichter mittelbrauner Bürstenschnitt –, so gehörte es doch definitiv zu ihrer Mutter.

»H-hallo.«

Mehr brachte Iris nicht heraus. Den Blick starr und stumm auf ihre Mutter gerichtet, wünschte sie sich, sie hätte noch irgendwas in der Hand, womit sie wedeln oder sich sonst wie Bewegung verschaffen könnte. Für diesen einen Schritt über ihre eigene Schwelle.

»Hallo«, sagte Johanna, auf dem Arm einen riesigen Strauch duftenden Lavendel. »Möchtest du mich nicht hereinbitten?«

Der müde Ausdruck von früher schien wie weggeblasen. Alles an Johanna wirkte frisch und hell und klar.

Endlich fand Iris wieder zu sich und machte mit einladender Geste einen halben Schritt zur Seite. »Ja … äh …. natürlich, klar.«

»Kann ich den irgendwo abstellen?«, fragte Johanna und hielt den Lavendeltopf hoch.

»Sekunde!« Iris nahm ihrer Mutter die Pflanze ab, lief damit kurz weg, kam zurück und stellte sich erneut vor ihre Mutter, die sich aufmerksam in der Diele umsah. »Willkommen in unserem Heim.«

Johanna sagte nichts, machte aber einen Schritt auf Iris zu und nahm sie in den Arm. »Iris …« Sie löste sich, kramte in ihrer Tasche nach einem Tempo und tupfte sich kurz über die Augen. Halb lachend, halb weinend zwirbelte sie das Papiertuch zwischen den Fingern. Iris nahm die Altersflecken auf dem Handrücken wahr und glaubte, selten etwas Schöneres gesehen zu haben. »Ich bin ganz nervös … und ganz glücklich.« Johanna atmete hörbar durch.

Ich auch, dachte Iris, und sagte: »Komm doch erst mal rein.«

Und dann saßen sie lange beieinander, Mutter und Tochter, zunächst ein bisschen verkrampft, wie festgenagelt auf den Küchenstühlen. Später aber zunehmend entspannter und raumgreifender. So führte Iris ihre Mutter nach der dritten Tasse Tee stolz durch ihre eben renovierte Wohnung, zeigte das Wohnzimmer mit dem hübsch bepflanzten Balkon, ihr Schlafzimmer, das Bad mit dem mexikanischen Waschbecken, den Flur; sie deutete auf ein paar Bilder an der Wand, die ihr wichtig waren, blätterte mit allem, auf das sie hinwies, die letzten fünf Jahre vor Johanna auf und lud sie ein, daran teilzuhaben.

Was Johanna auch zu gern annahm. Vor lauter *Ohs* und *Ahs* und »Ach Schatz, das ist aber wirklich bezaubernd«, kam sie kaum dazu, weitere Fragen zu stellen oder viel von sich zu erzählen. Das änderte sich, als sie schließlich in Livias Zimmer haltmachten, stand doch die zuversichtliche Strahlkraft des nun so bunten Raums in scharfem Kontrast zu der realen Situation der Tochter und Enkelin.

Natürlich hatte Iris schon von dem Unfall erzählt, von ihren Schuldgefühlen, von ihrer Angst, Livia zu verlieren, und von den ersten vorsichtigen Fortschritten mit Sebastian. Aber tiefer waren sie noch nicht eingestiegen.

»Das ist ein wunderschöner Raum, Iris. Wirklich wunderschön.«

Iris nickte.

»Sie ist noch jung. Sie wird sich umorientieren. Was sagt denn der Arzt über ihre sportliche Zukunft?«

»Dr. Mendez … Na ja, Ärzte halten sich ja gern im Vagen, aber es sieht schon so aus, dass sie Olympia aufgeben muss. Die Prognosen, dass sie wieder richtig laufen kann und so weiter, sind sehr gut. Aber für eine Hochleistungssportlerin wird es wohl nicht mehr reichen.« Iris nagte an ihrer Unterlippe.

»Und dieser Sebastian?«

Iris rollte unwillkürlich mit den Augen und dachte an die erste und die letzte Begegnung mit ihrem Griesgram. »Der ist ein Fall für sich. Der würde sich über Perspektiven nie auslassen. Ich denke, er steht einfach auf dem Standpunkt, dass das Leben, egal, in welcher Form, kostbar ist und man gefälligst dankbar sein sollte, dass man es hat. Und in dieser rigorosen Demut tut er Livia, glaube ich, ganz gut. Wenn sie es schafft, ihrer Zukunft offen gegenüberzustehen, kann er sie auf dem Weg sicher unterstützen.«

Johanna sah sie schräg an. »Du magst ihn!«

Iris riss die Augen weit auf. »Ich, ihn mögen? Niemals. Der hat mich in der Cafeteria vor den Toiletten Platz nehmen lassen statt an seinem Tisch. Ein mürrischer Eigenbrötler ist das, aber ich gebe zu, dass er Livia eben guttut.«

Unwillkürlich musste Iris an Pietro denken. Sie hatte nichts von ihm gehört, und auch ihre Kurznachrichten waren unbeantwortet geblieben. Er tat *ihr* gut – zumindest hatte Iris das geglaubt. Seine Leichtigkeit und Unbeschwertheit hatten auch sie selbst etwas leichter gemacht. Und jetzt war er doch auch wieder sang- und klanglos verschwunden. Das kannte sie ja schon … Vielleicht war sie wirklich auf die falschen Männer gepolt.

»Na, vielleicht lerne ich ihn ja auch mal kennen«, sagte Johanna und unterbrach damit Iris in ihren Gedanken. »Ist er morgen da, wenn wir ins Krankenhaus fahren?«

»Ich denke eher nicht. Aber …« Iris überlegte. »Ich meine, wir sehen uns ja jetzt nicht zum letzten Mal, oder? Wir haben mindestens noch den ganzen Sommer Zeit.«

Johanna nickte. »Was ist denn dein Plan für die nächste Woche, wenn Livia entlassen wird?«

»Ich habe jetzt erst mal zwei Wochen frei. Danach muss ich schauen. Auch mit der Schule. Bis zu den Ferien ist es ja noch eine Weile.«

»Stimmt, du hast ja auch noch deinen Job«, sagte Johanna. »Wie läuft es denn?«

Also erzählte Iris auch in Kurzform von ihrem ungeliebten Chef und dem genialen Crowdfunding-Erfolg.

Johanna hörte anerkennend zu. »Bei dem Pensum ist es wirklich kein Wunder, wenn du niemanden kennenlernst, mit dem du deine Sorgen auch mal teilen könntest«, sagte sie schließlich.

Iris zuckte bei dem Satz zusammen. Hatte sie nicht gerade gedacht, vielleicht so jemanden gefunden zu haben, bevor der sich so spontan aus ihrem Leben verabschiedete, wie er hereingetreten war? Iris unterdrückte einen Seufzer, aber Johanna spürte den Schatten, der über Iris lag, wohl selbst, denn sie schoss hastig nach: »Ich meine, es ist einfach sehr schade, dass du allein bist in dieser Situation, weißt du …« Bei diesen Worten zeichnete sich eine leichte Röte auf Johannas Gesicht ab.

Iris legte den Kopf schief, und plötzlich war es für sie glasklar. Die frische Erscheinung ihrer Mutter stellte sich auf einmal in einem ganz anderen Licht dar. »Bei dir gibt es jemanden?«, fragte Iris überrascht.

Die nunmehr dunkle Röte war Antwort genug. Beinahe schamhaft rieb sich Johanna die Fingerkuppen. »Er heißt Gerd. Seine Frau ist schon vor längerer Zeit verstorben. Seine Tochter, ein paar Jahre älter als du, lebt in Berlin. Sie ist auch allein. Er ist ein sehr umsichtiger, freundlicher Mann.« Johanna sah Iris direkt ins Gesicht und grinste. »Und er sieht sooooo gut aus: weißes Haar, kräftige Hände, blaue Augen. Ein wirklich attraktiver Mann!«

»Ma-ma!«, sagte Iris mit erhobener Stimme gespielt streng. »Also wirklich.« Und dann nahm sie ihre Mutter erneut in die Arme. »Ich freue mich riesig für dich, Mama. Wirklich. Du hast es mehr als verdient!« Sie meinte es genau so, wie sie es sagte. Auf seine Mutter sollte man niemals neidisch sein.

Johanna lächelte. »Ja, die Liebe bewirkt schon kleinere Wunder … Hast du jemals etwas von …?«

»Nein«, unterbrach Iris ungewollt knapp. Über Livias Vater wollte Iris jetzt weder reden noch nachdenken. »Habe ich nicht, und jetzt trinken wir ein Glas Wein, und ich mache uns einen Salat, okay?«

»Sehr okay«, erwiderte Johanna und akzeptierte den unausgesprochenen Rest.

Schweigend putzte Iris die Champignons, während ihre Mutter die Tomaten und den Salat wusch und beides danach klein schnippelte.

»Hast du eine Schale?«

Wortlos reichte Iris ihr die türkisfarbene Schüssel.

»Die kenne ich noch!«, sagte Johanna. »Du hast sie damals von deiner Freundin Viola bekommen. Mein Gott, da warst du selbst erst vierzehn.«

Iris hielt inne. »Wahnsinn. Ist das wirklich schon so lange her?« Viola, mit der sie in ihrem Kinderzimmer zu Toto getanzt hatte. Mit der sie nach Tschernobyl in Gorleben gegen Atomkraft demonstriert und über Christa Wolf diskutiert hatte, über die DDR, die in Lüneburg nicht ganz so weit weg war wie andernorts in Deutschland. Das war wirklich lange her.

»Weißt du, was aus ihr geworden ist?« Iris erinnerte sich, dass Viola immer ans Theater gewollt hatte. Sie hatten sich aus den Augen verloren, als Iris nach Hamburg gegangen war. Wie das eben immer so ist …

»Aus wem?«

»Aus Viola.«

»Ich glaube, sie lebt in Wien. Soweit ich weiß, ist sie verheiratet, hat aber keine Kinder. Kostümbildnerin oder so was.«

Iris nickte. Immerhin … Was war eigentlich ihr Traum gewesen damals, außer: weg von zu Hause?

Johanna schob die Tomaten in die Schale. »Darf ich dich etwas fragen?«

Iris wurde unbehaglich, aber Nein sagen war keine Option. »Hm?«

»Hast du in all den Jahren jemals daran gedacht, mich anzurufen?«

Iris drehte den Schaft des Küchenmessers in ihrer Hand hin und her. Was für eine Frage! Gefühlt hatte es nicht einen einzigen Tag gegeben, an dem Iris nicht an Johanna gedacht hatte. Aber es war kompliziert. Immer war alles kompliziert. Der Tod des Vaters und die Weigerung der Mutter, ihn in seiner Heimat zu begraben, war ja nicht die Ursache für den Bruch gewesen, sondern lediglich der Auslöser. Der Schlussakkord hinter einem Kindheitsgefühl, das sie nicht mehr haben wollte.

Johanna und Wolfgang waren ihre Eltern gewesen. Etwa so, wie eine Tanne eben der Baum ist, den man zu Weihnachten mit Kugeln schmückt. Eltern, die auf ihre Art so mit sich beschäftigt waren, dass Iris oft stundenlang allein in ihrem Zimmer saß und mit den Barbie-Puppen spielte. Sehr zur Freude ihrer Eltern und deren Bekannten: »Wie schön sie das macht. So versunken. Eine ganz Liebe habt ihr da!«

Die ganz Liebe hätte derweil gerne aufgeschrien und gesagt, wie einsam sie sich fühlte, wie alleingelassen. Aber solche Sätze waren nicht Teil der Zimmermann-Sprache. Also spielte sie weiter. Wolfgang, ihr Vater, war in seiner Strenge kalkulierbar gewesen. Nicht innig, aber wenigstens konsequent in seiner ungelebten Liebe. Die sah schon mal einen gemeinsamen Besuch im Vogelpark Walsrode vor. Bei dem sprechenden Papagei lachte die ganze Familie dankbar auf. Und es gab Zuckerwatte.

Ihre Mutter war da schwieriger zu fassen gewesen. Selbst unzufrieden und gefangen, erst von einer strengen Mutter, dann von einem dominanten Mann, hatte sie viel zu sehr ihren Kampf ausgefochten; still und kaum wahrnehmbar hatte Johanna sich ihr Terrain quadratzentimeterweise erobert. Über den Garten. Für ihre Blumen hatte sie immer Zeit.

Iris hatte Mitleid empfunden. Aber Iris war ein Kind gewesen und später eine Frau, die sich aus der Enge befreien musste, wenn sie nicht gänzlich untergehen wollte. Realschulabschluss, Ausbildung – und weg. Ihr Vater hatte ihr einen Ring zur Prüfung geschenkt.

Ihre Mutter hatte sie in den Arm genommen und dann die Küchentür hinter sich geschlossen.

Ob Iris jemals daran gedacht hatte, ihre Mutter anzurufen?

»Jeden Tag, Mama. Jeden Tag.«

»Und warum hast du es nie getan?«

»Weißt du«, sagte Iris und steckte sich den Finger, in den sie sich gerade mit dem scharfen Messer geschnitten hatte, in den Mund. »Ich habe mich nach dir gesehnt, und ich hatte Angst, enttäuscht zu werden. Ich wollte nicht in deine Spur rutschen.« Iris lachte kurz auf und holte sich ein Haushaltstuch. Das Blut tropfte hartnäckig aus ihrem Daumen.

Johanna lehnte sich gegen die Küchenzeile und legte ihre Hände auf die Arbeitsplatte. Was konnte ein Mensch sich doch verändern, nur weil er sich selbst treffen durfte!

»Ich habe auch jeden Tag an dich gedacht, Iris. Und ob du es glaubst oder nicht ...« Johanna nahm eine Scheibe Tomate. »Es mag ja auch eine Frage des Alters sein, aber wahrscheinlich ist es vielmehr eine Frage der Zeit. ... Ich glaube, dass es gut ist, dass wir uns entwickeln durften. Ich bereue, dass ich dich im Stich gelassen habe, als du mich brauchtest. Ich bereue das und kann es gewiss nicht mehr gutmachen.«

Johanna wischte sich die feuchten Finger an ihrer bunten Tunika ab und machte einen Schritt auf Iris zu, strich ihr die lose Ponysträhne aus der Stirn. »Ich bin dankbar, heute mit dir in deiner Küche zu stehen. Es macht mich glücklich. Ich habe oft für diesen Moment gebetet.«

Iris erwiderte nichts. Ihr war das alles zu fremd und zu vertraut zugleich.

»Und du, du wirst deinen Moment mit Livia haben, glaub mir das. Sie wird ihren Weg finden. Wer weiß, wozu der Unfall gut war. Kein Mädchen sollte mit sechzehn alle Kraft darauf verwenden, den anderen davonzulaufen. Ein Kind, das gerade zur Frau wird, sollte vor dem Spiegel stehen, Pirouetten drehen und der Welt ins Auge blicken.«

Du meinst, so wie wir das immer gemacht haben, dachte Iris nur, sprach es aber nicht aus.

Johanna ging zum Radio und drehte es lauter. »Hör doch mal … Vicky Leandros. Wo haben sie die denn ausgegraben?«

Iris hörte schweigend zu, während der alte Song lief. *Nein, sorg dich nicht um mich, du weißt, ich liebe das Leben …*

Johanna schloss die Augen und sang leise mit.

Iris war die Situation unangenehm, aber ganz konnte sie sich der Leichtigkeit des Moments doch nicht entziehen.

»Weißt du, was wir machen sollten, Mama?«, fragte sie plötzlich.

»Na?«

»Wir sollten zusammen vom Zehnmeterturm springen!«

»*Was?*« Johanna riss die Augen auf und beendete sofort den Gesang.

»Ja. Ich habe es bis heute nicht geschafft, aber ich glaube, das sollten wir tun.«

»Im Hallenbad, meinst du?«

»Ja. Wir haben hier ein ganz schönes. Ich war da oft mit Livia. Aber ich habe mich nie getraut.«

»Wir springen vom Zehner?«

»Wir springen vom Zehner!«

»Okay. Darf Gerd das filmen?«

»Wer ist Gerd?«

Iris lachte. Und Johanna lachte mit. Als hätten sie es schon geschafft.

14

Omaaaaa!«

Wenn Livia zwei gesunde Beine gehabt hätte, wäre sie auf Johanna zugestürmt, hätte sie umfangen, von den Füßen gehoben und zweimal herumgewirbelt. Livia war ein starkes Mädchen. Schon immer gewesen. So aber sprang sie unversehens vom Bett, strauchelte und ließ sich von Johanna und Iris auffangen, bevor sie zu Fall kam. »Mist!«, murmelte sie.

Johanna ließ sich davon nicht beeindrucken. »Hoppla, mein Mädchen, nicht so stürmisch. Ich bin auch keine zwanzig mehr«, sagte sie augenzwinkernd und umschlang ihre Enkelin mit beiden Armen.

»Du erdrückst mich, Oma«, sagte Livia schließlich ächzend und befreite sich aus der Umarmung.

Johanna lachte. »Aber nur, damit mich endlich mal wieder jemand Oma nennt. *Oma,* meine Güte, wie sich das anhört. So *alt* … Dabei habe ich deiner Mutter doch quasi gestern noch die Schuhe zugebunden!«

Augenzwinkernd sah sie zu Iris, die wissend lächelte. Die ganze Situation kam ihr extrem surreal vor. Vertraut einerseits, als hätte es diesen Riss nie gegeben. Gleichzeitig aber doch sehr fremd, weil die Geschichte ja nun einmal zwischen ihnen stand. Iris war, als würden hier unterschiedliche Uhren nebeneinander hängen, und keine tickte wie die andere, aber alle zeigten eine richtige Zeit.

»Red keinen Quatsch«, riss Livia Iris aus ihren Gedanken. »Du siehst super aus. Jetzt haben selbst deine Haare schon die Form von Lilien. Was ist passiert? Bist du verliebt?«

Johanna wurde knallrot, und Iris musste sich ein Lachen verkneifen. Das war eine Rolle, die sie von ihrer Mutter definitiv noch *nicht* kannte.

Livia legte den Kopf schief. »Na, da habe ich ja voll ins Schwarze getroffen. Oma geht mit einem Rentner zum Tanztee. Das bockt.«

»Na, nun wollen wir mal nicht übertreiben«, sagte Johanna und wurde etwas ernster. »Wie geht es dir denn, Livia? Also, so insgesamt? Hast du Schmerzen?«

Schuldbewusst sah Iris zur Seite.

»Na ja, es geht so … Ganz gut eigentlich. Das Knie tut gar nicht so weh. Eher das linke Schienbein.« Livia bückte sich und zog vorsichtig die Schlafanzughose über ihren Unterschenkel nach oben. In der Tat sah das Bein schlimm aus. Grün und Blau. Das Hämatom schien kein bisschen kleiner geworden zu sein. Das hatte Dr. Mendez jedoch auch angekündigt. Es gab an dieser Stelle einfach kein Gewebe, das den Heilungsprozess beschleunigen könnte.

Johanna hielt sich die Hand vor den Mund. »Ach du Schreck. Das sieht ja wirklich furchtbar aus. Mach schnell das Hosenbein wieder runter!«

Livia lachte, und Iris dachte, dass ihre Tochter in der Zeit nach dem Unfall und mit all den Maleschen dennoch fröhlicher wirkte als oftmals zuvor. »Wie sieht's aus, die Damen«, mischte sie sich nun ein. »Wollen wir eventuell eine Runde spazieren gehen? Das Wetter ist doch ganz schön. Und Livia soll ja auch jeden Tag ein bisschen trainieren.«

»Von mir aus gern«, sagte Johanna.

Livia zögerte noch. »Sebastian kommt heute ja nicht, oder?«, fragte sie, obwohl sie die Antwort doch kannte.

»Nein, heute nicht. Aber morgen wohl wieder.«

Livia nickte. »Hast du … hast du was von ihm gehört?«

Iris schüttelte den Kopf. »Nein. Von ihm direkt nicht«, erwiderte sie. »Aber ich habe mit Dr. Mendez gesprochen. Ich denke, du musst dir keine Sorgen machen. Und weißt du, was das Tollste ist: Du wirst in etwa zehn Tagen entlassen, und dann machen wir die Reha bei Sebastian in Brunsbek. Ist das nicht irre?«

Livia sah ihre Mutter groß an. »Ich werde in zehn Tagen entlassen? Und muss dann nach Brunsbek? Zu Sebastian. Hä?«

Und auch Johanna mischte sich ein. »Was denn für Sorgen? Wovon sprecht ihr überhaupt?«

Iris verdrehte die Augen. Sie hatte ihrer Mutter weder von der Kinderlähmung noch von dem Anfall erzählt. Also holte sie es in Kurzform nach.

Und zu Livia gewandt fuhr sie fort: »Nein, du musst nicht ganz nach Brunsbek, das etwas außerhalb von Hamburg liegt. Aber die Reha machst du da.«

»Hm«, machte Livia nur kurz, aber offenbar nicht unzufrieden, denn sie griff nach den Krücken und gab sie ihrer Mutter. »Ich versuche es mal ohne«, sagte sie und humpelte voran. Sowohl Iris als auch Johanna hüteten sich, dies zu kommentieren.

»Was hast du für einen Eindruck von ihr?«, fragte Iris ihre Mutter abends vorsichtig, als sie beide müde und satt auf der Couch lümmelten.

»Was meinst du genau?«

»Na ja, wie hast du sie wahrgenommen?«

Johanna fuhr mit dem Zeigefinger über den Rand ihres Weinglases. Es kam kein Ton.

»Als ich Libby das letzte Mal sah, war sie zehn, elf. Ein süßes Mädchen. Heute ist sie auf dem Sprung, eine Frau zu werden. Man sieht das Kind noch, aber in den Jahren ist doch viel passiert. Wie ist sie denn so?«

Iris nickte nachdenklich. »Wie ist sie so … entschlossen, zielorientiert …« Sie machte eine Pause. »Manchmal regelrecht verbissen, und – wenn du mich fragst – zu allein …« Iris tunkte ihren Finger in den Wein und strich ebenfalls über den Glasrand. Sie spürte das Vibrieren des Glases und nahm den Ton wahr, noch bevor er hörbar wurde. »Spucke geht auch. Aber du musst den Rand feucht machen. … Weißt du, was ich heute gedacht habe? Ich dachte, sie wirkt plötzlich so authentisch, so natürlich. Ich habe sie lange nicht so gesehen. Ist das gemein?«

»Ach so.« Johanna leckte sich über den Finger und strich weiter über den Rand. Es klang wie der hellste Ton einer Orgel. »Stimmt.« Dann fuhr sie fort: »Nein, das ist überhaupt nicht gemein. Im Gegenteil, wenn du es so erlebst, dann ist es doch gut. Verwunderlich ist es, denn wenn man bedenkt, dass Livia nichts weiter im Kopf hatte außer ihrem Sport, dann ist es jetzt schon erstaunlich, dass sie sich offenbar so leichtmütig davon befreit. Oder von einem Teil davon, besser gesagt.«

»Die letzten Jahre waren alles andere als einfach, das kannst du mir glauben. Ich weiß nicht, wie es kam, aber wir haben uns auf eine Weise voneinander entfernt, die mir schon länger Angst gemacht hat. Livia ist so oft mürrisch und verschlossen. Sie wirkte so weit weg von sich, unzufrieden mit etwas, das ich nicht entziffern konnte. Vermutlich sie selbst nicht. Ich habe versucht, sie zu lieben, ihr meine Liebe zu zeigen, aber je angestrengter ich es versuchte, desto mehr schien sie mich zu verhöhnen. Mehr als einmal habe ich gedacht, dass sie mich verachtet, dass sie mich als schwach empfindet.«

»Für mich bist du einer der stärksten Menschen, die ich kenne.«

Iris spürte, wie ihr das Blut in den Kopf schoss. Wenn sie je sportlich gewesen wäre, hätte sie jetzt auch die Beine in die Hand genommen.

»Dein Problem ist nur, dass du es selbst nicht glaubst. Das war schon immer so. Du machst die verrücktesten und mutigsten Dinge, einfach, weil du es willst. Aber dir selbst verkaufst du das als Trotz und als Strafe für andere. Deine Motivation ist die Verletzung. Da kommst du ein bisschen nach deinem Vater. Letztlich wurde er so unleidlich, weil er nicht so konnte, wie er wollte. Oder weil er glaubte, die anderen erwarten mehr von ihm, als er geben konnte. Nur dass Männer in der Regel aggressiv werden gegen die anderen. Frauen halten es eher mit der Flucht.« Johanna stellte ihr Glas zur Seite. »Ich bin auch geflohen, Iris. Ich habe dich alleingelassen. Ich habe mich im wahrsten Sinn des Wortes im Garten vergraben. Warum?« Johanna machte eine Pause. »Wenn man das immer so genau wüsste. Es passiert einfach. Langsam, schleichend. Und bevor man sichs versieht, kann man nicht mehr umkehren.«

Iris schluckte die Wut hinunter, die sie bei diesen Worten in sich aufsteigen spürte. »Ich bin deine Tochter«, presste sie mühsam hervor. »Ich hätte dich gebraucht.«

Der Raum war fast in Dunkelheit getaucht, und Iris konnte das Gesicht ihrer Mutter kaum noch erkennen. Sie hörte nur die Stimme.

»Ich weiß. Und es tut mir leid. Ich kann das nicht ungeschehen machen. Ich war selbst gefangen in mir, wusste nicht, was richtig gewesen wäre. Eine Trennung von Papa? Damals in den Sechzigern, auf dem Dorf, und ich ohne jede Ausbildung? Das kam mir undenkbar vor. Ich habe dir die Bürde auferlegt, allein erwachsen zu werden, Iris. Mach bei Libby nicht denselben Fehler. Guck in den Spiegel und sieh die schöne, starke Frau, die du bist. Ich hätte diese Einsicht ohne Gerd vielleicht nicht gewonnen. Nicht, dass er als Mann mir die Augen geöffnet hätte. Er hat mich als Mensch einfach anders behandelt. Er hat mich durch seine Art in einen anderen Garten meiner selbst geführt. Bei Gerd wäre es vermutlich nicht nötig gewesen, den ganzen Rasen abzutragen, um Beete zu pflanzen.« Johanna lachte auf. »Ich wäre sehr glücklich, Iris, wenn ich nicht ganz zu spät komme mit meiner Entschuldigung. Ich helfe dir, euch, wenn du das möchtest.«

Iris hörte, wie dünn die Stimme ihrer Mutter bei diesen Worten geworden war, und nahm schweigend ihre Hand.

»Ich weiß nicht, für was es zu spät ist und für was nicht, aber es ist schön, dass du da bist, Mama.« Mehr Worte konnte Iris sich nicht abringen. Als Reaktion spürte sie ein sanftes Streicheln.

»Du findest, ich muss es ihr sagen, richtig?«

Johanna wusste genau, wovon ihre Tochter sprach. »Ja, Iris. Du musst es ihr sagen. Du musst ihr sagen, dass Heiko noch lebt. Und sie soll entscheiden, ob sie ihn kennenlernen will. Er ist ihr Vater. Es wird sicher nicht leicht für sie, dir diese Lüge zu verzeihen. Man kann nur hoffen, dass er mit den Jahren auch erwachsen geworden ist. Er hat gesoffen und dich betrogen. Er ist wohl der Teil in deinem Leben, den ich am wenigsten verstehe.«

»Na ja, Teil meines Lebens ist vielleicht auch ein bisschen zu viel gesagt. Wir waren knapp ein Jahr zusammen, wenn man das überhaupt so sehen kann. Und er hat mir Komplimente gemacht. Er war charmant. Er hat mich ausgeführt, am Anfang zumindest. Ich bin ihm verfallen. Und ich wurde schwanger. Trotz Pille. Und damit war er weg. Als ich zwei Jahre später von diesem Unfall las, habe ich gar nicht weiter darüber nachgedacht. Ich habe es einfach gemacht. Und damit war die Lüge geboren.«

Iris hatte den Unfallbericht im *Abendblatt* gelesen und beschlossen, Livias leiblichen Vater an diesem Tag einfach sterben zu lassen. Es war ein Zufall gewesen: Ein irrer Motorradfahrer, der zufällig auch Heiko hieß, jagte mit überhöhter Geschwindigkeit die Barmbeker Straße entlang, fuhr bei Rot über eine Ampel und wurde von einem abbiegenden Taxi erwischt. Er war auf der Stelle tot.

Für Iris schien es damals die einfachste Lösung, Livia nie erzählen zu müssen, wer ihr Vater wirklich war: ein testosterongetränkter, sich selbst und den Gin Tonic mehr als alles andere liebender Nachtclubgänger, der dennoch ausnehmend gut aussah und bei glückshungrigen, einsamen Frauen abräumte. Bei Frauen wie ihr. Und den vielen anderen, von denen sie in ihrer kurzen Beziehung etwas mitbekam.

Heiko war jemand, der sich selbstbewusst immer ganz vorne wähnte, was Iris anfangs imponierte. Da er damit jedoch gern aneckte, weil andere, speziell seine Arbeitgeber, das anders sahen, flog er aus den Jobs, hatte selten Geld, und schuld waren noch immer die anderen.

Es war wie mit ihrem Auto: Er »schenkte« es ihr, fand sich unendlich großzügig, aber dass sie am Ende dafür bezahlte, war keine Tatsache, die in seinem Kosmos Platz fand. Im Gegenteil: Er beschuldigte sie, undankbar und egoistisch zu sein.

Sie wurde schwanger, trotz Pille, und er trennte sich. Das, so dachte Iris im Nachhinein, war vermutlich das wirkliche Happy End ihrer Geschichte. Sie war sich nicht sicher, ob sie es selbst ohne Weiteres geschafft hätte. Aber sie war sich sicher, dass es das Beste war. Sie mochte sich nicht ausmalen, wie ein Kind, noch dazu eine Tochter, in solchen Verhältnissen gut und gesund hätte groß werden sollen. Und dennoch stand jetzt diese Lüge im Raum.

Johanna seufzte. »Nicht heute und nicht morgen. Aber sagen musst du es ihr. Vielleicht wird sie es nicht verstehen. Vielleicht wird sie es dir auch nicht sofort verzeihen. Aber wenn du aufräumen willst in deinem Leben, dann fang damit an. Je früher, desto besser.«

Iris nickte. »So wie du?«, sagte sie ein wenig spitz.

»Genau *nicht* wie ich. Ich habe zu lange gewartet.«

»Ich glaube, ich kaufe zur Entlassung sechzehn Schwertlilien«, sagte Iris mit belegter Zunge.

»Wieso Schwertlilien?«

»Na, du weißt doch: die Iris, also die Lilie – Beständigkeit und Treue ... Hast du mal ein Taschentuch?«

Johanna ging in die Küche, holte Iris ein Blatt Haushaltspapier und legte ihr kurz die Hand auf die Schulter. »Ich bin müde, Iris. Ich muss ins Bett. Apropos: Wo schlafe ich eigentlich?«

»Ist kein Palast hier, ein Gästezimmer haben wir leider nicht. Ich habe dir Livias Bett bezogen. Handtücher liegen im Bad. Ist das okay?«

»Na klar ist das okay. Und die Wohnung ist schön, Iris. Sehr gemütlich.«

»Danke. Ich bleibe noch einen Moment sitzen, ja?«

»Natürlich.«

Iris hörte, wie ihre Mutter sich fertig machte. Früher als Kind hatte sie diese Geräusche immer beruhigend gefunden, das Rauschen des Wasserhahns, das Gluckern in den Leitungen, das routinierte Öffnen und Schließen von Türen, das sanfte Bollern, wenn die Heizung abends abgedreht wurde. Ihr Vater, der immer zehn Minuten früher zu Bett ging als ihre Mutter. Hoffte sie, er wäre dann schon eingeschlafen?

Nun saß sie hier, selbst Mutter, ohne Mann. Ihre Tochter im Krankenhaus, und ihre Mutter verändert, fremd, seit Jahren zurück in ihrem eigenen Leben. Ihr engster Familienkreis, wenn man so wollte, Meilen von ihr entfernt. Was meinen wir eigentlich, wenn wir von Nähe sprechen? Was meinen wir *wirklich?*, fragte sich Iris. Und sie nahm sich vor, auf diese Frage eine Antwort zu finden. Denn ebenso wie die Liebe war auch die Nähe eine Verhaltensweise.

15

Der Montag begann früh für die Zimmermann-Frauen. Iris hörte Johanna bereits um kurz nach sechs in der Küche rumoren; also stand sie auch auf.

»Guten Morgen, hast du gut geschlafen?«, fragte sie zerknautscht.

»Sehr gut«, erwiderte eine gut gelaunte und bereits dezent geschminkte Johanna. »Sag mal, wo hast du denn den Kaffee?«

Iris nahm den Wasserkocher und füllte ihn. »Sorry, das habe ich vergessen. Ich trinke nur noch Nescafé.«

»Oh, Gott, warum das denn? Dann nehme ich einen Tee. Und hast du vielleicht einen Keks zum Stippen?«

Iris kramte so lange in ihren Schränken, bis sie eine halbe Packung Löffelbiskuits fand.

»Ich müsste heute schon den Zug um sechzehn Uhr drei nehmen«, sagte Johanna schließlich in die Stille hinein. »Ist das in Ordnung?«

»Natürlich ist das in Ordnung«, sagte Iris, insgeheim eine Spur erleichtert, weil sie die neue Situation gern erst mal für sich allein verarbeiten wollte. »Hast du noch was vor?«, fragte sie, eher aus Höflichkeit, und war überrascht, als Johanna rot wurde.

»Ich habe heute Chorprobe.«

»Aha.« Und als nichts folgte. »Und?«

»Na ja, ich sagte ja, Gerd und ich haben uns im Chor kennengelernt, weißt du?«

»Ahhhh … verstehe. Wann war das eigentlich?«

»Das ist schon gut zwei Jahre her, aber er macht mir immer noch jeden Montag schöne Augen und tut so, als wollte er mich kennenlernen. Ist das nicht süß?«

Iris nickte. Ja, das war zugegebenermaßen süß. Auch ihre Mutter war recht süß anzuschauen, wie sie da saß mit ihren sechsundsechzig Jahren und verlegen in den Tee pustete, sodass eine dünne Haarsträhne von dem Dampf leicht feucht wurde.

»Wie alt ist er denn?«

»Dreiundsiebzig – ein Jahr jünger, als dein Vater jetzt gewesen wäre.«

»Vermisst du ihn?«

»Wen?«

»Na, Papa.«

Johanna überlegte kurz. »Vermissen hat so etwas Zielgerichtetes. Insofern wohl eher nein. Aber ich habe mein halbes Leben mit ihm verbracht. Und das war nicht in allem nur schlecht. Natürlich fehlt dadurch etwas.« Sie stellte die Tasse zur Seite und verschränkte die Hände. »Und du?«

Iris stand auf und holte Jacke und Schuhe. »Ja, ich vermisse ihn. Sehr sogar, aber das schon mein ganzes Leben.« Sie steckte Schlüssel und Handy in ihre Tasche. »Komm, Mama, wir sollten los.«

Johanna fragte nicht weiter nach.

* * *

Nachdem sie erneut eine Stunde bei Livia verbracht hatten, die an diesem Tag etwas matter war und offenbar wieder unter Schmerzen im Bein litt, beschloss die ältere Generation Mutter und Tochter einen Spaziergang zu zweit, und Iris schlug den Botanischen Garten *Planten un Blomen* im Herzen von Hamburg vor.

Der Tag war strahlend schön, und die beiden Frauen spazierten langsam durch den Garten, an den Wasserspielen vorbei, auf dem Steg des japanischen Teehauses innehaltend, die Mittelmeerterrassen entlang. Ab und an machte Johanna halt, um eine der Pflanzen zu kommentieren: »Nun schau dir doch mal diese herrliche Chaenomelis an. Eigentlich ein Gehölz, und dann wieder Blätter so zart wie Gingko.«

»Die was?« Diese Seite ihrer Mutter hatte Iris erfolgreich verdrängt. Nicht, dass Johanna unbedingt angeben wollte, aber es gab so schöne deutsche Namen für die Pflanzen, und sie musste immer mit den lateinischen Fachbegriffen kommen. »Die Quitte. Der Baum hier.«

»Schmecken nicht«, sagte Iris knapp.

»Du sollst ja auch nicht die Blüten essen. Nun schau doch mal … Oder hier: der Blauglockenbaum. Guck dir das mal an: ein ganzer Baum, der blau blüht.«

»Novalis hätte seine Freude gehabt. Er hätte nicht so lange nach seiner Blauen Blume suchen müssen.«

»Ach, Schatz. Oder hier unten, das Lungenkraut. Pulmonaris. Unaufdringlich, erfreut Hummeln und Bienen. Ein ganz und gar liebenswertes Gewächs.«

»Hatte ich auch mal«, brummte Iris. »Wuchert wie Harry und stinkt. Klingt außerdem nach Krankheit.«

Johanna rollte mit den Augen. »Kannst du nicht *irgendetwas* einfach mal schön finden, ohne es komplett zu zerdenken? Guck hier zum Beispiel …« Sie zeigte auf eine traumhafte Magnolie mit zartrosa Blüten.

Und da musste Iris ihr recht geben. Auch sie mochte die exotische Eleganz dieser Bäume. Aus unerfindlichen Gründen wirkten sie auf sie wie eine Mischung aus der Kargheit der afrikanischen Savanne und der Weisheit Chinas. Hätte sie sich einen anderen Blumenvornamen aussuchen dürfen, wäre es vielleicht Magnolia gewesen – wenn es nicht so albern und aufdringlich klänge.

»Steht übrigens für Hingabe, Selbsterkenntnis und inneren Frieden«, ergänzte ihre Mutter, als hätte sie Iris' Gedanken gelesen.

Iris nickte nur erstaunt. Das hatte sie nicht gewusst. »Dann gehen wir jetzt mal zum Kontrastprogramm über«, wechselte Iris das Thema und marschierte schnurstracks auf das Gewächshaus zu.

Drinnen war es so tropisch warm, dass sie beide die Jacken ausziehen mussten. Schweigend gingen sie durch die Ödnis der grünbraunen Kakteen und Sukkulenten. »Ich mag ja nun vieles«, sagte Johanna dann, »aber ich bin erklärtermaßen kein Freund von Kakteen. Gierig wie die Zecken, abweisend wie ein Stachelschwein und dann auch noch hässlich.« Johanna schüttelte sich, und Iris wunderte sich, wie harsch ihre Mutter sich plötzlich über ein Geschöpf der botanischen Natur äußern konnte.

»Ähnlichkeiten mit real existierenden Personen sind nicht beabsichtigt und rein zufällig«, fiel Iris dazu nur ein, weil sie unvermittelt an ihren Vater denken musste.

Johanna kicherte.

»Ich war ja doch noch mal in Brünn, weißt du das?«

Unvermittelt blieb Iris stehen. Natürlich wusste sie das nicht. Woher denn? »Was wolltest du denn da?«, fragte sie verwundert.

»Na, die Asche verstreuen!«, rief Johanna, als wäre es das Normalste der Welt.

Iris runzelte die Stirn. »Aber es gab doch das Urnenbegräbnis bei euch in Wienhausen.«

»Das stimmt.«

»Ja, und … wie passt dann Brünn dazu? Kannst du dich vielleicht mal etwas klarer ausdrücken?«

Johanna nickte, eine Spur ernster nun. »Na ja … wie soll ich sagen. Ich war wütend auf deinen Vater. Wie er uns behandelt hat. Wie wir seinen Launen ausgesetzt waren. Und ich fand wirklich, dass unsere gemeinsame Heimat über mehr als fünfundzwanzig Jahre Celle gewesen ist, nicht so ein fremdes Dorf im ehemaligen Sudetenland. Nicht Tschechien, nicht Mähren, nein, für deinen Vater war es das ehemalige Sudetenland. Das hat mich geärgert. Ich fand es nicht richtig.«

Sie deutete auf eine Armee von Knollenkakteen. »Guck dir doch mal an, wie hässlich die sind. Eine Brut von kleinen, dicken, selbstgefälligen Taugenichtsen. – Wie dem auch sei. Ein Todesfall stimmt einen ja milde. Ich bekam ein schlechtes Gewissen, weil ich seinem Testament nicht entsprochen hatte, und ich dachte auch, wenn ich nach Brünn fahre und seine Asche doch noch mal in alle Winde verstreue, dann könnte ich ein bisschen Schuld abtragen und mich auch mit dir wieder versöhnen …«

»Mit mir? Aber ich wusste bis heute ja gar nichts davon.«

»Ich habe mich dann doch nicht getraut. Vielleicht auch wegen der Asche.«

Iris blieb stehen. »Was war denn mit der Asche?«

Johanna kicherte erneut.

»Ich habe den Komposthaufen abgefackelt«, sagte sie.

»Du hast *was?*«

»Ich habe den Komposthaufen im Garten abgefackelt, mit all den toten Nacktschnecken drin. Und mit den Abfällen meines behüteten Gartens. Und dann habe ich die gleiche Urne noch mal gekauft, habe die Asche reingetan und bin nach Brünn gefahren.«

»Das hast du alles gemacht?«

»Mhm, habe ich.«

»Und dann?«

»Dann habe ich sie in die Svratka geschüttet.« Johanna grinste verschmitzt. »Umweltmäßig einwandfrei und symbolisch vertretbar, fand ich.«

Iris wusste nicht, ob sie lachen oder weinen sollte, aber da eine Magnolie in ihr steckte, brach sie mitten in den Kakteen in schallendes Gelächter aus. Sie lachte so doll, dass sie sich hinknien musste, um nicht aus Versehen in die Hose zu machen. Und Johanna lachte mit. Lauthals. Erleichtert. Stolz.

»Die Knollenkakteen sehen wirklich blöd aus«, sagte Iris, nachdem sie sich die Tränen aus den Augen gewischt und Luft geholt hatte.

»Saublöd«, erwiderte Johanna. »Lass uns rausgehen hier.«

Iris fand an diesem Abend bis weit nach Mitternacht nicht in den Schlaf. Die Begegnung mit ihrer Mutter hatte sie aufgewühlt und ins Grübeln gebracht. Die zwei Tage waren so erstaunlich leicht gewesen, Iris schoss sogar das Wort *gewöhnlich* durch den Kopf, aber nicht im geringschätzigen Sinn.

Der Abschied am Bahnhof war so normal gewesen, so einfach. Als hätten sie seit Jahren nichts anderes getan: sich treffen, etwas unternehmen, reden, spazieren, essen und dann Auf Wiedersehen sagen. Fast wie mit einer Freundin. Und eben doch auch wieder wie Mutter und Tochter.

Als dann Iris und Johanna am Gleis standen, war es Iris, als sei ihre Tasche ihr Ranzen, der Zug war der Bus zur Schule, und der angedeutete Kuss ihrer Mutter war der Beistand für die bevorstehende Deutscharbeit. Das Kindsein hörte mit Müttern einfach nicht auf.

Mit einer gewissen Wehmut hatte Iris sich gefragt, wie sie auf all das hatte verzichten können für so eine lange Zeit. Auf die vertraute Basis, auf die Möglichkeit, mit jemandem über heikle

Themen zu sprechen, ohne sich erklären zu müssen, weil niemand einen so intuitiv verstand wie eine Mutter. Das würde Iris selbst für sich und Libby in Anspruch nehmen.

Doch zu ihrem eigenen Wohl war Iris auch gleichzeitig klar, dass sie diese zwei Tage niemals auf so leichte Weise mit Johanna hätte verbringen können, wenn es diesen Bruch zuvor nicht gegeben hätte.

Iris hatte sich verändert in den fünf Jahren. Selbst wenn sie ihre Rolle noch nicht immer fand, Funktionieren manchmal mit Leben und einen Pizzaabend mit Innigkeit verwechselte, so hatte sie doch zu einer eigenen Klarheit gefunden. Es war wie mit einem Fotoabzug: Er brauchte die Dunkelheit, um Schärfe und Kontur zu entwickeln. Zu früh ans Licht gezerrt, konnte man nichts mehr von dem Motiv erkennen.

Sie hatte ihr Schattendasein gebraucht, das wusste sie.

Und auch Johanna hatte sich verändert. Sie vermutlich sogar noch mehr als Iris. Sie war in den Jahren mit ihrem Vater immer das achtlos ignorierte Negativ geblieben und dennoch bestrebt gewesen, die Tochter vor der Ungerechtigkeit oder dem Jähzorn ihres Vaters zu beschützen und ihr gleichzeitig die kindliche Liebe zum Vater zu lassen. Ein hoffnungsloses Unterfangen.

Und ihr selbst wäre es vermutlich ähnlich ergangen wie ihrer Mutter, wenn Heiko nicht selbst die Flucht ergriffen hätte. Sie wollte sich nicht ausmalen, was das für Livia bedeutet hätte. Iris zog die Daunendecke enger um sich.

Aber Johanna hatte recht. Wenn sie aufräumen, wenn sie mit sich und ihrer Tochter ins Reine kommen wollte, musste sie ihr die Wahrheit über ihren Vater sagen. Und zwar bald.

Und darüber schlief sie dann im Morgengrauen doch endlich ein.

16

Livia kannte das Muster des Linoleumbodens in- und auswendig. Seit knapp zwei Wochen starrte sie es nun schon an, die türkisfarbenen und grauen S-förmigen Linien, mal dicker, mal dünner, daneben kleinere Vier- und Sechsecke in Rosa und Beige, wie Konfettischnipsel dazwischengestreut. Sie kannte es auswendig, aber die Geschichten, die sich dazu ausmalte, waren immer wieder unterschiedlich. Sie hatte dieses »Spiel« zufällig begonnen, weil sie das Muster an die Eiskristalle in Finnland erinnerte und sie an das Camp zurückdenken musste. In dem ganzen öden Krankenhausalltag war ihr das eine willkommene Abwechslung gewesen, ein ganz schöner Zeitvertreib. Und so machte es Livia sich zur Gewohnheit, ab und an die Augen so fest zuzukneifen, dass die Formen verschwammen und sie ihrer Fantasie freien Lauf ließ. Am Anfang machte sie meistens nur einen Parcours aus diesen Mustern, stellte sich vor, wie sie über die bunten Plättchen hüpfte, ohne die rosafarbenen berühren zu dürfen etwa, oder wie sie als Eisläuferin die Linien entlangsauste und mit einem Sprung zur nächsten gelangen musste. Zuweilen wiegte sie ihren Oberkörper dabei nach rechts und links, um die Kurven besser zu nehmen. Sie dachte, dass dies doch ihre Art sein könnte, mit dem Trainieren wieder anzufangen.

Später dann aber wurden aus den Bildern Erinnerungen: Nach Omas Besuch etwa malte sie sich aus, wie der Boden ein Teil des

Gartens war, den man ja kaum noch hatte betreten können. Sie dachte daran, wie sie einmal über einen Betonklotz gestolpert und sich dabei den Nagel vom großen Zeh halb abgerissen hatte.

»Was ist denn das für ein bescheuerter Stein da im Garten?«, hatte sie geschrien, während ihre Mutter das wie Feuer brennende Desinfektionszeug auf die Wunde gesprüht hatte.

»Da stand mal eine Schaukel«, hatte ihre Mutter knapp geantwortet, ohne hochzugucken.

»Die haben wir irgendwann abgebaut. Wir brauchten sie ja nicht mehr«, hatte Oma ergänzt und ihre Mutter ein bisschen zur Seite gedrängt, um das Pflaster auf den Zeh zu kleben.

»Ihr hättet sie für mich stehen lassen können«, hatte Livia gesagt.

»Damals wussten wir ja noch nicht, dass wir dich bekommen würden«, sagte Oma, aber Mama fügte hinzu: »Ihr habt sie abgebaut, als ich acht war!«

Die Situation war komisch gewesen, und Livia hatte sich nicht getraut, weiter zu fragen. Warum, zum Beispiel, niemand auch den Klotz entfernt hatte. Von Opa hieß es ja immer, er *könne* nicht.

Den Weihnachtsbaum: »Warum holt Opa den nicht?« – »Das kann er nicht.«

Das Kaminholz: »Warum hackt Opa das nicht?« – »Das kann er nicht.«

Der Zaun: »Warum streicht Opa den nicht?« – Auch das schien er nicht zu können.

Livia tat er manchmal leid. Wenn sie bei Oma zu Besuch waren, bei *Oma,* nicht bei Oma und Opa, dann saß Opa immer nur etwas verhutzelt daneben. Auf dem einzigen Esszimmerstuhl mit Lehne, das schon, aber doch irgendwie unbeteiligt. Livia mied ihn ein wenig, weil ihre Mutter und ihre Oma es auch zu tun schienen, und weil er wirklich nicht besonders zugänglich war und viel herummeckerte: mal war nicht genug Bratensoße da, mal zog es im Haus wie Hechtsuppe, mal verschwendete Oma im Sommer das Wasser.

Aber eine Erinnerung gab es eben doch, die sie mit ihrem Großvater verband, und die kam ihr plötzlich wieder in den Sinn, als sie auf diesen Fußboden starrte. Es war an einem Tag im Herbst gewesen. Sie musste neun oder zehn gewesen sein. Oma und Mama waren zum Restehof gefahren, um mit den Nachbarn säckeweise zusammengeharktes Laub zu verbrennen. Das war so ein Sonderaktionstag gewesen.

Livia hatte gefragt, ob sie die dicke braune Kerze mit einem Streichholz anzünden dürfe. Opa hatte irgendwas gegrummelt, das Livia als Zustimmung verstanden hatte, gab aber nach dem dritten Streichholz resigniert auf.

»Gib mal her«, hatte Opa zu ihr gesagt. »Und geh mal in die Küche. In der Kiste hinter der Tür liegt Uhu. Hol den mal.«

Verwundert war Livia dem Wunsch nachgekommen. Als sie zurückkam, hatte Opa die Streichhölzer aus der Schachtel genommen und alle sorgsam nebeneinandergelegt.

Dann nahm er die ersten beiden, legte die Köpfe im rechten Winkel aneinander und sagte: »Kleb die Ecke mal.« Und Livia tat es. Dann die nächste und die übernächste. Als die ersten vierundzwanzig Streichhölzer verbraucht waren, sollte Livia eine neue Packung holen. Und Opa baute weiter. Opa baute ein richtiges kleines Fachwerkhaus aus Streichhölzern. Er hatte sich dabei nicht einmal vertan, kein Holz musste abgenommen und wieder neu angesetzt werden. Er wusste genau, was er tat, und je weiter der Bau voranschritt, desto begeisterter war Livia von dem Spiel.

»Opa, Opa, und jetzt setzen wir noch einen Schornstein obendrauf, ja?«

Und Opa lachte und sagte: »Genau, der Schornstein, der fehlt noch. Aus dem muss es ja später richtig rausqualmen.«

Nach einer Stunde war das Haus fertig, und Livia konnte sich gar nicht sattsehen an dem kleinen Kunstwerk.

Doch dann stand Opa auf und sagte: »So, jetzt hol mir mal meine Jacke, und dann gehen wir raus. Dann gibt's Feuerwerk.«

Livia wurde etwas mulmig, sie folgte aber auch hier.

Und dann gingen sie in den Garten, Opa stellte das Haus auf die »Liegewiese«, nahm das letzte Streichholz, rieb es an der Schachtel, sodass Livia den Schwefelgeruch bis heute in der Nase hatte, und hielt es unten an eine Ecke mit den roten Köpfen. Es zischte und zündelte in Lila, Türkis und Gelb, und schon bald stand das ganze Häuschen in Flammen. Livia war ebenso fasziniert wie schockiert von dem Schauspiel, aber Opa klopfte sich nur auf die Schenkel und rief: »Was die können, das können wir doch schon lange, oder?«

Nach fünf Minuten war der Spuk vorbei. Opa trat schweigend die Asche aus, verwischte sie mit dem Schuh und sagte dann nur: »Komm, wir gehen wieder rein. Ist zu kalt draußen.«

Und dann saß er wieder schweigend in seinem Sessel und guckte das Nachmittagsprogramm im Fernsehen.

Als die beiden Frauen zurückkamen, war alles wie immer.

Livia hatte ihrer Mutter nie von dieser Episode erzählt. Es blieb das kleine Geheimnis zwischen ihr und ihrem Opa. Aber seitdem hatte sie ihn mit anderen Augen gesehen. Ihn, aber auch ihre Oma, die auf ihre Weise ganz schön herrisch war. Und vielleicht hatte sie auch deswegen mehr geweint als ihre Mutter, als sie von seinem Tod erfahren hatte. Und wäre gern zu der Beerdigung gefahren. Als sie dann von diesem Begräbnis-Zerwürfnis hörte, war sie drauf und dran gewesen, doch von dem Haus zu erzählen und davon, dass sie mit Opa auch schon mal Asche zerstreut hatte und dass es doch letztlich egal war, wo man das tat. Aber das hatte sie sich nicht getraut.

Und jetzt war Oma plötzlich wieder da gewesen und hatte so anders gewirkt. Fröhlicher, leichter. Genau wie ihre Mutter. Die wirkte auch anders seit dem Unfall. Lebendiger irgendwie.

Und ich?, fragte sich Livia und griff nach Sid. Wie geht's mir eigentlich?

Und genau bei dieser Frage war an dem Tag Sebastian zur Tür hereingepoltert. »Na, mein Mädchen, was machst du denn für ein Gesicht? Du scheinst dich ja kolossal zu langweilen. Auf geht's.«

Und das tat es dann auch.

Das war vor zwei Tagen gewesen, und Livia fand, dass Sebastian recht hatte. Sie langweilte sich inzwischen oft und fand auch, dass es Zeit war für die Entlassung. Zwei Wochen Mosaikfußboden sollten reichen. Jetzt war sie wieder dran.

* * *

Iris hatte am Tag von Livias Entlassung dann tatsächlich sechzehn blaue Schwertlilien gekauft. Das war gar kein einfaches Unterfangen gewesen. Sie musste dafür in eine Gärtnerei, die sich auf Lilienzucht spezialisiert hatte. Zum Glück gab es eine in der Nähe. Auf dem Weg nach Hause war ihr ganzer Wagen erfüllt von diesem würzig-frischen Duft, den sie überhaupt nicht mehr in Erinnerung gehabt hatte.

Zurück zu Hause drapierte Iris die Pracht auf dem Küchentisch. Sie musste sich beeilen. Um zwei Uhr war offizieller Check-out. Bevor sie ging, warf sie noch einmal einen kritischen Blick in den Spiegel. Sie trug einfache Jeans, darüber einen recht edlen grauen Kaschmirpulli mit seitlichen Schlitzen und dazu ihre blauen All-Star-Sneaker. Die Haare hatte sie an diesem Tag hochgesteckt, ein paar feine Strähnen, die sich nicht hatten einfangen lassen, umspielten ihr Gesicht.

Sie drehte sich einmal her und einmal hin und dachte selbst, dass sie trotz allem jünger wirkte als noch drei Wochen zuvor. Sie beschloss, demnächst all ihre anthrazitfarbenen und blauen Buchhalterhosen in die Altkleidersammlung zu geben. Das war sie nicht, die brauchte sie nicht mehr.

Damit nahm sie ihren Parka vom Haken und zog die Tür mit einem lauten Knall ins Schloss. »Sorry, Gata. Kommt nicht wieder vor.«

Katzen hassten laute Geräusche.

Als Iris im Krankenhaus ankam, ging sie mehr oder weniger gewohnheitsmäßig zunächst in das Café, weil man ja nie wissen konnte … Menschen verschwinden, aber sie tauchen auch wieder auf. Doch da war kein Pietro weit und breit. Dafür aber erkannte Iris die Kantinenleiterin wieder – zumindest hielt sie sie dafür, weil Pietro ihr einmal zu verstehen gegeben hatte, dass sie *la capa* sei, die Chefin, und sich flugs am Salatbüfett zu schaffen gemacht hatte.

Iris fasste sich ein Herz. Selbst wenn es gut war, dass zwischen ihr und Pietro im Grunde nichts passiert war, konnte Klarheit doch nicht schaden.

»Entschuldigung«, rief Iris und winkte kurz.

Die große, kräftige Frau drehte sich zu ihr um.

»Ja, bitte?«

»Entschuldigung«, wiederholte Iris, »aber ich frage mich seit ein paar Tagen, ob mit Pietro alles okay ist. Er … wir …. Ich wundere mich, weil ich ihn länger nicht mehr gesehen habe.« Iris spürte, dass sie rot wurde.

»Ah, unser Pietro«, sagte die Chefin und lachte. »Ich glaube, er ist in Italien.« Sie sagte das so, als sei es das Normalste der Welt.

»Äh … Sie *glauben?*« Für Iris war es nicht das Normalste, dass eine Vorgesetzte so großzügig über einen offenbar unentschuldigt abwesenden Mitarbeiter sprach. Vielleicht war sie ja auch vom Pietro-Virus befallen.

»Ja, ich vermute es. Das kommt schon mal vor bei ihm, wissen Sie, aber früher oder später kommt er zurück, und im Moment ist auch noch nicht so viel los.«

Aha. Iris war verblüfft. »Möchten Sie es denn nicht genauer wissen?«, bohrte Iris etwas neugierig nach.

»Wie lange kennen Sie Pietro?«

Iris schluckte. »Noch nicht so lange.«

Die Frau, die sich als Ursula Thegte vorstellte, nickte wissend. »Pietro arbeitet seit fünf Jahren hier, und er hat nicht nur dafür gesorgt, dass wir fast den besten Kaffee der Stadt servieren, er hat diesem Lokal auch so etwas wie eine Seele verliehen. Können Sie sich vorstellen, wie schwer das in einer Krankenhauskantine ist?« Ursula Thegte lachte. »Und wenn er dann mal für eine Woche nach Italien abhaut, nehme ich das gern in Kauf. Besser so, als wenn er endlich seinen eigenen Laden aufmacht. Ich verstehe sowieso nicht, warum er das nicht längst getan hat. Aber ich werde ihn nicht daran erinnern.« Sie machte eine Pause. »Und Sie bitte auch nicht.«

Iris wusste ja noch nicht mal, ob sie Pietro überhaupt wiedersehen würde, geschweige denn an etwas erinnern, aber die Definition dieser entschlossenen Frau klang eigentlich nicht nach Hallodri.

»Sie meinen also, es ist nichts passiert?«, hakte Iris vorsichtig nach.

Ursula Thegte stapelte ein paar von den Industriebehältern für die Mittagstische ineinander. »Irgendwas wird schon passiert sein, aber im Moment nichts, was mir Sorgen bereitet.« Sie wuchtete die Behälter hoch und ging damit in Richtung Küche. »Entschuldigen Sie, aber ich muss mich jetzt um das Essen kümmern.«

Iris bedankte sich und machte sich auf den Weg zur Krankenstation. Immer diese Ungewissheiten, dachte sie noch.

Als sie bei Livia ankam, war sie erfreut und erstaunt, Bea dort anzutreffen. Vor allem aber war sie erschrocken. Sie hatte Bea länger nicht gesehen, und Livias Freundin war auch nie so langbeinig und athletisch wie ihre Tochter gewesen. Aber so enorm füllig kannte sie sie auch nicht. Um sich ihre Bestürzung nicht anmerken zu lassen, eilte sie direkt auf Bea zu und umarmte sie als Erste.

»Hallo, Iris«, begrüßte sie Bea. »Wir haben uns so lange nicht gesehen. Wie geht es dir? Du siehst irgendwie anders aus. Hast du was mit deinen Haaren gemacht?«

Das Siezen von Eltern kindlicher Freunde war im Zuge einer Demokratisierung der Erziehungspädagogik deutlich aus der Mode geraten. Iris fand das okay, aber in dem Moment störte es sie doch zum ersten Mal. Bea kannte Iris nicht gut genug, um sich diese Art von Augenhöhe zu erlauben.

»Danke«, sagte sie. »Es geht mir gut«, um sich dann an Livia zu wenden. »Na, Schatz, hast du alles gepackt?«

Livia sah nicht auf, weil sie gerade etwas in ihren Rucksack stopfte, wirkte aber dennoch entspannt. »Jupp«, sagte sie. »Habe alles.«

»Wunderbar. Dann mal los.«

Auf dem Flur umfasste Iris ihre Tochter an der Schulter, vorsichtig, um sie nicht aus dem Gleichgewicht zu bringen. »Ich habe eine kleine Überraschung für dich, wenn du nach Hause kommst«, raunte sie ihr zu.

»Echt?«, fragte Livia. »Aber nicht noch eine Katze?«

»Nein«, lachte Iris. »Keine Katze. Überraschungen müssen originell sein.«

Livia nickte. »Du siehst gut aus. Ich mag den Dutt.«

Obwohl Iris das Wort Dutt hasste, weil es keine ältlichere Frisur auf der ganzen Welt gab und sie genau genommen auch keinen Dutt trug, ging ihr das Herz auf. Ihre Tochter, ihre verletzte und enttäuschte Tochter, hatte ihr ein Kompliment gemacht!

Dr. Mendez ließ nicht lange auf sich warten. Auf seinem weißen Kittel zeichneten sich drei winzige Blutstropfen ab. Iris wollte lieber nicht wissen, woher sie stammten.

»Hallo«, sagte er fröhlicher als schon manches Mal zuvor. »Meine tapfere Lieblingspatientin. Hast du es geschafft?«

Livia wurde rot und nickte.

»Freust du dich auf zu Hause?«

»Ich weiß nicht«, sagte sie unsicher und schaute zu Iris. »Ich denke schon.«

Dr. Mendez vertiefte sich in die Patientenakte. »Ich werde die Unterlagen an Ihren Hausarzt schicken, Frau Zimmermann. Gegen Ende Mai sollten Sie mal zur Kontrolle gehen. Das Marcumar muss Livia bitte noch bis mindestens Ende Juni einnehmen. Das Hämatom baut sich nur sehr langsam ab, und ich möchte hier kein Risiko eingehen. Und denken Sie an Bastian, Sebastian Baumgart. Sie fahren morgen das erste Mal zu ihm, richtig?«

Iris nickte.

»Es geht ihm doch wirklich gut, oder?«, fragte Livia den Arzt genauso besorgt wie schon ein paar Tage zuvor ihre Mutter. »Ich meine, er spielt mir das nicht bloß vor?«

Dr. Mendez legte die Akte zur Seite. »Livia, ich habe es schon deiner Mutter erklärt. Bastian geht es gut. Sehr gut sogar. Er sorgt für sich. Und du wirst staunen, wenn du siehst, wie er lebt. Er bietet das wirklich nicht vielen Menschen an. In seine Kate zu kommen, meine ich. Du darfst dich glücklich schätzen. Und du musst dir um ihn wirklich keine Sorgen machen. Konzentriere dich auf dich selbst. Versprichst du mir das?«

Livia nickte mit zu Boden gesenktem Blick. »Unbedingt«, sagte sie. »Ich mag ihn.«

»Er euch auch, glaube mir. Ich wünsche dir alles Gute. Lass dich nicht unterkriegen, okay?«

»*Ein* roter Kleinwagen reicht mir«, erwiderte Livia sarkastisch, doch Dr. Mendez fing das auf.

»Genau das. Du übst und trainierst, und bevor du dichs versiehst, läufst du wieder los.«

Auf dem Parkplatz wandte sich Iris an Bea: »Möchtest du noch mit zu uns kommen?

Bea schüttelte den Kopf. »Ich denke, ich lasse euch beide mal allein bei euch ankommen. Aber ich schaue die Tage mal vorbei, Liv, wenn es dir recht ist.«

Livia nickte. »Unbedingt! Wir hatten ja noch gar nicht viel Zeit zum Quatschen.«

»Soll ich dich eben rumfahren?«, fragte Iris.

»Nein, das passt schon. Ich nehme den Bus und schaue vielleicht noch in der Stadt vorbei. Zu Hause wartet ja auch niemand … bis auf die Geige vielleicht. Und die eine oder andere Hausaufgabe.«

Iris meinte, einen Hauch von Bitterkeit zu hören. »Wie du meinst. Dann wünsche ich dir noch einen schönen Tag.«

Die beiden Mädchen verabschiedeten sich, und Iris half Livia beim Einsteigen. Dann fuhr sie los. Im Rückspiegel beobachtete sie, wie Bea ihnen nachsah. Alle hatten sie ihr Päckchen zu tragen. Alle.

Livia staunte nicht schlecht, als sie die Wohnung betrat. »Bist du sicher, dass du nicht aus Versehen die falsche Tür aufgeschlossen hast? Das sieht ja alles ganz anders aus. Was ist denn das für ein grüner Sessel? Und überhaupt ist das ja alles ganz grün. Und was ist das für eine Tafel? Irre. Wann hast du das denn alles gemacht?«

Livia lehnte ihre Krücken an die Wand und sah Iris an.

»Och, na ja, ein bisschen Zeit hatte ich ja. Gefällt es dir?«

»Ja, das sieht toll aus. Echt.«

Livia steckte ihren Kopf durch die Wohnzimmertür. »Hier ist nichts verändert. Alles beim Alten.«

»Ja, Beständigkeit ist auch eine Tugend. Guck mal bei dir.«

Also humpelte Livia zu ihrem Zimmer und fuhr sich sofort mit der Hand an den Mund. »O mein Gott. O mein Gott. Was ist das denn? Was für eine geile Tapete! Die ist ja mega cool. Wo hast du die denn her?«

»Frag lieber nicht«, antwortete Iris und dachte an das große Loch auf ihrem Konto.

Die Katze maunzte. Das schien ihr alles ein bisschen viel Tamtam.

»War das die Überraschung, Mama?«

»Mhm.«

Livia nahm ihre Mutter einmal flüchtig in den Arm. »Du hättest das nicht tun müssen, weißt du?«

»Ich weiß.«

»Aber toll sieht es aus. Alles. Es verändert die Stimmung hier drin kolossal.«

»Ja, das habe ich auch gedacht, und das ist doch die Hauptsache.« Sie ging zur Küche. »Tee?«

»Gern.« Livia setzte sich auf ihren Stokke-Kinderstuhl. Auf dem hockte sie, seit sie überhaupt sitzen konnte, und das würde sich vermutlich auch bis zu ihrem Auszug nicht ändern. »Hm, ein schöner Strauß. Was sind das noch mal für Blumen?«

»Schwertlilien«, antwortete Iris so beiläufig wie möglich. »Sechzehn Stück.« Sie setzte sich Livia gegenüber. »Livia, ich möchte, dass du weißt, dass ich dich niemals verlassen oder verraten würde. Egal, was passiert, ich werde immer für dich da sein. Bitte vergiss das nie.«

Mit gerunzelter Stirn hatte Livia ihrer Mutter zugehört. »Das klingt ja bedrohlich. Ist noch etwas passiert? Musst du mir etwas beichten? Müssen sie mir doch das Bein abnehmen?«

»Quatsch. Dein Bein bleibt, wo es ist. Ich möchte einfach, dass du es weißt. Mehr nicht. Einen Keks?«

Iris setzte sich hin. »Was ist eigentlich mit Bea los? Sie hat mir nicht gut gefallen.«

»Weil sie so zugenommen hat, meinst du?«

»Ja .. nein … eher insgesamt. Sie wirkte irgendwie … ein bisschen verloren. Und mit ihrer Figur kann sie doch keinen Hochleistungssport mehr machen.«

Livia biss in einen Keks. »Sie hat schon länger davon gesprochen, aufzuhören. Es wird ihr alles zu viel: die Schule, die Musik, der Sport. Ich glaube, ihre Eltern sind ein bisschen sehr ehrgeizig mit ihr. Oder sie mit sich. Oder beides. Sie wollte an dem betreffenden Wochenende auch erst gar nicht nach Duvenstedt kommen. Ich weiß nicht, ob sie schon mit Jochen darüber gesprochen hat.« Livia legte den Keks zur Seite. »Das Gespräch steht mir ja jetzt auch noch bevor.« Ein Hauch von Traurigkeit huschte über Livias Gesicht. Jochen war ihr Betreuer im Kader, und es war klar, was sie mit ihm zu besprechen hatte.

»Würde es dir helfen, wenn ihr zusammen etwas Neues plant, du und Bea, meine ich?«

Livia schüttelte den Kopf. »Ich denke nicht. Bea hat andere Interessen, und sie *wollte* aufhören. Bei mir ist das anders. Ich *muss* nun aufhören.« Livia stand auf. »Ich gehe in mein Zimmer, okay?«

»Alles klar.« Wortlos räumte Iris den Tisch ab. Zeit. Es brauchte Zeit. Verdammt noch mal. Alles konnte man kaufen. Nur die wirklich wichtigen Dinge nicht. Wie Zeit. Oder ein gesundes Bein.

17

Die Fahrt nach Brunsbek verlief ziemlich schweigsam. Livia hatte ihre Kopfhörer im Ohr und schaute aus dem Fenster. Iris hing ihren Gedanken nach. Es gab so vieles, was sie noch verunsicherte. Gut, die eine Hürde hatten sie vielleicht genommen: Der Heilungsprozess verlief zufriedenstellend, und das Ankommen in den eigenen vier Wänden war ganz harmonisch gewesen. Da hatte Iris noch eine Woche zuvor Schlimmeres erwartet. Auch dass sie auf dem Weg zu Sebastian waren, zu seinem Häuschen, nicht in das sterile Krankenhaus, stimmte sie ruhig.

Aber sie dachte auch daran, wie es nun weitergehen würde. Diese Woche hatte Iris noch Urlaub, aber am Montag musste sie wieder ins Büro. Livia würde mindestens noch zwei Wochen zu Hause bleiben. Was sollte sie den ganzen Tag tun? Es gab niemanden, der sie ablenken oder ihr Essen kochen könnte.

Ihr Crowdfunding-Projekt fiel ihr wieder ein. Sie hatte schon früher mal überlegt, sich eher in sozialen Projekten zu engagieren, und der Erfolg bei Orion zeigte zumindest, dass man Wirtschaft und Soziales durchaus gewinnbringend zusammenführen konnte. Aber das allein war noch keine Geschäftsidee.

Und dann lag ihr die Sache mit Heiko sehr im Magen. Iris blickte verstohlen zur Seite. Livia hatte den Kopf gegen die Scheibe gelegt und summte das Lied, das gerade lief, leise mit. Sie hatte keine Idee, wie sie ihrer Tochter diese Wahrheit schonend beibringen sollte. Es gab Wahrheiten, die waren so absolut, dass es keinen Schutz vor ihnen gab. Iris würde eines Tages diese Tür einfach aufstoßen müssen. Und dann abwarten, was passierte.

Iris atmete tief durch und konzentrierte sich auf die Straße vor sich. Im letzten Schuljahr hatte sie mit Livia in Erdkunde die Entstehung von Wasserläufen und Flusslandschaften gebüffelt. Dabei hatten es ihr die mäandernden Verläufe am meisten angetan. Wie sich das Wasser durch die Landschaft schlängelte und mit der Zeit die äußere Schlinge immer mehr auswusch, hingegen innen ein sanfter Gleithang entstand. Die Straße, die sich durch die Wald- und Wiesenlandschaft Schleswig-Holsteins schlängelte, erinnerte sie an dieses Kapitel. Nicht gerade wie Serpentinen, aber doch viel kurviger, als sie vermutet hätte. Eine schöne Landschaft war das, mit spähenden Falken auf Zaunpfählen, einer Schar Kraniche, die sich auf einem Feld sammelte. Brunsbek, hatte Sebastian gesagt. Mit dem Kranich im Wappen. Laut Navi waren sie auch gleich da. Da in Brunsbek auch alle Straßen Brunsbek hießen und die Hausnummern von eins bis 23 reichten, sollte es tatsächlich nicht so schwerfallen, die Nummer sieben zu finden.

Umso erstaunter war Iris, dass sie sich mit ihrem alten Auto noch etwa fünfhundert Meter über einen unbefestigten Schotterweg quälen musste, bevor sie vor einem winzig scheinenden alten Fachwerkhaus ankamen, das da eingerahmt von beinahe mannshohen Hortensien und ein paar Obstbäumen stand. An dem Gemäuer krallte sich über die halbe Länge Efeu fest, der bereits wieder einige neue hellgrüne Triebe zeigte. Die Rahmen der Sprossenfenster waren rot gestrichen, und Iris malte sich aus, wie wunderschön das im Spätsommer sein musste, wenn das Laub langsam wieder die rötlich gelbe Farbe annahm. Aber auch so, Ende April, war Iris verblüfft, welches Refugium sich dieser Sebastian hier geschaffen hatte. Es hatte etwas Verträumtes, Verwunschenes. Und etwas so winzig Kleines auf seine Art. Schon allein die Eingangstür. Wegen der abgewetzten Steinschwelle davor war sich Iris sicher, dass Sebastian sich bücken musste, um hineinzugehen. Ein ehemaliger Stall, schoss es ihr durch den Kopf. Zumindest eher eine Gesindestube.

Vor der Tür stand eine Holzbank mit gusseisernen Armlehnen, und darüber hing eine alte Messingglocke mit Holzkordel, wie Iris sie von Barkassen oder kleinen Kuttern kannte.

Iris rüttelte Livia sanft an der Schulter. Sie war schon vor einer Weile eingenickt.

»Hm?«, machte sie und wischte sich die Augen. »Sind wir da?« Und war sofort hellwach. »Ach du Scheiße, was ist das denn? Sind wir hier bei den sieben Zwergen? Das ist ja alles total hutzelig! Bist du sicher, dass das die richtige Adresse ist?«

Spätestens als sich die bessere Stalltür öffnete und Sebastian, in der Tat geduckt, ins Freie trat, wussten beide: Sie waren hier richtig.

Iris, die nicht sicher war, wie Livias Kommentar zu deuten gewesen war, hörte ihre Tochter nun leise »Cooool!« hauchen. Und auch sie dachte, lange nicht so etwas Schönes gesehen zu haben. Wenn es nach ihr gegangen wäre, hätte sie sich einfach auf die Bank gesetzt, hätte übermütig einmal die Glocke geläutet und wäre bis zum Abend einfach nicht mehr aufgestanden. Zwischendrin hätte sie sich ein Glas Wein geholt. Und etwas Käse. Aber das wär's dann auch gewesen.

So aber ging sie um das Auto herum und half Livia beim Aussteigen.

»Tag, die Damen«, sagte Sebastian knapp. Es war ihr erstes Wiedersehen nach dem Anfall. Sie bemühte sich, ihn nicht prüfend zu mustern.

Livia humpelte auf Sebastian zu und umarmte ihn einfach. »In was für eine Zwergenschule haben sie dich denn gesteckt?«, rief sie.

»Schweinekoben, mein Mädchen. Ein alter Schweinestall. Genau richtig für mich, findest du nicht?« Das feine Lächeln in seinen Augen war nicht zu übersehen.

Iris trat nun ebenfalls näher heran. Zögernd reichte sie ihm die Hand. »Hallo.« Wie immer verunsicherte sie seine Gegenwart.

»Ich dachte, das hatten wir hinter uns«, sagte er und winkte ab. »Nun kommt schon rein. Habt ihr Gepäck?«

Fragend sah Iris ihn an. »Warum?«

»Frauen haben immer Gepäck.«

»Wir nicht. Wir sind ja in zwei Stunden wieder weg.«

Sebastian nickte. »Auch gut.«

Hatte Iris irgendetwas falsch verstanden?

So wundersam klein das Häuschen von außen wirkte, so unvermutet groß erschien es dann von innen. Statt in eine Diele zu kommen, betrat man direkt in einen bestimmt vierzig Quadratmeter großen Wohnraum mit alten Holzdielen, einer bunten Mischung aus bordeauxfarbenen Sofas und Sesseln, die mehr oder weniger im Halbkreis um einen Kamin drapiert waren. Ein Obergeschoss schien es nicht zu geben, denn die Holzverstrebungen lagen offen, und man sah direkt in das Gebälk und unter das verputzte Dach. Ein halb offener Küchenbereich schloss sich dem Wohnraum an. Einladend – das war das Wort, das Iris dazu einfiel. Alles hier wirkte einladend. Und es duftete nach geölten Hölzern und Zitronengras.

»Das ist wunderschön, Sebastian«, sagte Iris. »Du wohnst hier schon länger?«

»Sieht das aus wie frisch renoviert?«

»Man kann auch in unrenovierte Wohnungen einziehen«, sagte Iris und dachte an ihre eigene.

»Zweiundzwanzig Jahre«, sagte er. »Ich dachte mit Anfang dreißig und nach mehr Umzügen als Lebensjahren, es könnte nun mal was *Bleibendes* fällig werden …« Das Bleibend setzte er mit den Fingern in Anführungszeichen. »Von dem Haus hier erfuhr ich durch Zufall. Vielleicht habt ihr es ja schon bemerkt: Brunsbek war früher nicht viel mehr als der Gutshof des Freiherrn von Brunsbek. Er besaß enorme Ländereien im Umland, und alles, was ihr hier an Ansässigen findet, gehörte irgendwann mal zum Hof: Wirtschafterinnen, Köche, Schmied, Lehrer – so entstand dieses Kaff. Irgendwann Anfang des zwanzigsten Jahrhunderts kam der Freiherr auf die Idee, auch mit Tierzucht anzufangen. Schweinemast, um genau zu sein. Also baute er die zwei Ställe. Diesen und den anderen, da gehen wir gleich hin. Mit Bedacht etwas abseits vom Gut, weil auch er wusste, dass Schweine stinken, und die Gülle noch schlimmer.« Sebastian lachte auf. »Zudem neigte der Freiherr von Brunsbek – der Achte, glaube ich, kann auch der Siebte gewesen sein – zu Trunk- und Spielsucht. Sprich: Er wirtschaftete sein Gut ziemlich herunter, verkaufte erst die Ländereien, dann die Pferde, und schließlich auch die Schweine. Die Ställe verfielen so vor sich hin. Und das war Ende der Achtzigerjahre meine Chance. Voilà – das ist die Geschichte.«

»Aber warum wolltest du denn so in die Abgeschiedenheit?«, fragte Livia. »Ich meine, wenn man mal schnelle Hilfe …« Sie stockte und wurde rot.

»Warum gefällt es dir denn hier vom ersten Moment an so gut?«

»Weil es schön ist.«

»Siehst du. Wenn du die Wahl hättest zwischen vielleicht … fünf Jahre dein Leben in Schön, und dann kommt die Hilfe nicht rechtzeitig, oder fünfzehn Jahre am falschen Ort, nur damit sie dich rechtzeitig wieder an diesen falschen Ort zurückverfrachten können – wofür würdest du dich entscheiden?«

Livia biss sich auf die Unterlippe. Sie verstand, und es war ihr peinlich.

»Ich habe lange genug an falschen Orten gelebt, bis ich mich für diesen entschied. Du hast noch ein bisschen Zeit, mein Mädchen.« Sebastian schlug sich auf die Oberschenkel. »Aber damit wären wir beim Thema. Wir sind hier, damit du wieder gehen lernst, um deine Orte zu finden, nicht wahr?« Er wandte sich an Iris. »Du bleibst heute mal hier, okay? Ich muss mich auf einen ehrgeizigen Schüler konzentrieren. Zwei überfordern mich.«

Iris hatte sich abgewöhnt, Sebastian zu widersprechen. Es brachte ohnehin nichts. »Kann ich irgendwas tun?«

»Kannst du«, erwiderte er. »Komm mit.« Überrascht folgte sie ihm nach draußen zu einem kleinen Schuppen, aus dem er eine Holzkiste mit erdigen Knollen herausholte. Zusammen mit einer Schaufel und Gartenhandschuhen reichte er sie ihr.

»Dahlien?«, fragte sie erstaunt.

»Wird Zeit«, sagte er nur. »Pflanz sie ein, wo du denkst, dass es ihnen gefällt. Wir sehen uns später. Wir trainieren hinten im Atelier.«

Und da stand Iris nun, überrumpelt, vielleicht einen Hauch sauer, aber vor allem beseelt von der Vorstellung, dass sie an diesem zauberhaften Ort endlich mal wieder in richtiger Erde graben durfte. Nicht mehr nur in Blumenkästen, aus denen alle Energie viel zu schnell in irgendwelche unteren Etagen floss.

Als Livia nach anderthalb Stunden erhitzt im Gesicht und strahlend auf sie zulief, hatte Iris nicht nur alle Dahlienknollen an den sonnigsten Orten mit der schwersten Erde eingegraben, sondern auch noch das komplette Kiesbett vor der Tür von aufkeimendem Unkraut befreit. Als sie aufstand, um ihre Tochter zu begrüßen, entfuhr ihr ein »Autsch!«, und sie hielt sich den Rücken. Zu lange gebückt.

»Alles in Ordnung, Mama?«

»Alles super«, antwortete sie gepresst. »Wie war es?«

»Sebastian ist ein Held! Schau mal: Ich kann mein Bein schon wieder um mehr als fünfundvierzig Grad beugen. Ist das nicht toll? Es tut überhaupt nicht weh. Und er hat mir super Übungen gezeigt. Ich kann schon fast wieder laufen, also rennen meine ich, nicht gehen.«

Iris wischte sich mit dem Handschuh über das Gesicht und vermutete, dass sie die Erde jetzt erst richtig darauf verteilte. Und dass sie morgen den Muskelkater ihres Lebens hätte. »Das ist klasse, mein Schatz. Das ist der Wahnsinn!«

Sebastian kam mit seinem Sauerstoffgerät ebenfalls über den Kies gerollert. Auch er schien zufrieden. »Das Mädel hat Power, Hut ab. Frage mich, von wem …«, sagte er knapp.

Iris schnaubte verärgert. Sie hatte auch geschuftet. Sie hatte auch gelitten. Sie musste auch wieder laufen lernen, und der Typ, der sie in der Cafeteria an den Tisch vor der Toilette geschickt hatte, schien das einfach nicht sehen zu wollen!

»Von mir sicher nicht«, sagte sie deswegen, zog sich die Handschuhe aus und warf sie auf den Boden. »Ich warte im Auto auf dich«, sagte sie zu Livia.

Deren Schultern sanken zusammen wie zwei gebrochene Spatzenflügel.

Mann, warum musste immer alles so kompliziert sein?, fragte sich Iris und ging schon mal zu ihrem alten, klapprigen Citroën.

Es verging etwa eine halbe Stunde. Iris' Körper kühlte aus, und sie begann zu frieren. Sie merkte auch, dass sie den ganzen Tag noch nichts gegessen hatte. Wo blieb Livia denn nur?

Endlich klopfte es an der Fahrerseite ans Fenster. »Ich komme«, sagte sie matt und öffnete die Tür, um auszusteigen und Livia zu helfen.

Doch statt Livia stand Sebastian vor ihr, in der Hand eine dampfende Tasse. »Das ist ein Kräutertee mit ein paar Elektrolyten. Ich glaube, den könntest du ganz gut gebrauchen.«

Er hielt ihr einen Becher hin. Iris blieb einfach stehen. »Warum machst du das?«, fragte sie und spürte, wie die Tränen in ihr aufstiegen. »Was habe ich getan, dass du so gemein zu mir bist?«

»Trink das erst mal.«

»Nein!«, rief sie und schlug den Becher weg, sodass der heiße Tee über Sebastians Handrücken schwappte. Er verzog dabei keine Miene. »Warum baust du an einer Stelle so viel auf und reißt an der anderen so viel ein? Was soll das? Willst du mich fertigmachen? Willst du mir zeigen, dass du der bessere Berater für meine Tochter bist als ich? Ich verstehe das nicht!«

»Es tut mir leid.«

»Ach, dir tut doch überhaupt nichts leid«, schluchzte Iris nun. »Dr. Mendez hat es auch schon gesagt: Du behandelst deine Patienten wie Trophäen und bist stolz auf deine Erfolge. Und gleichzeitig trampelst du alles drum herum nieder.«

»Es tut mir leid, Iris«, wiederholte Sebastian und bot ihr umständlich ein Taschentuch an. »Ich wollte dir nicht wehtun. Ich weiß genau, von wem Livia ihre Stärke hat. Glaub mir. Manchmal nehme ich die Menschen stärker ran, als sie bereit sind zu ertragen.«

Iris schluchzte.

»Willst du nicht doch noch mal reinkommen – auf einen Tee?«

»Nein«, sagte Iris. »Heute nicht. Wir haben ja ’ne Katze, und die hat Hunger. Wann sollen wir wiederkommen?«

»Gib ihr zwei Tage Pause. Passt euch Sonntag?«

»Ja«, sagte Iris. »Passt gut. Ich muss ja erst Montag arbeiten … Ich würde dann jetzt gern losfahren. Sagst du Livia Bescheid?«

»Mach ich. Komm gut nach Hause.« Er drehte sich um und ging ins Haus.

»Danke«, sagte sie leise. Aber Sebastian war schon zu weit weg.

* * *

»Ich bin wahnsinnig stolz auf dich, Livia«, sagte Iris am Abend, als sie mit einer bestellten Pizza auf dem Sofa saßen und sie sich den fettigen Mund bereits ein drittes Mal mit der Serviette abgewischt hatte. »Es ist großartig, wie du das machst, wirklich.«

»Ich bin selbst ganz überrascht.«

Iris hörte auf zu kauen. »Überrascht? Von was genau? Deinen Fortschritten?«

Livia überlegte. »Von denen auch, ja, vielleicht, aber das meinte ich eigentlich nicht. Ich bin ehrlich gesagt überrascht, dass mir das alles gar nicht so viel ausmacht. Ich genieße es, mal hier faul rumzusitzen und nicht darüber nachzudenken, wie ich die nächsten Zehntelsekunden auch noch schaffe, um noch besser zu werden. Es klingt komisch, aber erst jetzt merke ich, wie mich das alles auch angestrengt hat.« Livia legte ihr Pizzastück zur Seite. »Es ging seit Jahren nur um Leistung. Und natürlich genieße ich das auch, und ich brauche den Sport. Aber ich weiß nicht, ob ich diesen Drill auf Dauer wirklich haben möchte. Irgendwie war es nie wichtig, wie es uns bei alldem ging. Was zählte, war allein unsere Technik, unsere Ausdauer, unser Wille. Das reicht doch nicht, oder?«

Auch Iris hatte ihr Stück Salamipizza in den Karton gelegt und folgte fassungslos diesem einsichtigen Vortrag ihrer Tochter. Sie würde jetzt nicht sagen, dass sie all das ja seit Jahren predigte. Das würde sie nicht.

»Nein, Livia, das ist am Ende vielleicht nicht genug für einen Menschen. Aber ich bin unglaublich stolz, noch mal mehr, dass du den Mut hast, solche Gedanken auszusprechen. Das ist sehr weise und sehr klug, aber eben auch sehr mutig. Du gibst damit viel von dem auf, was du über Jahre sein wolltest.«

»Das stimmt, aber erstens kann ich es jetzt ja sowieso nicht mehr sein, und zweitens – wie sagte Sebastian: Man muss an vielen üblen Orten leben, bevor man den schönen für sich findet. Ich glaube, ich möchte meinen Ort finden.«

»Wann immer ich kann, Libby, helfe ich dir dabei.«

»Ich weiß.« Sie machte eine Pause. »Er hat es vorhin übrigens wirklich nicht so gemeint. Ich denke schon, dass er sieht, was du gerade alles leistest.«

»Ja. Das glaube ich auch.«

Iris nahm Livia in den Arm. »Weißt du, was mir gerade viel mehr Kopfzerbrechen macht? Wie ich das nächste Woche alles organisieren soll. Irgendwann muss ich doch mal wieder arbeiten. Und du kannst hier ja schlecht allein bleiben.«

Livia löste sich aus der Umarmung. »Könnte Oma nicht kommen?«

»Ich werde sie fragen, aber sie ist ganz schön eingespannt. Mit ihrem *Gerd* …«

Livia lachte. »Ich find's gut, dass Oma auf ihre alten Tage noch einen neuen Mann kennengelernt hat. Das ist doch schön, wenn man im Alter nicht allein durch einen Park laufen muss.«

Iris verbot sich, bei der Bemerkung an sich selbst und ihre eigene Sehnsucht zu denken. An einen Abendspaziergang am Ufer des Lago Maggiore etwa … »Ja, da hast du recht. Ich find's auch schön.«

Iris überlegte einen Moment. Vielleicht passte es jetzt …

»Weißt du, was mir neulich mal durch den Kopf ging? Ich dachte, wir könnten vielleicht eine richtig schöne Einweihungsparty feiern. Oder eine Vereinigungsfeier. Eine Party jedenfalls. Mit Oma und Gerd und seiner Tochter, wenn sie will. Ich würde Bea Bescheid geben, Sebastian. Du und ich. Einfach feiern. Bevor Sebastian …« Iris machte ein Pause. »Einfach mal feiern, weißt du?«, wiederholte sie stattdessen. Iris fuhr sich durch das Haar. Beim Gedanken an die Party wurde ihr leicht ums Herz. Beim Gedanken an Sebastians Hausboot in Frankreich nicht.

»Du willst 'ne Party schmeißen?« In der Frage mischten sich Unglaube und Neugier.

»Ja … Eine Willkommens-Familienzusammenführungs-Zukunftsvisionenparty vielleicht. Ich hab's dir noch gar nicht erzählt. Aber erinnerst du dich an dieses Crowdfunding-Projekt, für die misshandelten Mädchen?«

Livia nickte vage. »Ja, glaube schon.«

Iris erzählte ihr ein bisschen von dem Erfolg. »Wäre auch noch ein Anlass zum Feiern«, schloss sie.

Livia nickte. »Witzige Idee eigentlich … Und wann?«

»Ich dachte, am zweiten Juniwochenende. Dann bist du wieder ganz auf dem Damm, und es ist das Wochenende des Gartens.«

»Klingt nett. Kommt Sebastian auch?« Sie machte eine Pause. »Für ihn wäre es ja eher so eine Art Abschiedsparty«, fügte sie leise hinzu.

»Ich weiß es nicht, aber ich werde ihn fragen.«

Die beiden Tage bis zum Sonntag waren wie im Flug vergangen. Livia hatte sich am Freitag mit Bea getroffen und mit Jochen tatsächlich einen Termin in zehn Tagen vereinbart.

Über die Begegnung mit ihrer Freundin erzählte Livia nicht viel, aber die Einsilbigkeit genügte Iris, um zu verstehen, dass es Bea wohl wirklich nicht gut ging. Die genauen Gründe kannte sie nicht und bohrte auch nicht nach.

Leider konnte Johanna in der nächsten Woche wirklich nicht nach Hamburg kommen, aber sie bot an, Livia zu sich nach Lüneburg zu holen. Das wiederum würde jedoch den Therapieplan unterbrechen und das Problem für die Woche darauf auch nicht lösen. Iris überlegte, ob sie sich einfach krankmelden sollte. Wenigstens mal für drei Tage. Und dann weitersehen. Etwas Besseres fiel ihr nicht ein, und da sie gerade wieder bei der Kate angekommen waren, hatte sie auch nicht mehr viel Zeit, noch eine bessere Idee zu entwickeln.

Da es an diesem Sonntag eher regnerisch war, wartete Iris während der Physiostunde in Sebastians Wohnzimmer. Den Trainingsraum hatte man ihr immer noch nicht gezeigt, und Iris traute sich nicht, danach zu fragen.

Sebastian hatte den Kamin angefacht, und die Wärme und der Tee machten Iris wohlig schläfrig. Sie legte ihr Buch auf den Tisch, streckte sich der Länge nach aus und schaute nach oben zu den Holzbalken, lauschte dem knisternden Feuer. Iris fühlte sich im Einklang mit den Dingen, und wenn es ein Gefühl von Frieden gab, dann spürte es Iris hier, in diesem Moment.

Sie schloss die Augen, doch Bilder von Härtling, ihrem Chef, drängten sich ihr auf. Sie wollte sie verscheuchen. Sie passten nicht an diesen Ort, aber sie blieben beharrlich. Sie dachte an diese hohle Freude, wenn ein neuer Kunde gefunden oder ein bestehender sein Kontingent erhöht hatte. Es schien ihr hier vor dem Feuer alles so ungeheuer bedeutungslos. Ich bin wie Libby, dachte Iris. Ich laufe unter einem Joch, lasse mich herumkommandieren und beschimpfen.

Für was denn nur? Wirklich für die paar Euro im Monat? War es das wert? So viel Entmündigung für Geld? Wo war da der Frieden? Wo war ihr schöner Ort?

Sie würde darüber nachdenken müssen.

Ein Poltern und Lachen unterbrach ihr Grübeln. Aha, die neunzig Minuten waren schon wieder um.

»Mama«, rief Livia, ähnlich hitzig erregt wie schon drei Tage zuvor. »Sebastian hat eine mega Idee.« Sie drehte sich zu Sebastian um, der ebenfalls einen bedenklich roten Kopf hatte und seinen Sauerstoff neben der Tür verstaute. »Darf ich es sagen?«

»Tust du ja sowieso«, grummelte er.

»Mama, ich habe Sebastian von unserem kleinen Problem erzählt!«

Iris horchte auf. »Welches Problem denn?«

»Das Wohin-mit-Livia-Problem«, sagte sie und grinste. »Komm, ich zeig dir was. Es gibt ja *noch* einen Schweinestall.«

»Aha«, sagte Iris und stand widerwillig auf.

»Ich bleibe hier, okay? Ich muss mich ausruhen«, sagte Sebastian knapp.

Iris warf ihm einen besorgten Blick zu.

Livia war viel zu aufgeregt, um seine Erschöpfung zu registrieren. »Alles klar … Komm, Mama, komm schon.« Und damit zog sie ihre Mutter hinter sich her in Richtung zum »anderen Schweinestall«. Das war vor zwei Wochen auch noch andersherum gewesen, dachte Iris, und ließ sich ziehen.

Humpelnd, aber behände, lief Livia einen schmalen weißen Kiespfad entlang, der sich durch eine Reihe Buddleja-Flieder und japanischen Ahorn hindurchschlängelte. Iris war überrascht. Das wurde ja immer exotischer. Intuitiv hatte sie damals, bei ihrer ersten Begegnung, mit der Einschätzung, der Mann sei vielleicht Gärtner, gar nicht ganz danebengelegen. Und ob sie es wollte oder nicht: Dieser verschwiegene Sebastian wurde ihr zunehmend sympathisch. Der Weg öffnete sich schließlich zu einer weitläufigen Rasenfläche, in deren Mitte ein ähnliches kleines Häuschen stand, wie sie es schon vom Schweinestall Nummer eins kannte, nur dass dieses ausschließlich aus Fenstern zu bestehen schien, die von Fachwerk und Gemäuer eingerahmt wurden. Die Tür, die mit einem noch stallähnlichen, schmiedeeisernen Heberiegel geöffnet wurde, war blau gestrichen und hatte auf Augenhöhe ein zehn Quadratzentimeter kleines verglastes Guckloch. In einer anderen Umgebung hätte man es auch für eine Klotür halten können.

Livia zog sich die Schuhe aus. »Das Parkett ist neu, drin gibt es aber Schlappen«, sagte sie beflissen und beinahe altklug, als wollte sie ihrer Mutter das Bernsteinzimmer zeigen. Iris erinnerte sich daran, wie oft sie Livia vergeblich ermahnt hatte, bitte nicht mit dreckigen Schuhen die Wohnung zu betreten. Auch Einsicht und Lernen folgten offenbar eigenen Gesetzen.

Willig schlüpfte Iris aus ihren Sneakers.

Ganz anders als das Wohnhaus war dieser »Stall«, doch ebenfalls von einer einzigartigen schlichten Schönheit.

Livia zeigte ihrer Mutter zunächst den Übungsraum, der aus verglasten Fronten sowie verputzten Wänden und Spiegeln bestand. Fast wie ein Ballettsaal. Und von hier drin war der Blick auf die weite Wiese und die anschließenden Schmetterlingsflieder- und Ahornsträucher beinahe Zen-artig. Auf dem Hinweg hatte Iris den Rasen noch als Gartenarbeit sparende Fläche betrachtet, doch von innen verstand sie seine Funktion: Er schenkte dem Blick Ruhe und Gelassenheit, und das brauchte es wohl, wenn man schmerzende Körper davon überzeugen musste, genau in den verwundetsten Punkt hineinzuarbeiten.

Iris dachte an ihr Crowdfunding-Projekt und wie sich die Mädchen, denen sie finanziell geholfen hatte, wohl an einem solchen Ort fühlen würden. Wie es ihnen hier erginge, wenn sie sich ihren Dämonen näherten. Sie konnte sich keinen besseren Platz dafür vorstellen.

»So, Mama, und jetzt zeig ich dir noch was«, unterbrach Livia sie, immer noch ganz erregt. Sie gingen zurück zu der schmalen Diele, von der neben der blauen Eingangstür drei weitere Türen abgingen. Die erste war aus Milchglas und führte in ein etwa vier Quadratmeter großes Raumwunder, das man als Kitchenette bezeichnen konnte. Da war alles, was man brauchte: Kühlschrank, Herd, Geschirrschränke, Spüle, Kaffeemaschine, Wasserkocher. Perfekt. Und Platz für ein kleines Aquarell mit Stiefmütterchen war auch noch da. Iris schmunzelte.

Die zweite Tür führte in ein winziges Duschbad. Und die dritte schließlich in ein Zimmer mit ausziehbarem Schlafsofa plus zweitürigem Schrank.

Es war die perfekte Einliegerwohnung. Und plötzlich wusste Iris, warum ihre Tochter so stürmisch war.

Livia strahlte.

»Er hat dir angeboten, hierzubleiben, stimmt's?«

Livia strahlte weiter und nickte. »Genau genommen hat er gesagt: ›Hier könnte auch mal geputzt werden. Und heizen tu ich auch für nix. Sinnlos.‹«

»Das hat er gesagt?«

»Du kennst ihn doch. Hat er.«

»Und du?«

»Ich hasse putzen, aber ich mag beheizte Räume.«

Iris lachte. »Und dann?«

»Hat er mir einen Schlüssel gegeben.« Livia öffnete ihre linke Faust. »Was sagst du?«

Was sollte Iris sagen? Es war die perfekte Lösung. Das Einzige, was sie bedauerte, war, dass es keinen Grund mehr für eine getürkte Krankschreibung gab. Und wenn sie sich eins nicht vorstellen konnte, dann morgen doch wieder in diesen blutleeren Schuppen zu gehen. Merkwürdig, wie schnell etwas an Bedeutung verlieren konnte, während anderes unvermutet daran gewann.

»Ungewöhnlich, aber ja: eigentlich gut.«

»Du sagst also Ja?«

Iris zögerte. »Hast du ernsthaft geglaubt, ich würde Nein sagen?«

Livia ließ sich auf das Sofa plumpsen und rieb sich vorsichtig das linke Schienbein. »Na ja, ein kleiner Jonny Controlletti bist du ja schon. Es wäre das erste Mal …«

»Dass du nicht bei mir bist?«

Livia nickte.

Iris setzte sich neben ihre Tochter. »Stimmt. Aber wir alle müssen loslassen, oder?«

Livia sog ihre Wangen ein und spitzte die Lippen. »Scheint so.«

»Das hier ist ein guter Ort, um damit anzufangen.« Iris klatschte sich mit den Händen auf die Beine. »Und weißt du, wie ich es anfange? Ich gehe morgen in den Verlag, dann wird mir furchtbar schlecht, dann gehe ich zum Arzt, hole die Katze und Klamotten für dich, und – *bums* – sind wir wieder hier. Wäre das okay?« Gespannt sah sie ihre Tochter an.

»Sehr okay«, sagte sie und hielt ihr die Hand zum High five hin.

Iris schlug ein, wechselte dann aber das Thema. »Dir tut dein Bein weh, oder? Das Schienbein, meine ich. Nicht das Knie.«

»Ja«, sagte Livia. »Es will einfach nicht abschwellen.«

»Das dauert leider. Hat Dr. Mendez ja schon gesagt.«

»Ist so«, stimmte Livia zu. »Gehen wir?«

»Ja. Wir gehen.« Wir gehen, dachte Iris. Was für zwei fantastische Wörter! Wir. Gehen.

18

Bevor Iris losgefahren war, hatte sie noch versucht, mit Sebastian ein Gespräch über die neuen Pläne zu führen, was jedoch ziemlich knapp ausfiel.

»Sag mal, Sebastian, bist du dir sicher, dass …«

Er hatte gerade am Teekessel gestanden, um sich eine Tasse einzuschenken. »Von mir hat sie den Schlüssel. Was hat sie von dir?«, fragte er mit dem Rücken zu ihr.

»Von mir hat sie ein Ja.«

Sebastian drehte sich um. »Dann ist doch wohl alles geklärt«, sagte er und ging, eine Zeitung in der Hand, zum Sofa.

Iris glaubte, sich nie an dieses rudimentäre Kommunikationsverhalten gewöhnen zu können. Konnte er nicht einfach mal in vollständigen Sätzen sprechen? Immer musste sie neuen Anlauf nehmen. Das war anstrengend! »Vielleicht nicht ganz«, erwiderte sie und versuchte, dabei nicht trotzig zu klingen.

Sebastian stutzte.

»Mich hast du jetzt nämlich auch an der Backe. Nur dass du es mal gehört hast. Ich komme direkt morgen mit der Katze wieder. Und übers Wochenende bleibe ich auch.«

»Nichts anderes habe ich erwartet. Deine Tochter ist minderjährig. Hauptsache, du kochst dann auch mal. Und ihr werdet euch auf dem Sofa bei den Ferkeln einig.«

»Bei den Ferkeln?«

»Der Stall drüben war für die Ferkel.« Damit setzte er sich auf das Sofa und vertiefte sich in seine Zeitung.

Iris stand da wie Falschgeld. »Wir machen übrigens eine Party. Am zweiten Juniwochenende. Du bist hiermit eingeladen.«

Sebastian sah nicht mal auf.

»Hast du gehört?«, hakte sie resolut nach.

Sebastian unterbrach seufzend seine Lektüre. »Iris Zimmermann, können Sie nicht einmal einfach den Mund halten?«

Iris blickte achselzuckend zur Seite, ein wenig peinlich berührt.

»Fremde Menschen sind mir nicht geheuer. Und ich hasse fremde Wohnungen.«

Iris war überrascht über die lapidare Tiefe dieser Aussage, und dennoch konnte sie nicht ganz über ihren Schatten springen: »Glaub mir, niemand möchte, dass du bei mir einziehst. Es ist nur ein Fest«, sagte sie, schulterte ihre Tasche und ging.

Noch im Hinausgehen hörte sie ihn murmeln: »Mhm, das sagen sie immer …«

Dann war sie weg.

Als Iris am nächsten Morgen vor dem Spiegel stand, überlegte sie geschlagene zwanzig Minuten, ob sie sich schminken sollte oder nicht. Nicht schminken hieß, sie würde elender aussehen und ihr Unwohlsein damit unterstreichen. Es hieß aber eben auch, sie würde elender aussehen. Und das machte sie schwächer – was sie auch nicht wollte.

Schließlich entschied sie sich für ein dezentes Make-up und eine Verspätung. Letztere unterstrich ihr Unwohlsein ausreichend. Iris war zufrieden und hatte sich so gut auf ihr Drehbuch eingestimmt, dass sie sicher war, ihre Rolle auch spielen zu können.

Montags um elf hatte sie immer ihren Jour fixe mit Härtling. Sie würde sich ein wenig zusammengesunken geben, aber im richtigen Moment doch auf den Monatsabschluss und ihr Projekt zu sprechen kommen. Vierhundertvierundvierzigtausend Euro Nettoumsatz *on top* waren bei einem Gesamtergebnis von budgetierten elf Millionen kein Pappenstiel.

Iris freute sich.

Und gleichzeitig hatte sie Angst.

Das war die Krux. Irgendeine Spitze würde kommen. Irgendeine kam immer.

Als Iris ihre Tasche auf dem Schreibtisch ablegte und den Computer hochfuhr, fiel ihr Blick auf das blinkende Display der Telefonmailbox. Das war bei einer Woche Urlaub nicht ungewöhnlich. Ungewöhnlich war eher, dass Härtling ihr dreimal auf die Box gesprochen hatte, obwohl er doch wusste, dass sie Urlaub hatte. Die Texte wurden mit jeder Nachricht knapper, die Botschaft blieb dieselbe: »Hallo, Frau Zimmermann. Härtling. Bitte rufen Sie mich dringend zurück. Es geht um den Quartalsabschluss.« Der Ton klang so hilflos-streng, dass Iris nicht vermutete, es könnte um ein verdientes Lob gehen. Sie überlegte kurz, was mit dem Quartalsabschluss nicht in Ordnung sein könnte. Im Geist ging sie schon wieder alle Tabellenblätter und Zahlenkolonnen durch.

Als sich ihr Outlook geöffnet hatte, hatte sie mehr oder weniger die gleiche Nachricht noch zweimal schriftlich vor sich. Gekennzeichnet mit Ausrufungszeichen, hohe Priorität.

Zum wiederholten Mal war sie froh, dass sie kein Diensthandy besaß. Sie hätte weder die E-Mails lesen noch von Härtling in der vergangenen Woche angerufen werden wollen. Und beides wäre passiert.

Zwei Jahre war es etwa her, dass sie zum ersten und bis heute letzten Mal für eine Gehaltserhöhung angetreten war. Die Kosten wurden mit der weiterführenden Schule von Livia, den Trainingscamps im Ausland und dem erwachenden Markenbewusstsein ihrer Tochter nicht geringer, Iris' Aufgabengebiete und Verantwortlichkeiten durch ausscheidende Mitarbeiter, Umstrukturierungen und Iris' latent vorhandenes Gefühl, *ohnehin nichts Weltbewegendes* zu tun, wuchsen überproportional.

In jenem Gespräch hatte Härtling sich jovial in seinem Stuhl zurückgelehnt, hatte ihr kurz erklärt, wie sehr er sie schätzte, um dann unverhältnismäßig lange darüber zu lamentieren, wie hoch der Kostendruck sei und wie sehr er sich wundere, dass er sich auf seine Mitarbeiter nie verlassen könne, wie viele Aufgaben er selbst noch erledigen müsse, obwohl er doch dafür eigentlich Kräfte wie sie, Iris, hätte, denen es aber auch nicht gelänge, innovative Konzepte zur Kundenakquise und Projektbetreuung vorzulegen. Dabei hatte er ihr tief und kontrollierend in die Augen gesehen.

Kurzum: Auf seine scheinheilige Art hatte er ihr zu verstehen gegeben, dass sie eigentlich froh sein könne, überhaupt noch da zu sein. Und ihr ein Diensthandy angeboten.

Er hatte sie angeschaut wie jemand, der gerade ein Übermaß an Großzügigkeit ausgeteilt und damit die volle Dankbarkeit verdient hatte. Er hatte es wirklich ernst gemeint.

Iris war durch die zugefügte Klatsche noch so abgelenkt gewesen, dass sie mehr mit dem Gedanken beschäftigt war, wie sie eine Gehaltserhöhung überhaupt in Erwägung hatte ziehen können, als sich mit dem Bonushandy auseinanderzusetzen.

Dankend und mit gesenktem Kopf hatte sie damals das Büro verlassen, ihr war durchaus bewusst, das etwas da nicht richtig gelaufen war.

Die Wut kam später. Und mit ihr Iris' Beschluss, nie wieder an dieses Gespräch anzuknüpfen.

An diesem Morgen hatte sie zum ersten Mal das Gefühl, dass sie richtig gehandelt hatte. Es gab Kämpfe, die konnte man nicht gewinnen. Und wie so viele Frauen hätte auch Iris diese Gehaltserhöhung verdient, die jeder Mann an ihrer Stelle vermutlich erhalten hätte. Aber zumindest hatte sie Härtling den erweiterten Zugriff auf ihr Leben verwehrt. Kein Handy, keine Mails, keine Anrufe im Urlaub.

Wo war nur der Anstand in dieser Welt geblieben?

Iris schüttelte den Kopf und überlegte, ob sie direkt bei Annelie anrufen und ihre Besorgnis zum Ausdruck bringen sollte: »Ich bin wieder da, und der Chef braucht mich.«

Sie entschied sich dagegen. Jeder wusste, dass sie wieder da war, und um elf hatte sie ihren Jour fixe. Wenn das nicht früh genug war, wäre sie ja jetzt erreichbar.

Iris scrollte durch die eingegangenen Mails, es waren mehr als hundertzwanzig, der übliche Kram: ein paar Zahlen aus dem Controlling, ein paar Fragen, die sich pingpongartig über acht Mails erstreckten, die man besser persönlich hätte klären können und die sie noch nicht mal betrafen, ein paar Kundenanfragen, die sie flaggte, weil sie dazu in ihre Unterlagen gehen müsste.

Zwei Mails allerdings erregten doch ihr Interesse.

Die erste kam von:

j.baur@girlsindistress.org

Betreff: Vielen Dank!

Sehr geehrte Frau Zimmermann,

über unseren Spendengeber haben wir erfahren, dass die Initiative zum Schutz in Not geratener Mädchen auf Sie zurückzuführen ist.

Wir sind ein gemeinnütziger Verein, der sich seit siebzehn Jahren darum bemüht, seelisch oder physisch missbrauchten Mädchen zwischen neun und sechzehn Jahren Schutz zu bieten. Wir sind in Schleswig-Holstein ansässig und bieten Platz für neun Mädchen, die in der Regel zwischen vier Wochen und sechs Monaten bei uns bleiben, bis wir gemeinsam mit dem Jugendamt und den Gerichten eine geeignete Lösung gefunden haben. Auf unserer »Warteliste« stehen derzeit dreizehn akute Fälle, die in ihren Familien konstanter Gewalt ausgesetzt sind. Wir haben uns bei Ihrer bundesweiten Aktion um den Betrag von einhundertzwanzigtausend Euro bemüht, der uns den Ausbau des Gebäudes um weitere vier Plätze plus die Einstellung eines Sozialarbeiters ermöglichen würde. Und wir bekamen den Zuschlag!
Frau Zimmermann, Sie können nicht erahnen, wie glücklich uns diese Zusage gemacht hat. Und vielleicht freut es ja auch Sie, wenn Sie hören, wo Ihr Geld im realen Leben landet.
Ich – und natürlich die Mädchen – danken Ihnen.
Wenn Sie jemals in der Nähe sind, melden Sie sich doch bitte. Ich würde Ihnen unseren Hof gerne zeigen.
Mit freundlichen Grüßen
Julia Baur
Vorstandsvorsitzende www.girlsindistress.org

Iris schluckte. Das war ja mal eine Mail. Es war die menschliche Reaktion auf ein Crowdfunding-Projekt, das sie aus Ertragsgründen ins Leben gerufen hatte. Gesponsert durch das Großkapital. Und jetzt meldeten sich da Menschen, Mädchen, Kinder, die richtig in Not waren.

So wie Livia. Aber ungeschützter. Was hatte sie da eigentlich losgetreten?

Die zweite E-Mail kam von einer Jugendamtsmitarbeiterin aus Baden-Württemberg, die sich dafür bedankte, dass der Verein ProPflegeFam e. V. aus Karlsruhe den Betrag von fünfzigtausend Euro für eine Planstelle erhielt, die sicherstellen sollte, dass Kinder zwischen null und drei Jahren aus gewaltbereiten oder drogenabhängigen Haushalten schneller in eine geeignete Pflegefamilie vermittelt werden konnten.

Iris wandte den Blick vom Bildschirm. Selbst in diesen sachlich gehaltenen fünf Zeilen lag so viel Leid, dass es kaum auszuhalten war.

Iris rieb sich die Stirn. Wie war sie bloß auf dieses Projekt gekommen? Natürlich hatte sie helfen wollen und fand das *eine gute Idee*. Aber diese Nähe war jetzt doch sehr nah.

Ihre eigene Tochter hatte ja derzeit nur diese Drähte im Knie. Aber noch immer gab es da auch einen Vater, den Iris verleugnet hatte, weil sie nie sicher gewesen war, ob nicht auch er aus ihr ein »girl in distress« hätte machen können. Aus ihrer Tochter.

Sie flaggte auch diese beiden Mails und wollte sich gerade den letzten Quartalsbericht vornehmen, als das Telefon klingelte. Durchwahl -210. Annelie.

Es war noch vor neun. Da war Iris aber mal gespannt. Und schon jetzt dankbar für ihren Plan. Dezentes Make-up. Leck mich am Arsch. Um zwei wäre sie hier weg. Jetzt erst recht. Komme, was da wolle.

Sie nahm den Hörer ab. »Hallo, hier ist Iris.«

»Hallo, Iris. Gut, dass du wieder da bist. Härtling ist ziemlich sauer gewesen letzte Woche«, begrüßte Annelie sie sachlich.

Iris nickte schweigend. Annelies Pose war perfekt, wenn man einen Doublebind absetzen wollte. *Schön, dass du da bist. Härtling ist sauer.* Dazwischen lag das *auf dich*. Iris versuchte sich zu fokussieren. Nicht einknicken jetzt. Durchatmen.

»Was gibt's denn?«, fragte sie sachlich zurück.

»Ich stell dich durch«, erwiderte Annelie knapp.

»Ist Härtling schon da?«, fragte Iris ehrlich überrascht. Härtling war nie vor zehn im Büro.

»Nein, aber er ist mobil zu erreichen.«

Spontan auf Mallorca?, dachte Iris nur und erwiderte ein kurzes »Okay«.

Es knackte ein paarmal in der Leitung, dann hörte es sich an, als wäre man in einem atmosphärischen Vakuum unterwegs, bis Iris schließlich die inzwischen so verhasste Stimme hörte: »Frau Zimmermann, wir liegen im Quartal zweihundertdreißigtausend Euro unter Plan, und wir haben gemerkt, dass Ihre aufgelösten Erlösrückstellungen viel zu hoch sind. Könnten Sie mir das bitte kurz erklären?«

Iris schüttelte kurz den Kopf. Kein: guten Morgen. Kein: Wie war Ihr Urlaub? Nicht mal: Wie geht es Ihrer Tochter?

Parallel ging Iris im Kopf ihre korrigierten Erlösrückstellungen durch, und da war schnell klar, was Härtling meinen musste. Im Etat war das Sondermagazin eines Stammkunden mit siebzigtausend Euro eingeplant gewesen, das vom Unternehmen aber noch immer nicht bestätigt war. Und es gab eine Neukundenakquise, die sich nun seit neun Monaten so zäh hinzog, dass Iris an den Abschluss nicht mehr glaubte. Immer wurde mit dem Vertrag gewedelt, auf den Tisch kam er aber nie. Geplant war dieser Deal mit hundertsechzigtausend Euro. Der zuständige Projektmanager wusste nie von etwas. Wer wollte schon für so einen Verlust verantwortlich sein? Am besten die Buchhaltung.

»Guten Morgen, Herr Dr. Härtling«, antwortete Iris, so reserviert sie konnte. »Ich nehme an, Sie meinen in erster Linie das WorldTravel-Sondermagazin und die Chemosuisse-Akquise. Hatten Sie Gelegenheit, mit den Projektverantwortlichen zu sprechen? Mein Stand ist, dass beides auf der Kippe steht. Wir können das nicht ignorieren.«

»Was heißt, Sie können das nicht ignorieren? Einfach streichen können Sie es aber auch nicht. Sie hätten Rücksprache halten müssen. Was machen wir denn jetzt mit dem Gap?«

Es war sinnlos, Härtling an die diversen Mails zu erinnern, die sie zu dem Thema geschrieben hatte. Da er nie schuld war, beantwortete er auch nie Mails, auf die er keine Antwort hatte. Aber Iris hatte sehr wohl einen Gap-Füller, ihr Projekt nämlich. Insofern lagen sie auch nicht hinter Plan, sondern immer noch sechsstellig darüber. Sie fand, es war Zeit, damit herauszukommen.

»Haben Sie eigentlich auch gesehen, dass ich für das Crowdfunding-Projekt vierhundertvierundvierzigtausend Euro eingestellt habe?«, sagte sie noch knapper und nun hörbar wütend. »Wir sind selbst mit den Erlösbereinigungen deutlich *über* Etat.«

Härtling schwieg kurz. »Dieses Jugendarbeitsding meinen Sie?«

»Ich meine die Spendenaktion für in Not geratene Mädchen, an denen sich unsere größten Kunden sehr gewinnbringend und zufrieden beteiligt haben, ja.« Iris dachte an die Mail von Julia Baur. Wie entwürdigend müsste sich diese Unterhaltung für sie anfühlen.

»Das ist ein Einmaleffekt, Frau Zimmermann, und in keiner Weise unser Kerngeschäft. Wer weiß, was da überhaupt noch auf uns zukommt. Wir haben keine Kompetenz in Sozialprojekten und ziehen im Zweifel noch die falschen Kunden an. Das ist ganz *nice to have*, bringt uns aber strategisch für die Zukunft nicht weiter. Sicher, das haben Sie ganz ordentlich gemacht, aber verzetteln Sie sich bei so was nicht.«

Iris war nun schier außer sich. Was für ein arrogantes, dummes Arschloch!

»Nun, Herr Dr. Härtling, darüber scheiden sich die Geister offenbar gerade. Unsere Kunden haben bereits nach einem Folgeprojekt gefragt. Aber wir müssen das nicht machen.«

»Darüber sprechen wir noch. Schauen Sie bitte heute erst mal, ob wir nicht wenigstens WorldTravel retten können.«

»Ich gebe das gern an Herrn Manscheid weiter«, sagte Iris nur und fuhr direkt ihren PC herunter. »Er ist der Projektmanager, nicht ich.«

Wenn sie am Morgen noch Zweifel gehabt hatte, ob sie den Plan mit der Krankschreibung durchziehen sollte, dann hatten sich die mit dem Telefonat soeben erledigt. Das ging so nicht weiter. Sie würde sich jetzt die vier Tage freinehmen und nachdenken. Und dann würde sie mit dem Nachdenken aufhören, das nämlich nie zu etwas anderem führte als zu den alten Ängsten und den Fragen nach dem Danach. Dann würde sie anfangen, etwas zu *tun*. Sie müsste die Münze endlich umdrehen. Wenn Angst Zahl war, dann war Mut Kopf. Iris gab sich vier Tage, um auf Kopf zu setzen.

19

Iris hatte sich kurz bei Annelie krankgemeldet, die diese Information mit hochgezogenen Brauen, aber schweigend zur Kenntnis nahm. Dann war sie zu ihrer Hausärztin gefahren, hatte ihr in Kurzform die ganze Wahrheit erzählt und um eine Krankschreibung für vier Tage gebeten.

Frau Dr. Schwert hatte daraufhin ihre Brille zur Seite gelegt und ein paar sehr zielsichere Fragen gestellt. Nach Livia vor allem, nach ihrer Mutter und schließlich auch nach ihr selbst, Iris.

Man musste dazu sagen, dass Iris und Frau Dr. Schwert sich zwar schon lange, aber nicht wirklich gut kannten. Dazu war Iris einfach nicht krank genug gewesen in den letzten Jahren. Umso interessierter war Frau Dr. Schwert, umso ernster nahm sie Iris.

Iris selbst hingegen wurde immer leiser, je intensiver es um ihre Person ging. Sie legte allen Nachdruck auf die Sorge um ihre Tochter. Da war sie wirklich gut und leidenschaftlich. Was sollte sie schon groß über sich sagen? Immerhin war sie jetzt ja hier.

»Was wünschen Sie sich denn für sich selbst, Frau Zimmermann?«, fragte Frau Dr. Schwert.

»Dass ich die Münze umdrehe.«

»Wie bitte?«

»Ich möchte etwas ändern, wirklich etwas tun, nicht immer nur darüber nachdenken.«

»Und dafür haben Sie sich vier Tage gegeben?«

»So in etwa.«

»Und was wollen Sie ändern, wenn Sie dann am Montag wieder in die Firma gehen? Da warten doch bestimmt jede Menge Arbeit und Ärger.«

Über diese Frage hatte Iris noch nicht nachgedacht, aber sie klang beängstigend zutreffend. Um aus einer Routine auszubrechen, war Routine nicht das beste Rezept.

»Wissen Sie was«, sagte Frau Dr. Schwert kurzerhand. »Diese und die nächste Woche!«

Erschrocken blickte Iris auf. »Wie, diese und die nächste Woche …?«

»… gehen Sie nicht zur Arbeit.« Frau Dr. Schwert füllte bereits die Bescheinigung aus. »Ich verstehe das als meine ärztliche Fürsorgepflicht. Sie müssen mir nur eins versprechen …«

Erwartungsvoll sah Iris sie an.

»In der zweiten Woche tun Sie auch wirklich etwas. Was auch immer. Dann sitzen Sie nicht mehr auf der Bank und denken. Dann machen Sie was. Und gucken, wie es sich anfühlt. Können Sie mir das versprechen?«

In Iris kämpfte das jahrelang kultivierte Pflichtbewusstsein mit der verlockenden Vorstellung, einfach mal auf ganz andere, freiere Gedanken zu kommen. Und da vor ihrem inneren Auge das Pflichtbewusstsein aussah wie ein verkniffenes Mädchen, das ängstlich in einer Ecke saß, die Verlockung hingegen ein Freudestrahlen in ihr Gesicht zauberte, gewann das innere Lächeln. Was für ein Gewinn, dachte Iris. Und zu Frau Dr. Schwert sagte sie: »Ja, das kann ich versprechen. Danke.«

Zu Hause rief sie dann kurz bei Livia an und sagte, dass sie erst morgen kommen würde.

»Hat dich Härtling doch wieder um den Finger gewickelt, und du sitzt heute wieder bis um zehn im Büro, um die letzten Tage aufzuholen?«, fragte sie sarkastisch und spürbar enttäuscht.

»Genau«, antwortete Iris heiter und streichelte Gata, die es sich auf ihrem Schoß gemütlich gemacht hatte. »Ich sitze hier auf dem Sofa, freue mich über meine Krankschreibung und möchte heute den Tag einfach für mich haben, ein paar Sachen erledigen, um dann morgen früh direkt mit der Katze loszufahren.«

Erstaunlich, wie man durch ein Telefon hören konnte, dass am anderen Ende die Sonne aufging.

»Du hast es echt gemacht?«

»Mhm … zwei ganze Wochen«, sagte Iris und war so glücklich wie lange nicht mehr. Stolz, mit sich im Reinen und so voller Vorfreude, als hätte sie die Tür zu einer neuen Welt bereits geöffnet. Einer Welt, die wirklich ihre war.

»Wow«, sagte Livia. »Das ist toll, Mama. Das ist echt toll.«

Ja, dachte Iris, das finde ich auch.

»Ich freue mich auf dich«, sagte ihre Tochter. »Und ich find's auch klasse, dass du dir den Tag für dich nimmst. Ehrlich.«

Ja, dachte Iris erneut, all das, und sagte: »Ich freue mich auch auf dich.«

Eigentlich gegen einen inneren Impuls rief sie auch noch ihre Mutter an, die ihr erst lange von der qualvollen Auswahl des richtigen Geburtstagsgestecks für Gerds Tochter Ally – Zinkwanne oder Tontopf, Maiglöckchen oder doch Wiesenmargeriten? – berichtete, um nahtlos zu den Krankheiten und Eheproblemen der Nachbarn überzugehen. Iris musste aufpassen, dass ihre Stimmung nicht schlagartig kippte, denn in all den Worten erkannte sie auch den Grund wieder, warum sie so lange nicht mit ihrer

Mutter gesprochen hatte. So schön das Wochenende gewesen war, so verändert ihre Mutter auch gewirkt hatte, es gab da immer noch diese oberflächliche Art, die sie als Kind schon zur Weißglut getrieben hatte. Liebenswerte Nichtachtung. Und das Problem dabei war nicht die Missachtung, sondern die Liebenswürdigkeit. Die Mischung verbot jede Orientierung für ein Kind. Hatte auch Iris diese doppeldeutigen Botschaften an Livia ausgesendet? Iris war sich nicht sicher. Und wenn Johanna jetzt auch noch fragen würde …

»Warum rufst du eigentlich um diese Zeit an. Bist du nicht bei der Arbeit?«

Bingo! Iris zögerte einen Moment und holte tief Luft. »Nein, bin ich nicht. Ich bin krankgeschrieben.« Iris klopfte das Herz bis zum Hals. Das devote Pflichtbewusstsein, das wusste sie, hatte sie von ihrer Mutter. Aber wenn sie aufräumen wollte in ihrem Leben, dann mussten diese Lügen aufhören.

Es blieb eine Weile still in der Leitung. »Das ist wahrscheinlich das Beste«, sagte ihre Mutter schließlich. »Du kannst eine Pause auch gut gebrauchen. Rufst du aus einem bestimmten Grund an?«

Iris atmete hörbar aus. Wow! Und dann erzählte sie ihrer Mutter auch von Brunsbek, von *Girls in Distress* und von dem geplanten Fest. »Du kommst doch, oder? Mit Gerd?«

»Ich frag ihn. Aber das ist eine schöne Idee. Kleidung eher festlich oder leger? Was meinst du?«

Iris lachte. »Leger, definitiv.«

Erleichtert legte Iris auf. Das war doch super gelaufen. Iris' Finger vergruben sich noch eine Weile in Gatas Fell, bis sie in die Küche ging und ein nagelneues, türkisfarbenes Moleskine-Notizbuch aus der Schublade zog.

Auf die erste rechte linierte Seite schrieb sie mit Füller:

Der Plan: Farbe ins Leben bringen
Die Schritte:
~ Nichtstun
~ Nachdenken

Iris hatte überlegt, die Punkte 1 und 2 zu einem einzigen zu verbinden, aber da das Nachdenken von alleine kam und das Nichtstun schon eine echte Herausforderung war, musste sie sie trennen und die wahre Hürde an die erste Stelle setzen.

Dann holte sie sich eine Tüte Flips, fläzte sich an einem Montagnachmittag um drei Uhr vor den Fernseher und begann mit der ersten Staffel von *Big Little Lies*.

Dafür, dass sie Serien nicht mochte, war diese erstaunlich gut.

* * *

Am nächsten Morgen fuhr sie nach einem ausgiebigen Frühstück mit Milchkaffee, Rührei, frischen Croissants, Käse und Marmelade pünktlich um zehn Uhr los nach Brunsbek. Eine zum Glück kurze Fahrt, denn Gata kotzte auf der Strecke zweimal und musste vor lauter Stress dann auch noch ein großes Geschäft verrichten. Wer einmal mit einer vollgekackten Katzentransportbox im Auto unterwegs war, der weiß ziemlich genau, dass der Drang, die Katze samt Käfig einfach am Straßenrand auszusetzen, ein ziemlich naheliegender ist. Doch Iris widerstand ihm bei geöffneten Fenstern an einem zum Glück wunderschönen Maimorgen.

Als sie in die Hofeinfahrt zu Sebastians »Schweineställen« abbog, hatte sie erneut das Gefühl, nach Hause zu kommen. Es fühlte sich genauso überwältigend an wie beim ersten Mal, und sie wunderte sich, dass sie zweimal das Gleiche fühlen konnte. Irgendwas hatte dieser Ort an sich. Irgendwas Gutes.

Livia kam direkt auf sie zugelaufen. Sie musste auf sie gewartet haben, und Iris wusste nicht, was sie mehr freute: diese Tatsache oder der Anblick ihrer kaum mehr humpelnden Tochter.

»Oh, Gott, was stinkt hier denn so?«, fragte Livia und kräuselte die Nase.

Iris musterte ihre Tochter kurz, die ihr so unendlich lebendig vorkam: der Teint frisch, die Haut straff, der Blick klar. Sie versuchte, die Schönheit dieses Bildes für die Ewigkeit im Gedächtnis abzuspeichern, und beschloss, sich heute vor allem auf Sebastians Hausbank zu setzen und mit Punkt 2 zu beginnen. Nachdenken.

»Deine Katze. Kannst du die Box rausholen, oder ist sie zu schwer?«

»Bah, ist das eklig. Nee, ich mach es schon.«

Iris stieg aus dem Wagen und holte Gepäck und selbst gekochtes Gulasch aus dem Kofferraum. Aus dem Augenwinkel sah sie Sebastian, der im Türrahmen stand und den beiden seelenruhig zuschaute. Der beißt sich eher die Zunge ab, bevor er uns seine Hilfe anbietet, dachte Iris nur und buckelte die Reisetasche über die Schulter.

Mit energischem Schritt folgte sie ihrer Tochter durch die Rabatten zum Ferkelstall und nickte im Vorbeigehen kurz in seine Richtung. Sie war sich sicher, Sebastians amüsierten Blick im Rücken zu spüren. Macho, dachte sie, Muffelkopf. Du wirst schon sehen!

Aber immerhin war sie jetzt ja hier. Freiwillig. Als Gast. Und – wie sollte sie es leugnen – gerne.

Nachdem Iris ihre Sachen verstaut und sich in die Logistik dieses kleinen gemütlichen Apartments hatte einweisen lassen, zog sie ihr Notizbuch und den Stift aus der Tasche.

»Was hast du vor?«, fragte Livia.

»Ich mache mir Gedanken«, antwortete Iris gut gelaunt.

»Worüber?«, fragte Livia irritiert.

»Über uns. Über mich. Über unsere Pläne. Über das, was richtig ist.«

»Klingt kompliziert.«

»Mag sein, muss man aber ab und an«, erwiderte Iris.

»Findest du? Ich mach lieber was.«

Schlaues Kind, fand Iris, und war froh, dass sie ihrer Tochter *alles* eben doch nicht mitgegeben hatte. Livia hatte einen Sinn für Pragmatismus, der Iris leider eher fremd war.

»Du hast heute noch Physio?«, fragte Iris, um sicherzugehen, dass auch Livia beschäftigt war.

Ihre Tochter lachte. »Du meinst, *Sebastian* muss heute noch mal ran? Und ob!«

Sie ließ sich in den burgunderfarbenen Sessel plumpsen, der in dem kleinen Schlafzimmer auch noch Platz fand, und nahm das Buch vom Tischchen, von dem sie bereits ein Drittel gelesen hatte. Thomas Mann, *Doktor Faustus.*

»Seit wann interessierst du dich denn für Klassiker?«, fragte Iris verwundert.

»Sebastian hat es mir gegeben. Es ist gut. Dieser Adrian Leverkühn tut mir leid, und gleichzeitig ist er schlimm. Er hatte eine Riesenbegabung, aber keine Liebe. Also hat er sein Herz verkauft. Er dachte, er braucht es nicht, um geliebt zu werden. Er dachte, mit Erfolg würde all das ja von selbst kommen. Aber so funktioniert das wohl nicht.« Livia strich über die glatte Seite der eleganten Dünndruckausgabe.

Iris hatte dieses Buch vor Jahrzehnten gelesen und wusste sehr wohl noch, wie tief beeindruckt es sie hinterlassen hatte. An den Inhalt jedoch erinnerte sie sich kaum mehr. Nur an das Gefühl dazu. Und wenn sie diese Kurzzusammenfassung nun aus Livias

Mund hörte, kam ihr nur ein Gedanke: Jeder Sieg im Langstreckenlauf war einsam. Er schenkte keine Liebe. Das war es vielleicht, was Livia in dem Buch erkannte. Keine Liebe durch Leistung. Und Iris erkannte noch mehr: Livias Suche nach dem Herz in der Welt. Deswegen setzte sie sich neben ihre Tochter und sagte: »Du hast recht, so funktioniert es nicht. Ich habe mein Herz in die Arbeit gelegt und geglaubt, damit bin ich für dich da. Aber nicht ich war da, sondern mein Geld, die Wohnung, das Essen auf dem Tisch.«

Iris atmete tief aus. »Du hast dein Herz in den Sport gelegt. Aber es war gar nicht dort. Dein Herz war in der Sehnsucht nach etwas anderem. Nach deinem Vater vielleicht. Nach mir als Mensch. Nach Wärme …« Iris schüttelte den Kopf. Das war ein bisschen viel. Sie sah kurz zu Livia, doch die schwieg.

»Aber wir wollen jetzt mal nicht Trübsal blasen an diesem schönen Tag, was?«, lenkte sie ein und wuschelte Livia durch die Haare

Dankbar sah Livia ihre Mutter an. »Genau. Und deswegen gehst du jetzt nachdenken, und ich lese endlich weiter.«

»So machen wir's«, entgegnete Iris, der das gerade recht kam, weil sie bei diesem Thema erneut daran erinnert wurde, dass sie noch eine schwere Beichte vor sich hatte. Heiko.

Damit stand sie auf und marschierte endlich hinaus zur Hausbank, das Buch und den Stift in den Händen, ansonsten nackt. Sozusagen.

Bestimmt zwei Stunden saß sie dort auf der über die Jahrzehnte speckig abgewetzten Holzplanke, und das Notizheft war ihr schon dreimal aus den Händen gerutscht. Nachdenken war anstrengend, und Nichtstun war auf dieser Bank einfach zu schön. Es ging wie von selbst.

Da Iris keine Sonnenbrille dabeihatte, konnte sie sowieso kaum die Zeilen in dem Heft erkennen, und sowohl die Fahrt als auch das Gespräch mit Livia hatten sie ziemlich schläfrig gemacht.

Insofern genoss sie einfach die vom Wolkenzug bedingte wechselnde Wärme der Sonne.

Bis jemand die Glocke läutete.

»Hm? … Was?« Iris schreckte aus ihren Dämmerträumen um Adrian Leverkühn, Dr. Härtling als Monster, sie im Astronautenanzug herzlos im All taumelnd hoch, als dieser helle Messington erklang.

»Essen is' fertig«, hörte sie eine dunkle Stimme.

»Was?« Iris blinzelte in die Sonne, und vor ihr stand der sonnengegerbte Griesgram.

»Essen is' fertig.«

Iris versuchte, ihre verklebten Lippen mit der feuchten Zunge voneinander zu lösen. Sie hatte offenbar tiefer geschlafen als gedacht. Sie schirmte die Augen mit den Händen ab, um ihn besser erkennen zu können.

»Essen?«

»Menschen machen das. Essen. Es ist vier, und es gibt Zucchinipuffer mit Lammkarree.«

»Oh.« Iris war nun hellwach. »Ich habe Gulasch mitgebracht.«

»Morgen.« Und mit diesem Wort verabschiedete sich Sebastian auch schon wieder nach drinnen.

Iris blieb noch einen Moment sitzen, um ihr seliges Nichtstun zu genießen. Ihrer Tochter ging es gut, und ein Mann, der unsympathisch war, bekochte sie. Da konnte sie auch noch kurz auf der Bank bleiben.

Lächelnd schloss sie erneut die Augen. Sollte der Magen doch knurren. Irgendwann würde der Unausstehliche ja doch rufen.

Natürlich war es am Ende Livia: »Mama, kommst du bitte endlich?!«

Also stand sie auf, ging in den schönsten Raum auf Erden, sah den dampfenden gusseisernen Bräter, den gedeckten Tisch inklusive der grün-gelb gemusterten Servietten und des Silberbestecks, die Keramikschale mit den Puffern, Livia an Sebastians Seite und sich selbst.

Einen Moment stand sie zögerlich da.

»Nun setz dich doch endlich«, sagte Livia, als wäre sie hier schon seit Jahrzehnten zu Hause.

Fragend blickte Iris zu Sebastian.

»Willst du im Stehen essen?«

Und so setzte sich auch Iris, nahm sich einen Puffer, vor allem aber vom Lamm, kaute und hörte staunend zu, was sich Sebastian und ihre Tochter alles zu erzählen hatten.

Es ging wohl um Geschicklichkeitsübungen mit dem Ball und auch um die Herkunft des Ferkelstalls.

Iris bekam es kaum noch mit. Irgendwann kippte sie halb vom Stuhl auf das Sofa, auf dem auch Sebastian saß, aber Iris rollte sich in die Ecke nahe dem Kamin und nickte einfach weg.

Für Frieden gab es keine Uhrzeit. Wenn er sich nachmittags um fünf einstellte, war er da.

Gata grub sich unter die Tagesdecke, die Sebastian über Iris gelegt hatte, und wärmte ihren Bauch. Iris strich der Katze im Halbschlaf noch einmal über das Fell. So weich.

Sie sah sich im Traum vom Zehnmeterturm springen.

20

Als sie nach dem zweiten Schläfchen an diesem Tag aufwachte, war es draußen bereits dunkel, und im Kamin loderte ein knisterndes Feuer. Sebastian und Livia hatten zwischen sich ein Backgammon-Brett aufgebaut, und wie es aussah, gewann Livia.

Ihre Tochter schaute kurz hoch. »Hallo, du Schlafmütze, ich dachte schon, du wachst heute gar nicht mehr auf!«

Iris lächelte und sah den beiden weiter eingekuschelt in die Decke bei ihrem Spiel zu.

Warum auch immer, vielleicht weil die geometrischen Spitzen sie an Mathe erinnerten, dachte Iris zum ersten Mal über die Frage nach Livias Schulbesuch nach. Sie war jetzt mehr als zwei Wochen draußen und würde mindestens noch diese und die nächste fehlen. Dann wäre die Therapie voraussichtlich beendet. Die Sommerferien begannen aber erst Mitte Juni. Das hieß, sie könnte noch mal vier Wochen zur Schule gehen, sofern die Ärzte nichts dagegen hatten. Ansonsten hätte sie ziemlich viel verpasst, was sie im nächsten Jahr aufholen müsste.

»Sag mal, Sebastian …«, hob Iris an.

»Ha, Sechserpasch. Da guckst du, was? Jetzt geb ich Gas.«

Iris verdrehte die Augen. Konnte dieser Mann nicht einmal unanstrengend zugewandt sein?

»Sebastian!«, wiederholte Iris nun schon etwas resoluter.

»Hm …?«, machte er, ohne aufzusehen.

»Wie lange, glaubst du, sollte Livia hierbleiben beziehungsweise wie lange noch dreimal pro Woche trainiert werden?«

»Mama! Kannst du das nicht später fragen?«, rief Livia, die offenbar unbedingt die Partie gewinnen wollte.

»Ich meine, wegen der Schule. Irgendwann sollten wir schon mal darüber nachdenken.«

»Schreib es in dein Nachdenken-Buch: Livia Schule?«

An dem Ton ihrer Tochter merkte Iris deutlich, dass es ihr schon wieder ziemlich gut ging. Ein Grund mehr, eine Antwort einzufordern. »Sebastian?«

Dieser sah zu Livia: »Ist deine Mutter immer eine solche Nervensäge?«

»Wenn sie was will, schon«, antwortete Livia. »Können wir jetzt weiterspielen, bitte!« Es war vollkommen klar, dass Livia überhaupt keine Lust hatte, an so ein belastendes Thema wie Alltag und Routine in Hamburg zu denken. Und in gewisser Weise verstand Iris das auch. Sie war geradeso halbwegs wieder auf den Beinen, hatte angefangen, sich mit ihrer neuen Situation anzufreunden, und dann kam ihre Mutter schon wieder mit dem nächsten Thema.

»Wir machen hier jetzt die zwei Wochen voll, und dann sprechen wir darüber. Okay?« Sebastian hatte sich nun doch dazu herabgelassen, Iris direkt anzusehen. »Aber bis dahin kein Wort mehr dazu. Wirklich keins«, betonte er eindringlich.

»Kein einziges«, stimmte Iris zu. Damit konnte sie leben.

Die kommenden Tage flossen in angenehmer Gleichförmigkeit dahin.

Livia las und machte ihre Übungen. Sebastian lag viel auf der Couch und ruhte sich aus. Nach jeder Physio-Einheit musste er sich mindestens zwei Stunden hinlegen, sodass Iris insgeheim ganz dankbar war, dass er den Plan mit dem Hausboot in Frankreich gefasst hatte. Sie war sich nicht sicher, wie viele Patienten von Livias Art er noch überleben würde.

Nicht minder wunderte sie sich dann, dass sie abends noch bis spät in die Nacht Licht in seinem Wohnzimmer sah und leise Töne von klassischer Musik hörte. Irgendwie schien Sebastian immer zu schlafen und dann auch wieder gar nicht.

Sie selbst saß meistens auf der Bank, das Notizbuch vor sich, doch außer ein paar Monsterzeichnungen und Stichworten wie *Geld – Miete – Job blöd* füllte sich das Heft nur sehr schleppend. Die Spalten *Was kann ich?* und *Was möchte ich?* waren noch vollständig leer. Hatte sie es nicht gleich gesagt? Denken bringt nichts.

Also verließ Iris auch manchmal die Hausbank, um im Garten Unkraut zu zupfen, die Büsche zu beschneiden, in neuen Tontöpfen silberfarbene Gräser oder orangefarbene Margeriten zu pflanzen. Diese kleinteiligen Farbtupfer standen der Kulisse erstaunlich gut, fand sie.

Sebastian kommentierte das zuweilen mit hochgezogenen Augenbrauen, ließ sie aber gewähren.

Zum frühen Abend kochten die drei meistens zusammen, und die beiden Frauen teilten sich später den Abwasch.

Auf die Frage, ob er sich denn nicht mal einen Geschirrspüler zulegen wollte, antwortete Sebastian nur grinsend: »Wieso? Läuft doch gut!«

Die sich langsam einspielenden Routinen dieses neu geformten Trios wurden am Samstag durch überraschenden Besuch gestört.

Livia und Iris waren gerade vom Einkauf gekommen, über den sich Iris insofern besonders gefreut hatte, weil sie mit der

Käseverkäuferin in einen längeren Plausch geraten war, der schließlich beim Thema Finanzen und einkommensgerechter Haushaltsführung landete. Die arme Rike war jüngst von ihrem Mann sitzen gelassen worden, der ihr zum einen Schulden für den nicht abbezahlten VW Polo hinterlassen hatte, aber auch eine Wohnung, einen Wellensittich und zwei Goldfische, die Rike allesamt nur mit Mühe und Not finanzieren konnte. Iris hatte mehr oder weniger schweigend zugehört und schließlich nur gesagt, dass sie glaubte, für ihr Problem eine Lösung zu finden. Sie würde darüber nachdenken und sich wieder bei ihr melden. Erstaunlich, wie offen Rike das Angebot angenommen hatte. Normalerweise hört eine schnelle Bekanntschaft beim Thema Geld ja auf. Aber offenbar hatte Iris etwas an sich, das Rike Vertrauen einflößte.

Livia und Iris hatten noch nicht alle Tüten ausgeladen, als plötzlich eine junge Frau mit schwarz verwischtem Mascara, fettigen Haaren und einem desolaten Gesamteindruck auf das Grundstück mehr taumelte als ging, die Iris nur mit Mühe als Bea erkannte.

Auch Livia erschrak bei diesem erbärmlichen Anblick, ließ die Tüte fallen und rannte auf ihre Freundin los.

»Oh, mein Gott, Bea. Was ist denn mit dir passiert?«

Schluchzend warf sich Bea in die Arme ihrer Freundin und wiederholte ein ums andere Mal, unterbrochen nur von ihrem Schluckauf: »Ich kann nicht mehr, Libby, ich kann einfach nicht mehr. Gestern haben sie mich bis um zehn in meinem Zimmer eingeschlossen, damit ich Geige übe. Danach haben sie mir ein Arbeitsblatt mit Matheaufgaben reingereicht. Dazu ein halbes Baguettebrötchen und ein paar Selleriestangen. Es wird immer schlimmer!« Bea brach in den Armen ihrer Freundin fast zusammen, und langsam geleitete Livia sie zum Haus.

Iris war sprachlos. Bea redete doch hoffentlich nicht von ihren Eltern? Andererseits, von wem wohl sonst?

»Nun kommt erst mal beide mit rein. Ich mache uns einen Tee.«

Wie immer lag Sebastian ausgestreckt auf dem Sofa und las die *Süddeutsche Zeitung*. Aber jetzt war mal Iris am Drücker. »Sebastian, steh auf. Wir haben hier einen Notfall.«

Verständnislos rappelte er sich hoch. »Noch 'ne Frau?« Aber in Anbetracht von Beas verzweifeltem Zustand verzichtete er dann doch auf weitere Nachfragen und machte sich direkt am Wasserkocher zu schaffen.

Zehn Minuten später saßen sie alle am Wohnzimmertisch, Beas Tasse war nur halb voll, da sie so stark zitterte, dass sie sonst die Hälfte verschüttet hätte.

»Sie akzeptieren mich einfach nicht so, wie ich bin«, schluchzte Bea, hatte sich aber insgesamt schon ein wenig beruhigt. »Sie wollen aus mir ein musikalisches Wunderkind machen, dazu sportlich hochbegabt und mit humanistischem Einser-Abi. Aber das bin ich nicht. Ich kann doch nichts dafür, dass meine Eltern beide hochbegabte Karrieremenschen sind. Ich bin es jedenfalls nicht. Wenn du mich fragst, gehe ich nach der Neunten ab und werde Floristin. Oder ich steche Tattoos. Irgendwas mit den Händen. Irgendwas Nettes in einem kleinen Laden. Und jetzt sperren sie mich auch noch ein. Das ist doch fast Missbrauch!«

Iris nickte unmerklich. Wenn sie ehrlich war, fand sie das auch. Beas Vorzeigeeltern hatten ihrer Tochter mit ihrem Ehrgeiz so zugesetzt, dass man sich freuen konnte, dass Bea nicht schon längst zu drastischeren Widerstandsmaßnahmen gegriffen hatte. Welche, wollte sich Iris gar nicht ausmalen. Sie dachte wieder an Julia Baur und ihren Verein. Bea war vielleicht nicht einer der brutalsten Fälle, aber ein »Fall« war sie auch. Sie beschloss, in ihr Notizbuch das erste *To-do* zu schreiben – endlich etwas, das über Nachdenken hinausginge:

~ Julia Baur von Girls in Distress besuchen

»Wie bist du eigentlich hergekommen?«, frage Iris dann. »Und woher hattest du die Adresse?«

»Von mir«, sagte Livia. »Ich habe Bea erzählt, wie schön es hier ist.«

»Ja, kommt nur alle her, kommt alle her. Ich hab was übrig für beschädigte Frauen …«, hörte man Sebastian aus dem Hintergrund brummen.

»Sei still«, fuhr Iris ihn an, dachte aber insgeheim, dass wunde Seelen an diesem Ort ganz gut aufgehoben waren.

»Ich bin mit der S-Bahn nach Ahrensburg, und von da bin ich gelaufen.«

»Aber Bea, das sind locker fünfzehn Kilometer. Wieso hast du nicht angerufen oder ein Taxi genommen?«

»Kein Geld, kein Handy mehr. Das haben sie gestern auch einkassiert.«

Livia nahm ihre Freundin in den Arm, die von einem weiteren Heulkrampf geschüttelt wurde.

»Also, du gehst jetzt erst mal in die Wanne, und dann sehen wir weiter«, sagte Iris entschlossen.

»Wo hast du hier eine Wanne gesehen?«, moserte Sebastian aus dem Hintergrund weiter. »Oder meinst du den alten Schweinetrog?«

Das stimmte wohl. »Na, dann eben eine Dusche. Auf jeden Fall heiß und lange«, ordnete Iris an.

Bea nickte.

»Ich komme mit«, sagte Livia.

Als die beiden verschwunden waren, fühlte Iris sich allein mit Sebastian plötzlich etwas befangen. Sie wusste schon, warum sie es weitgehend mied und im Allgemeinen darauf achtete, dass auch Livia zugegen war.

»Ist das nicht fies?«, fragte sie schließlich, um irgendetwas zu sagen.

Zu ihrer Überraschung antwortete der Griesgram ernst: »Ja, das ist es! Was tut ihr Menschen euch bloß immer an?«

»Na ja, was heißt da ›ihr Menschen‹? Ein Mensch bist du schon auch, wenn auch ein sehr spezieller.«

»Das Spezielle an mir ist, dass ich mich von den Menschen fernhalte. Ich möchte nicht Gefahr laufen, jemand anderem derart wehzutun. Das ist erbärmlich.«

Iris nahm einen Schluck von ihrem Tee. Was hatte man wohl Sebastian angetan, wenn er solche Schlüsse aus menschlichen Beziehungen zog? Ein paarmal hatte er ja schon angedeutet, dass sein Vater als Geologe viel herumgezogen war. Ob er sich als Kind alleingelassen und verraten gefühlt hatte? Andererseits: Wer tat das eigentlich nicht?

Wieder dachte sie an Heiko, Livias Vater, von dem ihre Tochter glaubte, dass er tot sei. Sollte sie Sebastian von ihm erzählen? Sie entschied sich dagegen. »Es gibt hier in der Nähe so einen Verein: *Girls in Distress*. Kennst du den?«

Der Griesgram wiegte den Kopf hin und her. »Schon mal davon gehört, aber kennen ist zu viel gesagt. Warum?«

»Ich fahr da am Montag mal hin. Ich habe kürzlich eine ganz nette Mail von der Leiterin bekommen. Sie haben Geld von meinem Crowdfunding-Projekt erhalten.«

»Ich dachte, du fälschst Bilanzen?!«

Iris lachte. »Ja, das auch, aber das andere ebenso.«

»Hm«, machte der Griesgram erneut. »Und was willst du da?«

»Das sage ich dir, wenn ich dort gewesen bin«, und dann fuhr sie fort: »Was machen wir denn jetzt mit Bea?« Iris wurde rot, als sie bemerkte, wie leicht ihr das Wir über die Lippen gerutscht war.

Sebastian überging es. »Da habe ich keine Aktien drin. Das ist euer Ding, nur eins: Ihr müsst den Eltern Bescheid geben. Ich hab hier keinen Bock auf Stress.«

»Und wenn sie wollen, dass Bea direkt wieder nach Hause kommt?«

»Dann bringst du sie.«

»Aber das ist für das Kind doch keine Lösung. Dann muss sie gleich weiterpauken, und ich weiß nicht was.«

»Bea ist minderjährig, und du bist nicht die Erziehungsberechtigte. Wenn sie es wollen, dann bringst du sie.«

Iris nickte. Wahrheiten konnten hart, aber Klarheit auch sehr wohltuend sein.

21

Als Bea nach der ausgiebigen Dusche wieder nach unten kam, wirkte sie schon bedeutend ruhiger und gefasster. Iris hatte ihr ein T-Shirt und einen Pulli von sich gegeben, und Livia hatte ihrer Freundin die Haare geföhnt. Die beiden konnten sogar schon wieder scherzen und sich über ihre jeweiligen »Behinderungen« lustig machen.

Iris ließ den beiden noch zwei Stunden, bis sie das unvermeidliche Thema ansprach und die Mädchen in ihren Plan einweihte: Sie würde bei Beas Eltern anrufen, ihnen ganz unschuldig erklären, dass Bea gut hier angekommen sei und Livia der Krankenbesuch der Freundin ausgesprochen guttue. Sie würde sich bedanken, dass das Mädchen übers Wochenende bleiben dürfe, und hoffte einfach, dass sie mit dieser ebenso überzeugenden wie löchrigen Notlüge durchkam.

Bea versuchte noch, Iris davon abzubringen, weil sie natürlich fürchtete, dass ihr kurzer Moment des Aufatmens ein jähes Ende finden würde. Aber Iris blieb hart: entweder so – oder direkt nach Hause.

Im Nachhinein war Iris selbst erstaunt, wie vergleichsweise geschmeidig sie mit ihrer Version durchgekommen war. Am Anfang war Beas Mutter, die Iris persönlich nie kennengelernt hatte, sehr aufgebracht gewesen und unkonzentriert sprunghaft. Sie schimpfte, empörte sich, erwähnte bruchstückhaft alle möglichen Unzulänglichkeiten ihrer Tochter, die Iris so, aus dem Zusammenhang gerissen, überhaupt nicht verstand. Gleichzeitig war aber auch die Sorge um den Verbleib ihrer Tochter nicht zu überhören und die Erleichterung, als sie Iris' unschuldige Erklärung hörte.

Iris ließ diese wirre Tirade schweigend über sich ergehen, bis sich Beas Mutter von selbst etwas beruhigte, um dann einfach auf den Plan zurückzukommen, das Wochenende mit den Mädchen in Brunsbek zu verbringen.

Um jegliches heikle Thema zu umschiffen, erzählte Iris einfach ein wenig von Livias Genesung, von deren Strahlen, als sie Bea sah, und von dem wunderbaren Hof mit all den prächtigen Pflanzen, die auf alle eine so wohltuende, beruhigende Wirkung hätten. Iris dachte, selbst wenn Frau Garber keine passionierte Gärtnerin war, hatte sie doch genug Schlüsselreize gesetzt, die sie als Mutter hinreichend triggern würden.

Und in der Tat schien Beas Mutter offen für diese Worte, sodass Iris am Ende verschwörerisch noch einen draufsetzte: »Wissen Sie, Frau Garber, in so einem Umfeld kommen die Mädchen von ganz allein wieder zur Vernunft. Die Pubertät ist eben eine schwierige Zeit. Wer wüsste das besser als wir, hm?«

Frau Garber seufzte: »Da haben Sie wohl recht. Nun, ich werde mit Bea reden, wenn sie zurück ist. Sie hätte uns doch von der Verabredung erzählen müssen, zumal sie eigentlich heute noch Klavier und Biologie auf dem Stundenplan gehabt hätte. Aber wenn es Ihrer Tochter guttut, dann will ich dem nicht im Wege stehen.«

Blöde Kuh, dachte Iris. *Deiner* Tochter tut es vor allem gut. Laut sagte sie: »Ich bin Ihnen sehr dankbar, Frau Garber, und ich werde Bea morgen Nachmittag pünktlich zu Ihnen bringen.«

Iris ging zurück ins Wohnzimmer und setzte eine todernste Miene auf.

»Und?«, fragten die beiden, ängstlich gespannt und mit großen Augen.

»Gebongt!«, sagte Iris und lachte.

»Oh, du gemeine …«, rief Livia und warf ein Kissen nach ihrer Mutter, das diese auffing.

»Du kannst ja echt ein Miststück sein«, hörte man Sebastians sonore Stimme aus dem Hintergrund.

Und Iris zitierte gut gelaunt aus einem ihrer Lieblingsfilme mit Kathy Bates: »Manchmal musst du als Frau in dieser Welt ein Miststück sein, um zu überleben.«

Nachdem auch die Bettenfrage geklärt war – Iris bot an, auf einer Matratze im Therapieraum zu schlafen –, verbrachten die vier den Abend mit gemeinsamem Kochen und ein paar Spielen. Sie lachten viel, und es war nach Mitternacht, als Sebastian die Frauen schließlich aus seinem Reich scheuchte.

Auch wenn Iris wusste, dass dieses Glück nur geliehen war, und sie sich davor fürchtete, Bea am nächsten Tag wieder nach Hause zu bringen, dachte sie doch, dass es diese Stunden für alle gegeben hatte. Sie waren echt. Und als es Livia am Ende des Abends tatsächlich gelungen war, Sebastian zu einer kleinen Polka zu überreden, da wusste sie, dass auch in einem beschädigten Leben immer Platz war für Liebe und Fürsorge. Liebe war nicht nur ein Gefühl. Sie war vor allem eine Verhaltensweise. Wie man gerade in einem ausgebauten alten Schweinestall sah.

Dass Sebastian nach dieser Tanzeinlage für fünf Minuten an sein Sauerstoffgerät angeschlossen werden musste, war dann auch nicht weiter tragisch. Iris bekam langsam Übung im Umgang mit dem Gerät und Sebastians Kurzatmigkeit.

Der Sonntag verlief dann insgesamt etwas stiller und vielleicht auch schwerer. Jeder schien ein bisschen mehr mit sich beschäftigt. Bea wohl mit ihrer Rückkehr, Livia mit ihren neuen Trainingsplänen, über die sie, wie sie kurz erwähnte, noch viel mit Bea gesprochen hatte, was einerseits hilfreich war, andererseits ihr aber die Gewissheit über das Ende der eigenen Leistungssportkarriere noch einmal klar vor Augen führte. Iris dachte daran, dass dies ihr letzter Nachdenktag war, und Sebastian ... Was Sebastian dachte, konnte Iris nicht genau deuten. Aber es war offensichtlich, dass ein Tänzchen mit drei lachenden Frauen im eigenen Zuhause in gewissem Widerspruch zu einem Abschied nach Frankreich stand. Vielleicht war er deswegen so verbissen damit beschäftigt, die Kletterrosen aufzubinden, damit sie sicher und geschützt an der Wand weiterwachsen konnten.

Iris hatte bewusst darauf verzichtet, Bea mit an die Tür zu bringen. Livia hatte diesen Part übernommen. Iris hatte die vielleicht naive Hoffnung, dass der Anblick der beiden Mädchen Beas Eltern milde stimmen und zu einer grundsätzlichen Umkehr bewegen könnte. Weil sie insgeheim aber selbst nicht daran glaubte, wollte sie die erste persönliche Begegnung nicht durch zu viel Freundlichkeit und Kumpanei vermasseln. Womöglich bräuchte sie ja eines Tages doch noch mal eine entschlossene Härte. Und die würde ihr sozusagen unbekannterweise besser gelingen.

Gleichwohl konnte sie es kaum mitansehen, wie die beiden Mädchen mit hängenden Schultern und langsamen Schrittes auf die Haustür zuschlichen. Sebastian hatte schon recht: Es war deprimierend, wie Menschen oft mit sich und denen, die ihnen am nächsten standen, umgingen. So viel Leid und Verletzungen, die sich von Generation zu Generation fortpflanzten, egal, was man alles anders machen wollte. Irgendwo kam es wieder heraus, meistens an den Stellen, an denen man es am wenigsten vermutete und daher am unaufmerksamsten war.

Iris beschloss, an diesem Abend noch irgendetwas Schönes mit Livia zu unternehmen. Ein Fernsehabend mit Erdnussflips vielleicht, eine Nachtwanderung, schwimmen gehen ohne große Sprünge ... Und sie freute sich auf den kommenden Tag. Sie war gespannt, wie diese Julia Baur wohl war. Und überhaupt hoffte sie, dass sie sie antreffen würde, denn Iris hatte beschlossen, sich nicht vorher telefonisch anzumelden. Sie wollte einfach ankommen, da sein und gucken, was passierte. Der Hof, auf dem die Mädchen sich von ihren Traumata erholen sollten, lag an einem See, der zur Gemeinde Nusse in Ostholstein gehörte. Sie würde vermutlich kaum länger als zwanzig Minuten dorthin brauchen. Man musste wirklich nicht weit fahren, um auf Leid zu treffen. In gewisser Weise war man immer schon da.

Als Livia wieder im Auto saß, fragte Iris ihre Tochter unvermittelt: »Wie wär's nachher mit einem längeren Spaziergang? Traust du dir das zu?«

Überrascht hielt Livia beim Anschnallen inne. »Wie kommst du denn jetzt darauf? Du gehst doch gar nicht gern spazieren.«

»Das stimmt, aber ich brauche Bewegung. Was denkst du?«

Auf der Beifahrerseite machte der Gurt *klick*. »Na klar, warum nicht. Klingt gut.«

Eineinviertel Stunden waren die beiden unterwegs, Livia immer eine Schrittlänge vorne. Das Gehen schien ihr mühelos zu gelingen, und bewundernd beobachtete Iris die Eleganz, mit der ihre Tochter jede Unebenheit des Bodens mit ihrem Körper auszugleichen schien. Anders als sie selbst, die andauernd über irgendwelche Wurzeln stolperte.

Die Dämmerung hatte bereits eingesetzt, und das erste Stück der Strecke führte sie durch einen dichten Nadelwald. Im Unterholz hörte man die Äste knacken, und Mutter und Tochter dachten wahlweise an Wildschweine, Massenmörder oder Füchse. Sie erzählten sich Gruselgeschichten, bis sie zu einer Lichtung kamen, die sie dann zurück über die Wiesen führte. Da Kühe sich nicht wirklich zum Fürchten eigneten, pflückten die beiden noch einen Strauß Wildblumen für Sebastian, wobei es Iris sich nicht nehmen ließ, auch eine stachelige Distel auszubuddeln. Livia schüttelte nur verständnislos den Kopf. »Ihr müsst euch auch andauernd beharken, oder?«

»Wieso?«, fragte Iris verständnislos. »Das ist doch nett. Wir bringen Blumen mit …«

»Ja, ja, schon klar.«

Sebastian stand bereits in der Tür, als sie schließlich im Dunkeln nach Hause kamen. Er wirkte unruhig und sogar wütend. »Wo wart ihr denn so lange? Wohnt eure Bea an der Costa Brava, oder was?«, fragte er beinahe aufgewühlt.

Stumm reichte Iris ihm den Strauß. »Da, für dich.«

Sebastian besah sich die Blumen, in deren Mitte die Distel herausragte, an der noch der ganze Erdballen baumelte. »Ach, guck mal an, wo habt ihr denn diese seltene Iris gefunden?«, sagte er, ging in die Küche, schnitt die Wurzeln der Distel ab und drapierte das Ganze in einer schlanken Glasvase.

Schließlich gab es dann doch noch den Frauenfernsehabend mit Flips. Der Griesgram hatte sich bereits in sein Schlafzimmer zurückgezogen. Er vertrug die Zimmermann-Frauen nur in homöopathischen Dosen, so schien es. Aber immerhin vertrug er sie.

Als Livia und Iris dann ins Bett gingen, Iris inzwischen nicht mehr im Therapieraum, in dem sie sich ohnehin etwas verloren gefühlt hatte, sondern auf Livias Schlafsofa, hatte sie den zwingenden Wunsch, noch einmal etwas Bedeutungsschweres zu ihrer Tochter zu sagen. Etwas, an das sie im richtigen Moment denken würde.

»Libby«, sagte sie in die Dunkelheit.

»Hm?«

»Libby. Ich schwöre dir, dass ich dich nie verraten habe. Solltest du das irgendwann einmal denken, dann entschuldige ich mich schon jetzt dafür. Aber ich habe es nicht getan. Jedenfalls nicht so, wie du vielleicht denkst.«

»Mama.«

»Ja?«

»Du wirst schon wieder sehr kompliziert.«

»Ich weiß.«

»Wenn du was auch immer nicht getan hast, dann entschuldige dich nicht dafür. Und wenn ich es dennoch denken sollte, dann ändert die Entschuldigung nichts.«

»Ich weiß.«

»Möchtest du mir irgendetwas sagen?«

Nein, dachte Iris. Noch nicht. Aber vermutlich sehr bald. »Gute Nacht, mein Schatz.«

»Gute Nacht.«

»Schlaf schön.«

»Du auch.«

»Träum was Schönes!«

»Mama!«

»Okay.«

Und das war es. Das Ende der Gedankentage und der Anfang einer tiefen, traumlosen Nacht.

22

Als das Navi Iris signalisierte, dass sie ihr Ziel erreicht hatte, vergewisserte sie sich dreimal, ob sie auch wirklich die richtige Adresse eingegeben hatte: Sie fuhr auf diesen Hof, als wollte sie bei einem Ökobauern frische Eier kaufen. Es war ein kleines Gehöft, ein bisschen heruntergekommen, aber immer noch charmant, auf dessen angrenzender Wiese vier Pferde weideten. Hühner liefen frei über den Hof, ein Hund lag vor der Eingangstür. Allenfalls die rot-weiß karierten Gardinen, die in jedem der kleinen Fenster hingen, erinnerten an ein Landhotel. Oder an eine *Einrichtung.*

Iris stellte ihr Auto an der Koppel, etwas entfernt vom Eingang, ab und stieg aus. Zwei Mädchen mit schwarzen Jeans und Kakijacken standen vor einer Stalltür und rauchten eine Zigarette. Iris schätzte sie auf Libbys Alter. Sie glaubte, dass die beiden sie gesehen hatten, es aber nicht zu erkennen gaben.

Iris fühlte sich unbehaglich. Was wollte sie hier? Sie ärgerte sich, dass sie ihren Besuch nicht doch angekündigt hatte. Sie vergrub die Hände in den Manteltaschen und ging auf die beiden zu.

»Hallo«, sagte sie und versuchte zu lächeln. »Ich suche Julia Baur. Könnt ihr mir helfen?«

Die beiden sahen sich an, stumm beratend, abweisend.

»Worum geht es denn?«, fragte die eine, die älter und insgesamt robuster wirkte.

Iris nickte. Wer weiß, wer hier so alles aufkreuzte, und vor allem, in welcher Absicht. Trotz der Offenheit des Geländes sollte hier schließlich eins versprochen werden: Schutz. Und Sicherheit. »Ich arbeite für das Unternehmen, durch das dem Verein Geld für die Erweiterung dieser ...« Iris zögerte, aber ihr fiel nichts Besseres ein, »Einrichtung zugesprochen wurde. Und ich war in der Nähe, also wollte ich einmal persönlich vorbeischauen.«

Die Ältere warf ihre Zigarette auf den Boden und trat sie mit dem Fuß aus. »Und jetzt wollen Sie gucken, ob wir es wert sind?«, fragte sie provokant.

Die Jüngere, Schmalere stieß sie in die Seite. »Melissa!«

»Ist schon gut«, sagte Iris. »Die Frage hätte ich auch gestellt.« Und an das Mädchen mit dem Namen Melissa gewandt, fuhr sie fort: »Nein, das will ich nicht. Erstens bin ich sicher, dass ihr es wert seid, und zweitens ist das ja sowieso schon entschieden. Ich war wirklich nur in der Nähe.«

»Melissa! Anna! Wolltet ihr nicht bei den Ställen sein und ausmisten?«

Die Mädchen und auch Iris drehten sich zu der Stimme um. Aus einem Fenster beugte sich eine Frau mit wildem hellbraunem Lockenkopf zu ihnen herunter. Selbst aus dieser Entfernung strahlte sie eine klare Entschlossenheit aus. Nicht unsympathisch oder grob. Einfach entschieden. Iris hatte schon jetzt Respekt, und den Mädchen schien es nicht anders zu gehen.

»Aye, Aye, Sir«, sagte Melissa, und Anna fügte im Weggehen noch hinzu: »Du hast Besuch.«

Interessiert blickte die Frau, die Iris eindeutig für Julia Baur hielt, nun zu ihr herunter. »Guten Morgen«, sagte sie. »Warten Sie, ich komme runter.«

Eine Minute später stand sie bereits vor ihr, in Jeans, Boots, dickem Strickpulli und buntem Seidentuch. Gab es ein Klischee von einer ländlichen Psychologin, dann erfüllte diese Frau es auf den ersten Blick.

»Guten Morgen, ich bin Julia Baur«, sagte sie und begrüßte Iris mit einem festen Händedruck. Ihre freundliche Offenheit konnte Iris nicht darüber hinwegtäuschen, dass diese Frau definitiv gelernt hatte, die Kontrolle nicht aus der Hand zu geben. »Was kann ich für Sie tun?«

»Guten Morgen«, sagte Iris. »Ich bin Iris Zimmermann, von Orion Media – die Spendenaktion …?«

Bei diesen Worten veränderte sich Julia Baurs Körperhaltung, und ein Strahlen ging über ihr Gesicht, als sie Iris an der rechten Schulter fasste. »Frau Zimmermann! Ich glaube es nicht! Warum haben Sie nicht angerufen? Die Mädchen hätten einen Kuchen backen können. Wie schön, dass Sie sich die Mühe gemacht haben. Kommen Sie doch rein. Kommen Sie, ich zeige Ihnen alles. Ach, wie schön.«

Diese offen zur Schau gestellte Herzlichkeit überwältigte Iris und machte sie gleichzeitig etwas unsicher. Während sie am Schreibtisch Zahlen verwaltet hatte, wurden hier Leben gerettet. Diese Julia Baur war Iris mit einem Schlag ungemein sympathisch. Ihre Energie wirkte ansteckend.

Die Diele des Gehöfts strahlte mit den schwarz-weißen Schachbrettfliesen, dem antiken Garderobenschrank, dem in Holz gerahmten Spiegel und der Holztreppe in das obere Stockwerk die Verlässlichkeit eines klassischen Bauernhauses aus, aber gleichzeitig nahm Iris auch überall Details wahr, die sie der pragmatischen Fürsorge von Julia Baur zuschrieb: unterschiedliche Zeichnungen in Farbe und Schwarz-Weiß, die in bunte IKEA-Rahmen gefasst waren, selbst gebastelte Mobiles aus Metall mit krummen Löffeln und aufgewickelten Sardinendosendeckeln daran, eine große Schiefertafel mit Tagesplänen in bunter Kreide.

Und über allem lag ein schwacher süßlicher Geruch nach den unterschiedlichsten Parfüms und Apfelshampoo in der Luft. Es war behaglich, und dennoch nicht unschuldig.

Während Iris Julia stumm durch die einzelnen Räume, die Küche, die Stube, die Ein- oder Zweibettschlafzimmer in Rot, Grün, Blau und Gelb folgte, hörte sie Julias endlosem Redefluss einfach zu. Wie sie vor siebzehn Jahren die Leitung der Einrichtung übernommen hatte, weil sie als Kinder- und Jugendpsychologin einen ganz guten Draht in die Kieler Sozialbehörde hatte und es leid war, die drangsalierten Kinder am Ende ihrer Sitzungen wieder in Familien zurückzuschicken, in denen sie Gewalt, Drogenmissbrauch und allgemeiner Verwahrlosung schutzlos ausgeliefert waren. Viele der Mädchen kamen aus Pflegefamilien zu ihr. Einige waren schon zum dritten Mal in Nusse. Diese Mädchen – »Melissa ist eine von ihnen, Sie haben sie vorhin getroffen« – machten sie schon manchmal traurig, weil sie sie vielleicht nicht wieder auf die richtige Spur bringen könne, aber die meisten hätten gute Chancen, es zu packen, »und auf ein paar meiner Mädels bin ich richtig stolz«. Sie zeigte auf eine an einem roten Bindfaden aufgehängte Kette mit Postkarten. »Meine Verbleibstudien«, sagte sie lachend. »Mädchen, die ihre Ausbildung abgeschlossen, ihre erste Wohnung bezogen oder sogar geheiratet und ein Kind bekommen haben. Bei den Missbrauchsfällen eine ganz schwierige Kiste.«

Iris schluckte. Wahrscheinlich war gerade Julia Baurs robuste Selbstverständlichkeit das Geheimrezept für ihren Erfolg und das Vertrauen, das die Mädchen in sie setzten. Schlimm war es sowieso, und Mitheulen war keine Hilfe. Für Iris wäre das nichts gewesen. Sie hätte vermutlich erst einmal jede Einzelne in den Arm genommen und die Eltern verteufelt. Und das sagte sie auch.

Da wurde Julia Baur sofort sehr ernst. »Nachvollziehbar, aber ganz falsch. Vergessen Sie eins nicht: Die Mädchen lieben ihre Eltern, und wenn Sie auf deren Schwäche mit Wut reagieren, tanzen sie Ihnen ganz schnell auf der Nase herum. Es geht nicht ums Wegdrehen, aber Sie müssen den Kindern erst mal etwas ganz Neues zeigen, Sie müssen sie zum Handeln auffordern, sie machen lassen und loben, loben, loben. Bei Grenzüberschreitungen natürlich auch Einhalt gebieten, aber anders, als sie es kennen. Ich sage immer: Mädels, wir machen hier euren inneren Tresor auf und lassen die raus, die da seit Jahren drinsitzt. Wenn Sie das konsequent tun, kommt der Rest von ganz alleine. Na ja … fast …« Julia lachte wieder ihr dunkles Lachen. »In den ersten drei Wochen gibt es bei uns keine Gesprächstherapie. Hier läuft zunächst alles über den Körper. So lerne auch ich am meisten.«

»Über den Körper?«

»Na, was denken Sie denn? Er ist doch der Spiegel unserer Seele.«

Iris hätte sich gern etwas kleiner gemacht. Wer weiß, was ihr Körper gerade signalisierte.

»Kommen Sie, wir trinken jetzt einen Tee mit Kluntjes, und dann zeige ich Ihnen den Teil des Stalls, den wir dank Ihnen noch in Wohnraum umbauen können.«

»Nicht dank mir. Das Geld kommt von den Firmen.«

Julia Baur hielt einen Moment inne. »Liebe Frau Zimmermann, in welchem Bach sollten Kinder wohl baden, an welchem Ufer in Indien Frauen ihre Wäsche waschen, wenn all diese Gewässer keine Quelle hätten, hm?«

Iris stockte. Na, das war ja mal ein eigenwilliger Vergleich.

»Seien Sie mal nicht so bescheiden, meine Liebe. Ohne Sie hätte es diesen – um im Bild zu bleiben – Geldfluss nicht gegeben. Können Sie mir da zustimmen?«

Iris wurde rot. »Möglich.«

»Na sehen Sie. Dann sind wir uns ja einig. Und nun ziehen Sie endlich Ihren Mantel aus. Hier drin ist es warm, und es gibt keinen Grund, sich zu verstecken.«

Hui! Diese Frau Baur! Aber sie hatte ja recht. Es gab keinen Grund, sich zu verstecken.

Die beiden Frauen redeten bestimmt eine weitere Stunde über Tagesabläufe, über das Heimweh am Anfang und den Schmerz des Abschieds vor allem bei den Mädchen, die sechs Monate da gewesen waren. Über die Freude des sich Entdeckens. Über die erste Regel, über die Gemeinschaft unter den Mädchen und die Schwierigkeit, Mobbing und Cliquenbildung zu vermeiden.

Iris genoss die Unterhaltung mit Julia Baur. Diese so innige und dennoch handfeste Frau, deren Tick es war, sich die eine widerspenstige Locke immer wieder vergeblich aus der Stirn streichen zu wollen, und deren Bestimmung es offenbar war, hier zu helfen.

»Warum machen Sie das eigentlich, Frau Baur? Darf ich das fragen?«, entfuhr es Iris schließlich.

Julia lachte. »Ja, früher oder später kommt diese Frage immer. Ich beantworte sie Ihnen auch, aber nur, wenn wir uns duzen. Wenn ich dir erzähle, dass mein Vater meine Mutter fast totgeprügelt hat und das erste Mal zu mir ins Bett stieg, als ich neun war, finde ich ein Sie unangemessen.«

Iris schluckte. »Ja ... natürlich ... Ich heiße Iris.«

»Julia.«

Es entstand eine längere Pause, und Iris wusste nicht recht, was sie bedeutete. »Nun ja, also, warum machst du das, Julia?«

»Na, das habe ich dir doch gerade gesagt: Mein Vater hat meine Mutter fast totgeprügelt, und ich war neun, als er das erste Mal zu mir ins Bett stieg.«

Iris stellte ihre Tasse ab und merkte, dass sie zitterte. »Das hat er getan?«

»Das hat er getan. Und weißt du, was das Schlimmste war, was das Allerschlimmste war? Die Verleugnung und der Verrat. Meine Mutter hat bis zum Schluss, also bis ich selbst mit sechzehn abgehauen bin und erst mal zwei Jahre in Spanien gelebt habe, immer behauptet, dass er es nicht so meine und uns doch lieb habe. Und mein Vater hat mir kleine Geschenke gemacht und beteuert, ich sei seine Prinzessin. Für mich fühlte sich das weder an wie ein Märchen noch nach dem, was ich mir unter Liebe vorstellte, aber weil sie es doch beide sagten, ging ich in meinen inneren Tresor. Meine Eltern waren meine Koordinaten, und die standen auf Gewalt und Missbrauch. Ich hatte letztlich Glück. Ich bin ein starker Mensch. Ich habe mich entzogen, hatte in Spanien die Chance, mein Abi zu machen, und habe dann in Deutschland studiert. Und an dem Punkt habe ich mir geschworen, dass ich Menschen, Mädchen, denen es ähnlich ergeht, die aber vielleicht nicht so viel Glück hatten wie ich, helfen möchte. Et voilà, hier bin ich.«

Julia lächelte, und Iris dachte, dass ein Teil von Julias Burschikosität von der Kraft herrühren musste, die es sie gekostet hatte, diese Tresortür zu öffnen.

»Ich habe meine Tochter auch verraten«, sagte Iris schließlich leise.

»Wie?«, fragte Julia. Ein Wort, in dem alles lag: Interesse, Auffangen, Ermutigung. Kein Hinterfragen, einfach: Na dann, schieß los.

»Livia … Livia ist meine Tochter, sie ist sechzehn und hatte gerade einen sehr schweren Unfall … Livia denkt … Ich habe Livia in dem Glauben gelassen, dass ihr Vater tot sei. Das stimmt aber nicht.« Iris sah nicht auf, als Julia durch die Zähne pfiff.

»Warum hast du das gemacht?«

»Weil ich …« Iris merkte, wie sich ihre Augen mit Tränen füllten. »Weil ich meine Tochter beschützen wollte …« Iris hatte sich in all den Jahren in dieser Sache noch niemals einem Menschen anvertraut. Und nun kannte sie Julia gerade mal eine Stunde, und schon sprudelte es aus ihr heraus. Und es tat gut.

»Mit Verlaub: Er ist ein Arschloch?«

Iris zuckte zusammen. Sie mochte solche Kraftausdrücke nicht, aber in Julias Umfeld hatten sie vielleicht eine andere Bedeutung. »Zumindest dachte ich damals, dass er eins war.«

»Eins kannst du dir merken, Iris Zimmermann: einmal gemein, immer gemein. Die Menschen ändern sich nicht. Zumindest nicht bei denen, mit denen sie es machen können.«

Iris stockte. Das hatte ihre Mutter auch schon gesagt. »Was meinst du damit?«

Julias Blick blieb fest. »Was glaubst du denn, was ich damit meine?«

»Dass er es mit mir machen konnte.«

»Ganz genau.«

Iris nickte. Sie wusste ja, dass sie an dieser Stelle schwach gewesen war.

»Und was hast du dann getan?«

»Wie – was habe ich dann getan?«

»Nun ja, ihr lebt ja nicht mehr zusammen, oder?«

»Nein. Das sagte ich doch. Ich habe vor Jahren über einen Unfall gelesen, ein gewisser Heiko L. hatte sich totgerast. Die Geschichte passte auf meinen Heiko, aber er war es nicht. Ich habe es dann passend gemacht.«

»Du bist ja echt 'ne Granate! Wunderbar. Herzlichen Glückwunsch, Iris Zimmermann. Du hast deine Tochter erfolgreich gerettet. Mit dir kann man es eben *nicht* machen, verstehst du, was ich sagen will?«

»Ja, nein, weiß nicht ... Kannst du mal aufhören, mich anzureden wie ein ProSieben-Moderator in einer Quizshow?«

Julia schlug sich auf den Schenkel. »Großartig, da kommt dann auch der Widerstand. Aber du hast ja recht, Iris, und im Ernst: Glaube mir einfach, dass du intuitiv das Richtige getan hast, aber glaube mir auch, dass du es ihr sagen musst, speziell jetzt, wenn sie, wie du sagst, diesen Unfall hatte, der ja wohl auch die ganze Familienaufstellung noch mal geändert hat, vermute ich, oder?«

Iris nickte zum unzähligsten Mal, dass ihr schon langsam der Hals wehtat, und so erzählte sie Julia auch noch die Hintergründe des Unfalls, erzählte von ihrer eigenen Mutter, von Sebastian und von der Kate in Brunsbek.

Julia hörte geduldig zu. Als Iris schließlich ihren letzten Punkt gesetzt hatte, überlegte Julia einen Moment. Dann sagte sie: »Es ist kein Zufall, dass wir beide uns getroffen haben. Ich freue mich darüber. Und ich würde deine Tochter gerne kennenlernen. Sie muss ein tolles Mädchen sein. Zwei Dinge: Versuche diesen Heiko an einem Ort aufzuspüren, an dem er oft ist, und geh mit deiner Tochter dorthin, um ihn zunächst unerkannt beobachten zu können. Mach es so, wie du es heute mit uns gemacht hast: Kündige dich nicht an. Lass deiner Tochter die Chance, zu entscheiden, ob sie diesen Menschen treffen will, und gib ihm nicht die Möglichkeit, sich vorzubereiten.«

»Soll ich ihr sagen, dass wir zu ihrem Vater fahren?«

»Ja. Das müsst ihr vorher klären, es sei denn, du ziehst es vor, dass sie in irgendeinem Puff zusammenbricht.«

»Wieso denn Puff? Mann, Julia! Jetzt hör doch mal auf damit.«

»Schätzchen, es waren deine Worte, die diesen Heiko mit meinem Vater in Verbindung brachten. Wo, denkst du denn, triffst du ihn? Im Hotel Vierjahreszeiten? Und selbst das sollte sie vorher wissen, denn sonst ist sie zu Recht stocksauer.«

Iris zog eine Grimasse. Klugscheißer-Julia. »Und zweitens?«

»Zweitens biete ich dir an, mich nach der Begegnung anzurufen.« Julia stupste Iris in die Seite. »Man sagt, ich hätte da ein wenig Erfahrung.«

»Wäre ich bloß nie hierhergekommen.«

Julia lachte. »Zum Glück wissen wir beide, dass das gelogen ist. Nun komm, jetzt zeige ich dir endlich den Hof.«

Iris stand auf, eine Spur trotzig. »Kannst du mir mal sagen, warum immer alle glauben, besser über mich Bescheid zu wissen als ich selbst? Und mir das auch ganz unverblümt zu verstehen geben?«

Julia verharrte und sah Iris direkt an. »Weil du es zulässt. Und das meine ich als Kompliment. Dein Tresor ist schon lange offen, Iris Zimmermann. Du gehst nur nicht raus. Reicht das jetzt?«

»Danke. Reicht.« Iris zog sich mürrisch den Mantel über, trottete hinter Julia her, um sich die Ställe anzusehen, freute sich über die neuen Perspektiven für den Verein und wollte doch nur noch eins: nach Hause.

Handlungstage waren ungleich anstrengender als Gedankentage, wenngleich in gewisser Weise auch besser.

Und wenn sie sich nicht irrte, dann hatte sie gerade vielleicht sogar eine neue Wegbegleiterin gewonnen. Eine anstrengende, unverschämte, gnadenlose, eine Besserwisser-Psychologin. Iris musste grinsen. Aber doch immerhin eine nette.

Eine, die Iris forderte, aber nicht schwach fand. Und die ihr prophezeite, sie würde Ideen entwickeln, noch bevor sie vom Hof fuhr. Wie recht sie doch hatte!

23

Und?« Sebastian legte die Gartenschere zur Seite und sah sie aufmerksam an.

Iris kannte diesen Blick inzwischen. Und wenn sein Satz nur drei Buchstaben hatte – die Augen erzählten ihr, dass er wirklich hören wollte, wie der Besuch verlaufen war. Iris war sich nur noch nicht sicher, welchen Teil davon sie erzählen und welchen verschweigen wollte. »Interessant.«

»Interessant?«

»Ja.« Und um ihm wenigstens etwas Futter zu geben, fügte sie hinzu: »Diese Julia Baur ist eine wirklich tolle Frau. Ich glaube, sie macht das sehr gut mit den Mädchen.«

Sebastian nickte. »Und was hat das Ganze nun mit *dir* zu tun?«, hakte er nach.

Wenn du wüsstest, dachte Iris. »Ich bin die Quelle.«

»Du bist die … *was?*«

»Die Quelle. Für den Geldfluss.«

»Aha.«

»Wo ist Livia?«, fragte Iris, um vom Thema abzulenken.

»Ich weiß nicht. In ihrem Zimmer, glaube ich.«

»Habt ihr heute schon trainiert?«

»Machen wir erst heute Nachmittag«, brummte Sebastian wieder.

Fast hatte Iris das Gefühl, er fühlte sich ausgegrenzt. Sie lächelte. Kommt noch, Basti.

Sie fand Livia in einem knallgrünen Sitzsack lümmelnd und vertieft in ihre Lektüre vor. Sie hatte das Buch fast fertig gelesen.

»Hi, Schatz, wie geht es dir?«

Livia sah leicht genervt auf. »Auch nicht schlechter als vor drei Stunden, Mama.« Ihre Tochter hatte sich noch nie gern bei ihrer Lektüre stören lassen.

»Was ist denn das für ein grüner Sack? Und wo ist der Sessel abgeblieben?«

»Kam heute mit der Post. Hat Sebastian mir besorgt. Mega gemütlich. Und keine Ahnung, wo der Sessel ist.«

Iris zog die Brauen hoch. »So, so.« Der Raum wurde dadurch nicht unbedingt größer. »Sag mal, wann genau hast du dein Gespräch mit Jochen wegen des Jugendtrainings?«

Jetzt sah Livia doch auf. »Am Donnerstag. Wieso?«

»Nur so.«

»Schon klar, Mama. Du kommst von diesem Hof und fragst mich als Erstes, wann ich Jochen treffe. Das hat doch einen Grund.«

»Vielleicht. Aber lass mich das erst mal in Ruhe durchdenken. Es ist gerade so eine Schnapsidee.«

»Deine Denktage sind vorbei, schon vergessen?«

Jetzt rollte Iris mit den Augen. »Ich *habe* heute schon etwas getan, und jetzt muss ich das verarbeiten. Das wird doch wohl noch erlaubt sein.«

»Na, dann weihe mich ein, wenn du so weit bist. Und jetzt möchte ich gerne weiterlesen.«

Iris zog eine Grimasse. Kommunikation war an diesem Morgen wohl für niemanden aus dem Gespann das Richtige. Also ging sie zurück zum Schweinestall und beschloss, ein paar Anrufe zu tätigen. Sie musste wissen, wo Heiko sich herumtrieb. Ein paar alte Nummern fielen ihr noch ein, wo sie mal nachhören konnte.

Wenn sie daran dachte, Livia diese Lüge zu gestehen, wurde ihr jetzt schon ganz schlecht. Aber die Leute hatten ja recht, ihre Mutter und auch Julia Baur: Sie musste das klären, und es gab wohl keinen richtigeren Zeitpunkt als jetzt. Iris durfte diese Chance, zu ihrer Tochter zurückzufinden, jetzt nicht verschenken, damit sie es nicht womöglich später erfuhr und sich dann wirklich von ihr abwandte.

Iris überlegte, ob sie Sebastian einweihen sollte. Er hatte sich schon wieder hingelegt. Überhaupt wirkte er in den letzten Tagen oft kurzatmig und ziemlich blass. Das Training mit Livia strengte ihn sichtlich an. Es war schon gut, dass sie am Ende der Woche zurück nach Hamburg fuhren. So betrachtet. Ansonsten hätte Iris überhaupt nichts dagegen, direkt in den Schweinestall zu ziehen.

Rike fiel ihr wieder ein. Die Käseverkäuferin. Die würde sie heute auch noch besuchen, um über ihre Steuererklärung zu sprechen.

Für den ersten Aktionstag, fand Iris, schlug sie sich ganz wacker.

In der Tat war sie am Abend dieses Tages um einiges schlauer: Sie hatte Glück gehabt und sowohl den Wirt von Heikos alter Stammkneipe erreicht, eine 24-Stunden-Spelunke am Hafen, in der Heiko wohl nach wie vor ab Donnerstag ein und aus ging. Sie hatte einfach auf gut Glück angerufen, sich als Susanne ausgegeben und lispelnd behauptet, Heikos Deckel endlich einlösen zu wollen.

Einen besseren Anlass hätte sie gar nicht erfinden können, denn auf diese Bemerkung ergoss sich eine Suada von »scheiß Typ« bis »Arschlochnummer« über ihren Ex, wie Iris sie sich besser nicht hätte ausmalen können. Hundertdreißig Euro hatte er auf dem Deckel stehen, weil die Stütze eben für drei Tage saufen und Mädels anbaggern nicht reichen würde. Aber er sei ja auch 'ne echte Spaßkanone, da hielt man schon so einiges aus als Wirt. »Find ich aber super, dass sich endlich mal eins von den Deerns meldet. Komm einfach vorbei. Vielleicht nimmt er dich dann ja zurück.« Der Typ lachte rau.

Iris wand sich geradezu vor Abscheu. Niemand wollte diesen Menschen zurück. Und ihr graute jetzt schon davor, Livia in dieses Loch zu schleppen. Aber sie vertraute Julia. Und vor allem vertraute sie ihrem Instinkt. Wenn sie Livia nach ihrer Beichte erst mal ins Auto bekam, dann würde ihre Tochter vielleicht sehen, was sie meinte. Warum ihr gar keine andere Wahl geblieben war, als so zu handeln, wie sie eben gehandelt hatte.

Während Sebastian und Livia ihre Trainingseinheit hatten, besuchte Iris Rike im Supermarkt. Weil sie es nicht besser wusste, stellte sie sich einfach in die Käseschlange. Als sie an der Reihe war, drückte sie Rike ihre Handynummer in die Hand und fragte sie, wann sie mal eine Stunde Zeit habe.

Rike blickte sich errötend um. Natürlich war sie im Dorf bekannt wie ein bunter Hund und wollte nichts über ihre Schwierigkeiten verlauten lassen. Iris verstand das.

»Sie wissen schon, wegen der Katze!«

Rike begriff sofort und strahlte. »Ach ja, na klar, die Katze.«

»Ich komme vielleicht mal nach Feierabend vorbei, oder Sie kommen uns besuchen.«

»Ich schaue gern bei Ihnen vorbei. Passt Ihnen Freitag um acht?«

Iris lächelte. »Freitag ist perfekt. Warten Sie, ich schreibe Ihnen schnell noch meine Adresse auf.«

Dankbar lächelte Rike Iris zu. »Ich werde da sein.«

»Wunderbar. Vergessen Sie das Spielzeug nicht. Es hilft den Tieren immer, wenn sie ihren neuen Besitzer schon mal beschnuppern können.«

Rike schien auch das zu verstehen. Natürlich müsste sie ihre Unterlagen mitbringen.

Zufrieden machte sich Iris davon und hörte nur die erstaunten Fragen aus der benachbarten Wurstabteilung, ob Rike sich noch ein Tier anschaffen wolle.

»Wann, wenn nicht jetzt?«, entgegnete Rike nur, und niemand schien das weiter zu hinterfragen. So eine Katze war ja auch etwas anderes als ein Fisch.

Zurück in Brunsbek lud sich Iris alle möglichen Unterlagen zum Thema Lohnsteuererklärung herunter und schaute auch in ihren privaten Dateien nach Material, das sie brauchen könnte.

Als Livia längst im Bett war und Iris diesen Tag zu einem guten erklärt hatte, kam sie mit einer Flasche Rosé auf Sebastian zu, stellte zwei Gläser auf den Tisch und beschloss, diesen unfreundlich-freundlichen Physiotherapeuten in alles einzuweihen, was ihr heute durch den Kopf gegangen war. Sie begann mit Heiko.

»Der Typ lebt? Alle Achtung! Da hast du ja richtig Scheiße an der Backe. Hätte gar nicht gedacht, dass du so ein Luder sein kannst.«

»Ich glaube, Luder trifft es nicht. Hilflos schon eher.«

»Na ja, für so eine Lüge muss man schon gemacht sein.«

Iris merkte, wie sie wütend wurde. »Nun erzähle ich dir das, und du verurteilst mich, oder was?«

Sebastian fixierte sie. »Warum nimmst du immer bloß alles so persönlich? Ich sage doch nur, dass es nicht so ganz einfach sein wird, das deiner Tochter zu erklären. Das sagst du doch selber. Warum regst du dich dann so auf?«

Iris sackte in sich zusammen. »Na, weil ich sie belogen habe.«

»Stimmt.«

Iris schwieg.

»Und warum hast du das getan?«

»Um sie zu schützen.«

»Exakt. Reicht das nicht?«

Iris sah auf. »So ähnlich hat Julia Baur heute auch reagiert.«

»Das hast du ihr erzählt?«

»Ja.«

»Ach, deswegen.«

»Was deswegen?«

»Irgendwas war heute, als du zurückkamst.«

»Ja. Und da ist noch mehr.«

»Lieber Himmel. Noch mehr? Lass mich erst mal einen Schluck trinken.«

Iris hob ihr Glas. »Was wird eigentlich aus den Ställen, wenn du weg bist?«

Sebastian legte aufmerksam seinen Kopf schief. »Was hast du vor mit dem Laden?«

Iris sah zur Seite. »Die Frage ist doch, was *du* vorhast damit.«

»Keine Ahnung. Ihn in gute Hände abgeben vermutlich.«

»Bastian, das Objekt ist locker dreihundertfünfzigtausend Euro wert. Das willst du doch wohl nicht über eBay-Kleinanzeigen verticken.«

Sebastian lehnte sich schmunzelnd zurück. »Wer weiß? Wenn es in gute Hände kommt. Es ist so: Anstelle von Wurzeln habe ich eine ganze Menge Schotter. Das Boot im Rhônetal wartet auf mich. Seit mittlerweile dreizehn Jahren. Mein Vater starb bei einem Erdrutsch. Meine Mutter hatte sich schon lange davor von ihm getrennt. Um genau zu sein, ist sie nach meiner Diagnose auf Polio nie wieder zu ihm zurückgekehrt. Er hat sich dann allein um mich gekümmert. Vielleicht hat er gehofft, meine Mutter würde eines Tages doch noch zurückkommen. Aber sie war eine schöne, anspruchsvolle Frau, die von etwas mehr Glamour träumte. Ich und auch mein Vater passten da nicht mehr so ganz rein. Mein Vater legte dann seinen ganzen Ehrgeiz darein, irgendwas aus seinem Jungen zu machen.« Sebastian räusperte sich. »Wir haben als Kind manchmal Modellboote gebaut. Die *Unitat* war in gewisser Weise sein Vermächtnis an mich. Ich wusste nicht, dass er den Kahn gekauft hatte.«

Iris versuchte, ihren Atem flach zu halten und sich nicht zu bewegen. So viel hatte Sebastian noch nicht mal nach seinem Zusammenbruch gesprochen.

»Und deswegen sind gute Hände für Brunsbek die besten. Was ist denn nun dein Plan?«

Iris nestelte an ihrem Pulli herum. Es war ihr mehr als unangenehm, über die Pläne zu einem Domizil zu reden, das nicht mal ihres war. Als wäre Sebastian schon tot. Sie fühlte sich nicht gut damit.

»Ich dachte …« Iris stockte. »Ich dachte, vielleicht könnten Livia und ich auf das Haus aufpassen und anderen Mädchen helfen. Livia könnte ein bisschen Sport mit ihnen machen. Ich könnte mit ihnen kochen oder gärtnern. Julia … also Julia Baur hat erzählt, am Anfang läuft alles über den Körper, aber … entschuldige, das ist nicht richtig von mir.«

Sebastian sah sie aus seinen graublauen Augen interessiert an. »Warum sollte das nicht richtig sein? Ich finde, es geht ein bisschen schnell, aber es klingt doch gar nicht schlecht. Ein guter Ort für gute Menschen.«

Iris spürte, wie ihr schon wieder die Tränen kamen. »Ist das etwa keine Grenzüberschreitung? Ich nehme dir gerade dein Zuhause.«

»Nein, liebe Iris Zimmermann.« Sebastian legte eine Hand auf Iris' Knie. »Du behütest und bewahrst es. Solange du mir Briefe schreibst …« Sebastian zwinkerte ihr zu, und Iris überkam der Impuls, diesen kantigen, einsamen Mann zu umarmen.

Und wenn Iris sich nicht irrte, lag in seinem Blick echte Zuneigung.

24

Die folgenden Tage vergingen wie im Flug, und die drei Bewohner der Kate wurden langsam immer stiller. Allen war klar, dass mit dem Wochenende und der kommenden Abreise von Iris und Livia etwas zu Ende ging. Am Freitag sollte Livia ihre letzte Trainingseinheit bekommen. Damit wäre die Reha dann abgeschlossen, wenn sich keine weiteren Komplikationen einstellten. In der Tat merkte man Livia ihre Verletzung kaum noch an. Nur wenn sie sich zu schnell in die eine oder andere Richtung drehte oder wirklich sprinten wollte, zuckte sie manchmal zusammen oder brach den Lauf abrupt ab. Allenfalls ihre vielen blauen Flecken deuteten darauf hin, dass sie noch immer den Blutverdünner nahm. Auch hatte sie zuletzt häufiger mal Nasenbluten gehabt – eine klassische Nebenwirkung des Marcumar. Zwar war ihr Hämatom am Schienbein noch immer so groß wie eine reife Pflaume, und so sah es auch aus, aber dennoch hatte Livia darum gebeten, bei dem nächsten Kontrollbesuch Dr. Mendez zu fragen, ob sie es nicht langsam absetzen könnte. Was sollte schon passieren? Livia bewegte sich viel und würde in Kürze auch keine zwölf Stunden am Stück im Flugzeug sitzen.

»Außerdem«, sagte sie in ihrer jugendlichen Logik, »muss man die Vor- und Nachteile ja auch gut gegeneinander abwägen: Was hilft mir ein Blutverdünner zur Vermeidung einer Thromböse, wenn ich bei jedem kleinen Stoß gleich wieder neue blaue Flecken kriege. Ergibt doch keinen Sinn!«

Iris beschloss, das Thema zu Dr. Mendez mitzunehmen.

Sie selbst dachte an die bevorstehende Arbeitswoche, und wie sie dort ihre Rolle neu definieren könnte. Oder ob überhaupt. Auch fragte sie sich, wie sie wohl mit Livia zurechtkäme, wenn Sebastian nicht mehr als Puffer zwischen ihnen stünde – und das womöglich nach ihrer Beichte über Livias Vater. Sie hatte immer noch nicht entschieden, welcher der richtige Zeitpunkt dafür war.

Und Sebastian … Sebastian verfiel in einen bis dato nicht gekannten Aktionismus. Er strich den Schuppen schwedenrot, schliff die Hausbank ab und lasierte sie neu, hackte so viel Holz, dass Iris immer mal wieder besorgt nach ihm schaute und das Sauerstoffgerät möglichst unbemerkt in seine Nähe schob.

Manchmal hatte Iris das Gefühl, er putzte das Haus für eine bevorstehende Brautschau heraus. Sie hatte viel über das Gespräch nachgedacht. Es war ja wirklich etwas hopplahopp auf den Tisch gekommen, aber die Idee, irgendwann einmal hier zu leben und andere Dinge zu tun – zum Beispiel Steuererklärungen für Rike und andere Menschen aufzusetzen, Julia Baur zu unterstützen –, ließ sie nicht mehr los. Es klang so richtig.

Der Donnerstag und damit das Treffen mit Livias Trainer Jochen war auch nicht dazu angetan, die Stimmung noch einmal deutlich zu verbessern.

Iris hatte sie nach Hamburg hineingefahren, hatte aber auf Livias Wunsch hin in einem Café am Rothenbaum gewartet. Nur fünfunddreißig Minuten nach der verabredeten Zeit mit Jochen kam ihre Tochter mit hängenden Schultern bereits wieder zurück.

Iris bestellte einen Kakao und wartete erst einmal ab.

»Und, was hat er gesagt?«, fragte sie schließlich, nachdem Livia geschlagene fünf Minuten schweigend in ihrem Becher gerührt hatte.

»Er meint, es geht nicht.«

»Was geht nicht?«

»Er hat gesagt, die Ausbildung des Olympiakaders ist nicht der St.-Pauli-Sportverein.«

Idiot, dachte Iris.

»Es gibt strenge Nominierungsrichtlinien selbst für die Trainer, mal abgesehen davon, dass ich sowohl eine fachliche als auch eine sportliche Eignung dafür bräuchte.« Livia machte eine Pause, und Iris entging das leichte Beben ihres Körpers nicht. *Saudämlicher Idiot!* »Und dann hat er mich ganz komisch angesehen …« Livia schluchzte auf. »So von oben bis unten, als wollte er sagen: Und Krüppel können wir bei Olympia schon gar nicht brauchen.« Livia legte die Hände vors Gesicht und brach nun richtig in Tränen aus. *Was für ein Arschgesicht!* »Vor drei Wochen war ich noch seine Vorzeigeathletin«, fuhr sie fort und sah Iris nun mit laufender Nase ins Gesicht. »Und dann: ein Unfall, peng!, aus die Maus. Nicht mehr zu gebrauchen. Leider 'ne Niete. Suchen wir doch die nächste Zitrone zum Auspressen für das höhere sportliche Ziel. Was für ein Scheiß!«

Iris schwieg, legte nur leicht ihre Hand auf Livias.

»Aber es ist auch so gemein. Ich habe Jahre meines Lebens für diesen Sport gegeben, und was ist jetzt der Dank? Gar keiner. Ich funktioniere nicht mehr, also ab auf den Müll.«

Iris richtete sich auf. »Nun mach mal halblang, Schatz. Ich verstehe, dass das eine wirklich schmerzhafte Erfahrung für dich ist, aber wenn ich das so sagen darf: Vielleicht ist es ganz gut, dass du das jetzt merkst. Stell dir mal vor, du hättest noch Jahre weitergemacht, und dann wäre dir so etwas passiert? Mit Anfang zwanzig, vielleicht ohne Schulabschluss, ohne richtige Freunde … Ich meine, du kannst das Ruder jetzt total herumreißen. Wir können das zusammen tun.«

Livia schluckte. »Da spricht meine Mutter! Merkst du denn nicht, dass es wehtut?«

»Ach Schatz, natürlich merke ich das. Wie sollte es auch anders sein? Nimm dir deine Zeit, aber guck doch mal, wo wir gerade auch schon stehen. Brunsbek. Sebastian. Auch wir … denke ich.«

Livia schwieg einen Moment. »Brunsbek lassen wir am Sonntag hinter uns, und Sebastian geht.«

Iris fand, jetzt war der richtige Moment für die neue Vision gekommen. »Soll ich dir mal erzählen, woran ich schon gedacht habe?«

»Na?«, fragte Livia und wischte sich mit dem Handrücken über die Nase.

»Vielleicht könnten wir die Schweineställe hüten, wenn Sebastian nach Frankreich geht. Und vielleicht könntest du da ein paar Mädchen trainieren. Also nicht im olympischen Sinn. Eher … bewegungstherapeutisch.«

»Mama, was redest du da? Ich bin sechzehn!«

»Fast siebzehn und die beste Sportlerin und das sensibelste Mädchen, das ich kenne.«

»Also, spinnst du?«

»Vielleicht, aber sag doch: Wie klingt es denn?«

»Es klingt irre.« Livia rührte wieder in ihrem Becher. »Hast du überhaupt schon mit Sebastian gesprochen? Es sind schließlich *seine* Ställe.«

Wenn Iris sich nicht täuschte, sah sie einen Funken Aufmerksamkeit in Livias Augen. »Habe ich. Gestern. Und ganz ehrlich, ich hatte fast das Gefühl, es würde ihn erleichtern. Er mag uns. Dich!« Iris nahm Livias Hand. Ihre Tochter ließ die Berührung zu.

»Du denkst an einen Umzug nach Brunsbek?«

Iris zögerte. »Ja. Vielleicht. Vielleicht denke ich an einen Umzug nach Brunsbek.«

»Mama?«

»Hm?«

»Das fühlt sich ganz gut an.«

Iris streichelte die Hand, die ihre Tochter ihr nicht entzog. »Ja. Das habe ich auch gedacht. Irgendetwas daran fühlt sich gut an. So *richtig.*« Sie sah auf. »Wollen wir los?«

»Ja. Der Kakao schmeckt nicht.«

»Dann los. War bestimmt so ein Instantzeug. Das können wir besser.«

»Ich hab dich lieb, Mama.«

Iris spürte die Schuld erneut in sich aufsteigen. »Ich dich auch, mein Engel.«

Es fiel Iris und Livia nicht schwer, Hamburg den Rücken zu kehren, doch wenn sie geahnt hätte, was sie in Brunsbek erwartete, hätte zumindest Iris mit der Rückfahrt etwas gezögert.

»Besuch für dich«, sagte Sebastian etwas mürrisch zu Iris, als die beiden aus dem Wagen stiegen.

»Für mich?«, fragte Iris gedehnt und fürchtete schon das Schlimmste … Härtling? Heiko? Stattdessen aber kam um die Ecke gesaust, halb versteckt hinter einem Bündel Geäst mit strahlend gelbem Ginster, kein anderer als Pietro.

»Ah, Bella, da bist du ja endlich«, begrüßte Pietro sie euphorisch, als wäre nicht er einfach spurlos verschwunden, sondern sie.

Iris bekam einen ganz trockenen Mund und wusste gar nicht, was sie sagen sollte.

»Wer ist das, Mama?«, fragte Livia irritiert.

»Entschuldigung, Signorina, wie unhöflich«, wandte sich Pietro nun direkt an Livia, wobei er den Strauß etwas unachtsam an

Iris übergab. »Pietro. Ich bin ein Freund von Sebastian und bester Barista in Norddeutschland.«

Sebastian verzog nur das Gesicht, und Livia machte große Augen. »Und ich habe mir Sorgen um Ihre schöne Frau Mama gemacht, weil ich sie im Krankenhaus nicht mehr finden konnte. Dann hörte ich aber von einem guten Arztfreund, dass Sie entlassen worden sind, Signorina, und dass Sie hierher zu Sebastian gezogen sind. Und – hoppla – da bin ich!«

Pietro strahlte übers ganze Gesicht.

Nun mischte sich aber doch Iris wieder ein. »Pietro, *wo warst du?*«

Ein wenig gekränkt sah er sie an: »Zu Hause, in Italia. Die *mamma* hatte einen Herzinfarkt, aber nur einen leichten, zum Glück. Ist jetzt wieder mopsfidel.«

»Und wieso hast du dich die ganze Zeit nicht gemeldet?« Iris funkelte richtig. Das kannte sie so gar nicht von sich. Wütendes Funkeln bei einem Mann …

»Ah, die Frauen, immer gleich zornig, nicht wahr Sebastian?«

Der schüttelte nur den Kopf.

»Iris, *bella* … Ich hatte das deutsche Telefon nicht dabei. Und warum sollte ich dich auch mit noch mehr Krankheit belasten? No, no … Aber jetzt bin ich hier, und wir sind alle zusammen. Das ist doch schön, nicht wahr?«

Das Trüppchen von vier Leuten warf sich wechselseitig Blicke zu, bis Sebastian sich als Erster löste und im Haus verschwand.

Mit dem Kommentar »Ich lass euch dann mal allein« war Livia die Nächste. Und da stand noch Iris ihrem italienischen Charmeur gegenüber, der ihre Gefühle schon mehr durcheinandergebracht hatte, als ihr lieb war.

»Du freust dich doch, Iris, oder?«, fragte Pietro schließlich schon beinahe wieder unschuldig.

Iris schüttelte lachend den Kopf. »Ja, irgendwie schon, natürlich, aber kannst du dir nicht vorstellen, dass ich mir Gedanken gemacht habe?«

»Ihr deutschen Frauen seid kompliziert. Ihr müsst nicht so viel denken«, sagte er und tippte sich an die Stirn. »Ihr müsst mehr füüühlen« – tippen aufs Herz.

Und dann macht er einen kleinen Schritt auf Iris zu, legte seine Hand in ihren Nacken, zog sie sanft zu sich heran und küsste sie zärtlich auf den Mund.

Mit geschlossenen Augen ließ Iris es geschehen. Etwas anderes wäre auch gar nicht gegangen.

* * *

Später am Nachmittag, sowohl Pietro als auch Livia hatten sich hingelegt, beobachtete Iris Sebastian dabei, wie er den Ölstand ihres Autos kontrollierte. Sie schlenderte auf ihn zu.

Iris musste in sich hineinschmunzeln. Der alte Griesgram … »Sebastian, dir ist schon klar, dass es Sommer ist und es bis Hamburg keine dreißig Kilometer sind?«

»Den Kolbenfresser kannst du auch kriegen, wenn du nur bis zum Bäcker fährst. Irgendwann ist der letzte Tropfen Öl verbraucht, und dein Motor gibt den Geist auf. Das wollen wir doch nicht.«

»Nein, das wollen wir nicht. Danke.« Sanft berührte Iris Sebastian am Arm.

»Hm … schon gut.«

Und weil die Stimmung seit Pietros Anreise doch etwas angespannter war, fasste Iris sich ein Herz.

»Ist er wirklich ein Freund von dir?«

»Wer?«

»Sebastian! Wer schon!«

»Dieser Italiener? So ein Quatsch. Man kennt sich halt.« Sebastian kontrollierte auch noch den Behälter für den Scheibenreiniger. »Aber offenbar ist er ein Freund von *dir*. Oder möchte es werden.«

Iris spürte, wie sie rot wurde. »Er könnte fast mein Sohn sein«, murmelte sie.

»Ich habe noch nie gehört, dass die Liebe Altersvorgaben macht«, sagte Sebastian, während er vorsichtig die Motorhaube wieder zufallen ließ.

»Danke«, sagte Iris.

»Wofür?«

Iris zuckte mit den Schultern. »Für alles vermutlich.«

* * *

Iris saß noch eine Weile eingehüllt in eine dicke Jacke auf der Hausbank. So viele verwirrende Gefühle auf einmal hatte sie vermutlich seit Jahren nicht mehr gespürt. Alles war so neu und unbekannt: Sie mit Livia bei Sebastian auf dem Hof, der ihr Auto verkehrstüchtig hält. Ein junger, leidenschaftlicher Mann, der einfach auftaucht, verschwindet, und dann offenbar den Weg zu ihr sucht.

Was würde Livia dazu sagen?

Was sagte eigentlich sie selbst dazu?

Als hätte sie die Gedanken ihrer Mutter erraten, kam Livia mit verwuscheltem Haar gähnend auf sie zu und setzte sich zunächst neben sie.

»Darf ich?«

Statt einer Antwort klopfte Iris ihrer Tochter einvernehmlich auf den Oberschenkel.

»Findest du das jetzt schlimm, mit Pietro, meine ich?«, fragte Iris schließlich.

»Sag mir doch erst mal, wer das überhaupt ist«, gab ihre Tochter zur Antwort.

Kluges Mädchen. »Wenn ich das so genau wüsste«, erwiderte Iris und erzählte ihr die ja wirklich bis dahin recht dünne Geschichte.

»Aber du magst ihn?«

Iris überlegte. »Was heißt: Ich mag ihn – ich kenne ihn ja kaum. Aber es stimmt, seine Gegenwart hat mir bisher immer gutgetan. Er nimmt das Leben so leicht.«

Livia nickte. »Ja, das ist eine schöne Eigenschaft, das stimmt. Und er ist lustig.«

Iris kicherte. »Hast du die Forsythien gesehen? Das war ja ein halber Busch!« Etwas ernster fuhr sie fort. »Ich weiß nicht, ob es richtig ist, sich jetzt, in … dieser Situation … mit einem Mann zu verabreden, weißt du? Es fühlt sich nicht … angemessen an, meine ich. Du und …«

»Mama«, erhob Livia streng die Stimme, »du hättest dich schon vor Jahren mit einem Mann verabreden sollen, und weißt du was: Wem schadet denn Leichtigkeit? *Mir* sicherlich nicht …«

Iris streichelte Livia kurz übers Bein. Was für eine kluge Tochter sie doch hatte. Was für eine tolle Tochter!

* * *

Pietro hatte sich nach einem kurzen Spaziergang mit Iris noch am selben Abend verabschiedet. Nicht zuletzt, weil es keinerlei unverfängliche Schlafgelegenheit für ihn gegeben hätte. Aber Iris hätte es auch so nicht gewollt. Dieser Ort gehörte Sebastian, und vielleicht ihr und Livia und Sebastian. Ein mögliches anderes Leben hatte hier in Brunsbek noch keinen Platz, fand sie. Und niemand widersprach.

Am nächsten Morgen, die Taschen waren gepackt, hatte ohnehin niemand mehr Lust, viele Worte zu verlieren.

»Und wer soll dich jetzt auf Trab halten?«, fragte Livia bemüht munter.

»Wenn ich Frankreich noch erleben will, tut mir eine Verschnaufpause vielleicht ganz gut, min Deern.« Sebastian versuchte zu lächeln. Richtig gut konnte er das nicht.

Iris warf derweil ihr Gepäck und Livias Rucksack in den Kofferraum. Gata kam in ihrer Transportbox zuletzt dran. Hoffentlich hielt sie diesmal durch. Der Gestank war wirklich auch für dreißig Kilometer zu viel.

»Pass gut auf deine Kleine auf. Sie braucht dich.«

Iris nickte. »Und pass du gut auf dich auf. Wir brauchen dich auch.«

Sebastian hob die Hand, als die beiden Frauen in den Wagen stiegen. »Man sieht sich«, sagte er.

Iris hob ebenfalls die Hand und überlegte, wann sie sich eigentlich sehen würden. Verabredet war nichts.

Sie war schon ein paar Meter gefahren, als sie Sebastian im Rückspiegel immer noch vor dem Haus stehen sah, den Blick fest auf die beiden gerichtet. Abschiede waren einfach entsetzlich. Sie hielt noch einmal an, kurbelte die Scheibe herunter – so alt war ihr Auto schon, dass man die Scheibe noch manuell herunterkurbelte – und steckte ihren Kopf aus dem Fenster. »Wir sehen uns auf der Party, Sebastian.«

Doch der antwortete nicht. Er starrte einfach weiter auf das Auto, und Iris fuhr langsam an.

Sie musste nach vorne schauen. Sebastian würde sie nicht aus den Augen lassen. Darauf musste sie jetzt vertrauen.

Bei der Rückkehr fühlte sich die Hamburger Wohnung fremd und vertraut gleichermaßen an. Vertraut, weil alles noch an seinem Platz stand, weil Iris die Möbel, ihren Sessel, ihre Küche, ja selbst ihre Kaffeetasse wiedererkannte und die Zeit, die sie mit all dem verbracht hatte. Sie schmeckte ihre Geschichte wieder, sie atmete die letzten Jahre ein.

Aber fremd war es, weil zwischen jetzt und dem Abend, an dem sie nach der Arbeit ihre Schlüssel auf die Kommode geworfen hatte, Brunsbek lag, die Zeit mit Sebastian, die Bekanntschaft mit Julia, der neue Kontakt zu ihrer Tochter, zu ihrer Mutter, zu ihrer Geschichte.

Das Fremde gefiel Iris dabei besser als das Vertraute. Sie wollte – *sie konnte* – nicht nahtlos anschließen an ein altes Leben, das ihr längst nicht mehr gut erschien. Und sie fürchtete, das zarte Neue würde ganz schnell wieder erstickt von den alten Ritualen und Dialogen. Am liebsten wäre sie direkt wieder zurückgefahren nach Brunsbek, und wenn schon das nicht, hätte sie wenigstens mit dem Renovieren weitergemacht: alle Tapeten runter, neue Farbe rein, noch einen neuen Sessel. Nichts von alldem ging.

Livia schien es nicht viel anders zu gehen, denn sie schlich, Gata auf dem Arm, etwas ziellos durch ihr Zimmer. »Komisch, wieder hier zu sein.«

»Ja, das finde ich auch«, sagte Iris. »Wie wär's, wenn du Bea fragst, ob sie heute bei uns übernachten darf?«

»Darf sie doch sowieso nicht. Du hast doch erlebt, wie die Eltern drauf sind.«

»Fragen kostet nichts. Und wer weiß, vielleicht haben sie ja doch etwas begriffen.«

»Hm … Könntest du anrufen?«

Iris überlegte kurz. »Kann ich machen. Aber dann packst du deinen Rucksack aus.«

Und tatsächlich erlaubte Beas Mutter den Besuch von Samstag achtzehn Uhr bis Sonntag um zwölf. Vorher und nachher hatte Bea einfach noch zu viel zu tun …

Als Iris aufgelegt hatte, kam Livia ins Wohnzimmer, ein Buch in der Hand. »Guck mal, was ich gefunden habe.«

Iris nahm ihrer Tochter das Buch aus der Hand. *Doktor Faustus.*

»Das muss er mir in den Rucksack geschmuggelt haben.«

Iris rieb sich die Stirn. »So richtig loslassen kann er wohl doch nicht, der alte Griesgram …«

»Ich schreibe ihm eine Karte.«

»Ja, mach das und sag ihm, ich freu mich auf sein Kommen, andernfalls würden wir die Party einfach bei ihm draußen feiern.« Iris lächelte verschmitzt.

»Du gibst auch nie auf, oder?«

»Vielleicht nicht nie, aber er hat doch selbst gesagt, ich soll Geduld haben. Und Beharrlichkeit ist die kleine Schwester der Geduld.«

»Starrsinn, Mama, Starrsinn.«

Von mir aus auch der, dachte Iris, und fühlte sich nicht mehr ganz so fremd.

25

Was habt ihr vor?«

Iris hörte durch die Telefonleitung ein leises Pfeifen. Sie hatte ihrer Mutter gerade ausführlich von den neuen Plänen mit Brunsbek erzählt. »Alle Achtung! Aber wovon wollt ihr leben? Schaffst du das? Ich meine, auch mit Livia, der Schule und allem.«

Aus Livias Zimmer drang gedämpftes Tuscheln und Lachen. Bea schien es etwas besser zu gehen. Bei ihrer Begrüßung hatte sie ruhiger gewirkt. Iris meinte sogar, sie hätte vielleicht zwei, drei Kilo abgenommen. Iris atmete tief durch. »Ich hoffe es.«

»Mal ganz ehrlich, Iris«, sagte Johanna jetzt etwas strenger. »So ein Schritt will gut überlegt sein. Der Monat ist schnell rum.«

Iris wollte schon wieder aufbegehren – *Der Monat ist schnell rum …* –, bremste sich aber rechtzeitig. In diesem Fall musste sie ihrer Mutter recht geben. Sie war ziemlich blauäugig dabei, ihre gesamte Existenz auf links zu krempeln. Mit einem bis dato bruchstückhaften Plan. Also fasste sie zusammen, was sie selbst dazu bislang dachte. »Sagen wir mal so. Rund um das Thema Finanzen bin ich ganz gut aufgestellt. Ich könnte versuchen, als Buchhalterin unterzukommen. Oder vielleicht eine Zusatzqualifikation zur Finanzberaterin. Das dauert nicht so lange. Ein paar Ersparnisse habe ich. Also, es könnte schon klappen, denke ich … Und ich muss ja auch nichts überstürzen.«

Johanna atmete spürbar durch. »Was sagt denn Livia?«

»Bislang wenig, aber ich habe den Eindruck, dass es ihr auch guttun könnte.«

»Dann geh es an.«

»Was?« Iris glaubte sich verhört zu haben. Dieser Satz konnte unmöglich von ihrer Mutter kommen.

»Ich sagte: Mach es. So absurd klingt es gar nicht.« Johanna legte eine Pause ein, aber eine, die noch nicht das Ende des Satzes signalisierte. »Aber vorher schenkst du Livia endlich reinen Wein ein.«

Iris zuckte zusammen. Sie wusste genau, worauf ihre Mutter anspielte. »Am Sonntag.«

»Was meinst du?«, fragte Johanna.

»Ich habe es mir für Sonntag vorgenommen. Wenn Bea wieder weg ist.«

Iris überließ am Wochenende wortkarg den Mädchen die Führung, die ihre Schweigsamkeit jedoch gar nicht zu bemerken schienen. Sie kochten am Samstag gemeinsam, redeten ein wenig über Brunsbek, die Therapie, den Garten, das Häuschen. Sie sprachen über Beas Eltern und die Kompromisse, die sie geschlossen hatten: weniger Sport, ein Instrument weniger, kalendergenaue freie Zeiten für Bea.

Iris fühlte sich die ganze Zeit wie unter einer Käseglocke gefangen, versuchte aber dennoch, sich so wenig wie möglich anmerken zu lassen.

Nach dem Essen zog Iris sich zurück. Sie wollte ihre Gedanken in ihrem Notizheft sortieren, kam aber damit nicht voran. Sie überlegte, Katja anzurufen, immerhin ihre beste Freundin, die zudem die Wahrheit kannte. Aber Katja hatte keine Kinder. Und Katja hatte, anders als ihre Mutter, immer den Standpunkt vertreten, dass diese Notlüge das Beste war, das Livia passieren konnte. Klar, als Familienanwältin schaute sie in viele familiäre

Abgründe, und als kinderlose Haltungsfeministin waren für sie eher die Männer die Bösen als die Frauen. Insofern war Katja keine Option, denn Iris wollte ihren einmal gefassten Beschluss nicht mehr in Zweifel ziehen.

Leise, um die Mädchen nicht zu stören, schlich sie ins Wohnzimmer zu dem Fotoalbum, in dem auch der alte Zeitungsartikel steckte:

Tödlicher Motorradunfall auf der Barmbeker Straße
Gestern gegen 15 Uhr übersah ein stadteinwärts fahrender Motorradfahrer mit stark überhöhter Geschwindigkeit die rote Ampel Barmbeker/Ecke Semperstraße … Der Fahrer war sofort tot.

Iris' Hand zitterte, als sie das fadenscheinige Papier wieder in das Album zurücksteckte. Wäre er es doch gewesen, dachte sie nur. Wäre er es doch bloß gewesen … In der Nacht zählte sie bis tausend und fand trotzdem kaum Schlaf.

* * *

»Ich habe mir überlegt«, sagte Iris beim Frühstück, während sie lustlos in ein halbes Brötchen biss, »dass wir zwei, Livia, nachdem wir Bea nach Hause gefahren haben, an den Hafen fahren könnten. Ein bisschen durch die Hafencity schlendern, dann runter zu den Landungsbrücken. Was meinst du?«

»Ja, warum nicht?«, sagte Livia gut gelaunt, der das Wochenende mit Bea wirklich Spaß gemacht zu haben schien. »Da war ich lange nicht.«

»Ich war da auch lange nicht. Könnte ich nicht mitkommen?«, fragte Bea. »Wir könnten auch ins Hamburg Dungeon.«

»Das wäre cool«, sagte Livia. »Mama?«

Iris riss sich zusammen. »Das ist für heute wohl eher keine so gute Idee, Bea. Das heben wir uns für ein anderes Mal auf, okay?«, sagte Iris, eine Spur schärfer als beabsichtigt.

Livia sah auf. »Was bist du denn so gestresst?«

»Ich bin nicht gestresst, ich habe nur schlecht geschlafen. Entschuldigt.«

Livia nickte und löffelte weiter ihr Ei aus.

Zwei Stunden später saßen Mutter und Tochter nach einem vergleichsweise fröhlichen Abschied von Bea wieder allein im Auto und fuhren in Richtung Hafen. Iris sagte kein Wort. Ihr Hals war trocken.

»Sag mal, bist du sicher, dass wirklich alles in Ordnung ist? Du wirkst total angespannt.«

Iris konzentrierte sich auf die Fahrbahn, obwohl an diesem Sonntagmittag zum Glück kaum Verkehr war. Es nieselte ein wenig.

»Livia«, begann Iris. »Erinnerst du dich noch, was ich dir neulich gesagt habe, im Krankenhaus? Dass ich dich niemals verraten werde und, egal was passiert, immer für dich da sein werde?«

Livia musterte ihre Mutter von der Seite. »Mama, du machst mir Angst. Was *ist* denn?«

»Hast du das verstanden, Livia? Ich werde immer für dich da sein.«

»Ja, ja … habe ich verstanden, aber wohin fahren wir eigentlich? Nun sag doch endlich!« Livias Stimme klang leicht panisch.

»Ich habe dich angelogen, Livia. Ich habe dir eine schreckliche Lüge aufgetischt. Aber glaube mir, bitte glaub mir, dass ich es nicht aus Eigennutz getan habe. Es war falsch, bestimmt war es falsch, aber ich habe es getan, um dich zu schützen. Das musst du mir einfach glauben.«

»Mama!« Livia schrie es fast. »Nun sag mir endlich, was los ist.«

»Gleich, mein Schatz. Wir sind gleich da.« Iris manövrierte den Wagen in eine Parklücke und schrammte dabei mit der Radkappe gegen den Bordstein. Sie zitterte am ganzen Körper. Was, wenn er nicht da war? Was, wenn Livia zusammenbrach? Was, wenn er sie erkannte und ihr eine riesige Szene machte? Was, was, was …

»Wir sind da«, sagte sie schließlich. »Komm mit.«

Livia sah sich um. »Das sind aber nicht genau die Landungsbrücken. Was sollen wir hier?«

Iris marschierte los, leere Pappbecher kollerten im Wind über den Bürgersteig; irgendwo klirrte Glas. Den Blick geradeaus gerichtet, ging sie schnurstracks auf die Kneipe zu, die nach ihren Informationen Heikos Stammlokal war. Eine 24-Stunden-Spelunke mit vergilbten Gardinen im Fenster. Über der Tür prangte eine zersplitterte Astra-Leuchtreklame. Iris griff nach der Türklinke.

»Sag mal, Mama, spinnst du? Was willst du denn in diesem Schuppen?«

Iris atmete schwer. Sie sah kurz zu ihrer Tochter. Ja, was sollte sie hier? War sie nicht gerade glücklich? War nicht Livia gerade glücklich? Warum setzte sie das aufs Spiel? Was sollte das? Heiko spielte seit sechzehn Jahren keine Rolle mehr. In ihrer beider Leben nicht. Er war tot! Und die Toten sollte man ruhen lassen.

»Dir deinen Vater zeigen«, hörte sie sich stattdessen sagen.

»Was?«, hauchte Livia, während ihre Hand sich in die ihrer Mutter krallte, die noch immer den Türgriff umschlossen hielt. »Was sagst du da?« Entgeistert starrte Livia ihre Mutter an, sie war blass wie ein Gespenst. »Aber … aber mein Vater ist doch tot … Er ist gestorben … bei einem Unfall. Mama, was redest du da? Und warum sind wir hier?« Langsam füllten sich Livias Augen mit Tränen.

Iris wagte nicht, sich zu rühren. Sie versuchte, den Augenkontakt zu ihrer Tochter zu halten. »Ich habe dich angelogen, Livia. Ich … ich …« Nach den richtigen Worten suchend, hob sie die Schultern. »Als ich das las, damals in der Zeitung, da ist es über mich gekommen. Vielleicht habe ich es im ersten Moment sogar geglaubt … Aber er war es nicht, Livia. Dein Vater ist nicht tot. Er lebt …«

»Und wieso … aber wieso sind wir dann *hier?*« Livia rang um Fassung. »Das hier ist keine *Wohnung.*«

Iris hatte aufgehört zu zittern. Sie fühlte sich plötzlich glasklar und entschlossen. »Nein, Livia, das ist keine Wohnung, aber das Stammlokal deines Vaters. Wenn man so will, verbringt er die Wochenenden hier.«

»Hier, in diesem Loch? Du meinst, er ist da drin?«

»Ich weiß es nicht genau, aber ich vermute es.«

Es hatte angefangen, stärker zu regnen, und den beiden Frauen lief das Wasser in schmalen Rinnsalen übers Gesicht. Iris spürte, wie die Klinke nachgab, und beinahe hätte sie das Gleichgewicht verloren. Die Tür ging auf, und aus dem Inneren drang ein Schwall Zigaretten-Bier-Dunst nach draußen. Eine Frau mit einem kleinen Hund torkelte an ihnen vorbei ins Freie.

»Na, ihr beidn Hübschn«, lallte sie. »Was macht ihr'n hier im Regn, kommt doch rein, ich muss ma schnell mit Maxi Gassi, aber dann binnich auch wieder da. Is nix los heute, nur die üblichn Verdächtign …«

Livia hatte versucht, einen Blick in das Innere zu erhaschen, bevor die Tür sich von selbst wieder schloss.

»Sollen wir …?«, fragte Iris, aber Livia fiel ihr ins Wort: »Lass uns abhauen«, sagte sie knapp. »Hier stinkt's.«

Iris ließ die Klinke los. »Bist du sicher?«

Livia nickte. »Für den Moment schon.« Livia sah sich um. »Aber lass mich mal kurz allein. Ich drehe noch 'ne Runde am Hafen, ja?«

Iris überlegte kurz. »Dann geh ich schon vor zum Auto und warte dort auf dich. Okay?«

Livia sagte nichts.

»Bist du sicher, dass du das alleine schaffst?«

»Geh einfach, okay?«

Iris nickte. Sie musste ihrer Tochter jetzt einfach vertrauen.

Livia dachte an gar nichts. Mechanisch setzte sie einen Fuß vor den anderen, das rechte Bein immer ein wenig langsamer als das linke. Einen Schritt weiter. Und dann den nächsten. Sie starrte auf den nassgrauen Asphalt, nahm im Hintergrund das Ächzen der Hafenkräne wahr, hörte wie von Ferne ein Auto hupen, die Hochbahn vorbeirattern. Ihr Vater lebte. Sie hatte einen Vater. Vielleicht nur hundert Meter und einen, zwei, drei, vier Schritte entfernt von ihr. Einen Vater. Jemand, zu dem sie Papa gesagt hätte. Der ihr vielleicht schon fünfmal begegnet war in ihrem Leben, und als Fremde waren sie achtlos aneinander vorbeigelaufen. Ein Vater, zu dem sie hätte gehen können, wenn ihre Mutter keine Zeit hatte. Der sie pünktlich zu den Camps gefahren hätte. Ein Vater, der Regeln aufgestellt und ihr Orientierung gegeben hätte. Schutz. Der ihr eine Seite des Lebens gezeigt hätte, auf der sie sich nicht auskannte. Jungs. Welche waren die Guten, denen sie vertrauen konnte? Vor welchen sollte sie sich in Acht nehmen?

Ihre Mutter hatte ihr da wahrlich nichts mitgegeben.

Und dieser Mann, der das alles hätte sein können, von dem sie ihr Leben lang nichts gewusst hatte, der hing jetzt angeblich in dieser ekelhaften Kneipe herum. Das konnte doch nicht sein! Das passte nicht zu ihr. Das passte auch nicht zu ihrer Mutter.

Livia ging hinunter bis zu den Bootsanlegern. Sie spürte unter den Pontons die Bewegungen des Flusses. Sie setzte sich auf einen der Poller, hielt ihr Gesicht in den Regen und ließ eine Fähre nach der anderen an- und wieder ablegen. Sie konnte an nichts mehr denken. Ihr Kopf war leer.

Als es langsam dunkel wurde und sie bis auf die Knochen durchgefroren war, machte Livia sich auf den Rückweg. Sie nahm denselben Weg wie zuvor, ging bewusst wieder an der Kneipe vorbei. Das Licht der Bierwerbung flackerte. Eine der Röhren würde bald durchbrennen. Sie überlegte, ließ es aber. Wahrscheinlich würde sie ihn gar nicht erkennen. Und er würde sie vielleicht auf ein Bier einladen, weil sie neu hier war und nüchtern. Livia schüttelte sich.

Im Halbdunkel war ihr Auto nicht schwer zu erkennen. Es war das einzige mit komplett beschlagenen Scheiben.

Livia stieg ein, und Iris startete wortlos den Motor.

»Erzähl mir von ihm«, sagte Livia nur. »Alles, was du weißt.«

Und das tat Iris.

26

Obwohl es letztlich gar nicht so viel zu erzählen gab, wollte der Faden nicht abreißen.

Iris begann damit, wie sie Heiko kennenlernte, als sie richtig in Hamburg Fuß gefasst hatte. Sie hatte den ersten besser bezahlten Job, eine hübsche kleine Wohnung im Karolinenviertel. Sie war achtundzwanzig und dachte, jetzt könnte auch ein Mann kommen. Sie verliebte sich sofort in Heikos Charme und seine Augen, merkte aber schnell, dass sie damit nicht die Einzige war. Sie blieb trotzdem. Sie wurde schwanger – die Sache mit der Pille unterschlug Iris wohlweislich, diese eine letzte Auslassung musste gestattet sein –, und dann war es Heiko, der verschwand. Punkt. Ende.

Aber da fingen Livias Nachfragen an: Wie er aussah, wie er war, ob sie nach der Geburt den Kontakt zu ihm gesucht hatte, ob er ihr gefehlt hatte, ob sie schon früher überlegt hatte, ihr die Wahrheit zu sagen, ob sie in all den Jahren versucht hatte, mal einen neuen Mann zu finden, ob ihr nicht kolossal etwas gefehlt hatte, ob sie glaubte, dass er manchmal an seine Tochter dachte, ob ihr Vater so ein Typ war wie Opa. Tausend Fragen. Iris bemühte sich, sie der Reihe nach und so verständlich wie möglich zu beantworten. Nein, sie hatte den Kontakt nicht gesucht; ja, er hatte ihr gefehlt, wenngleich nicht er persönlich, sondern eher jemand, dem sie vertrauen konnte; ja, er sah leider sehr gut aus;

ja, sie glaubte, dass er ab und zu daran dachte, dass es Livia gab, aber weniger auf die Art, die Livia sich vielleicht wünschte. Und nein, er war nicht wie Opa. Und nein, wäre all das nicht passiert, hätte sie Livia vermutlich nie die Wahrheit gesagt.

Auf dieses Geständnis hatte Livia mit einem längeren Schweigen reagiert, um dann aber doch wieder zu neuen Fragen auszuholen. Und am Ende des Abends landeten die beiden dann bei der Liebe an sich, den Träumen, die man hat, was man sich vom Leben verspricht, was man sich wünscht. Iris, die eigentlich todmüde war und keinen klaren Gedanken mehr fassen konnte, versuchte dafür zu sorgen, dass dieses Gespräch nicht zu sehr ins Philosophische abdriftete. Das hätte weder ihr noch vor allem Livia nach diesem Tag gutgetan. Insgesamt aber wunderte sie sich kolossal, wie letztlich wacker und seltsam unberührt Livia diese neue Tatsache annahm.

Aber vielleicht war das ja auch der Schock. Vielleicht kam das dicke Ende noch.

Schließlich stand Livia irgendwann einfach auf: »Ich kann echt nicht mehr. Ich muss jetzt ins Bett!«, und verschwand.

Iris, mehr oder weniger aus dem Satz gerissen, kommentierte das mit einem stummen *Aha!* und nahm es als gutes Zeichen. So ungezwungen benahm man sich definitiv nicht nach der traumatischsten Erfahrung seines Lebens.

Die Tage bei Orion saß Iris ab, so gut sie konnte. Härtling war, wie er war: auf seine Art vermessen, dreist und noch dazu dumm. Das Fehlen jeglicher Empathie war Iris nicht neu. Neu allein war, dass es sie kaum noch berührte. Sie machte ihren Job, nicht gleichgültig, aber doch gleich*mütiger*. Das alles hatte inzwischen so wenig mit ihr zu tun, dass sie sich manchmal während eines Meetings kolossal zusammenreißen musste, um nicht unkontrolliert loszukichern oder sich die Hand kopfschüttelnd vor die Augen zu legen.

Das alles nahm Iris wahr, weder freudig erregt noch bedauernd. Sie nahm es einfach wahr. Ihre Zeit lief ab, und sie wartete auf den Wecker.

Etwas weniger gleichmütig prüfte sie dann täglich beim Nachhausekommen den Anrufbeantworter. Manchmal blinkte er, weil Johanna angerufen hatte, einmal auch Katja, manchmal blinkte er ohne Nachricht. Aber nie hatte sie die Brunsbeker Vorwahl im Display.

Sebastian rief nicht an.

Und Iris hielt sich auch zurück.

Was sich tatsächlich verändert hatte, war ihr Verhältnis zu Livia. Es war vielschichtiger geworden. Einerseits kam das Alltagsgenerve dazu, denn Livia ging wieder zur Schule und arbeitete verbissen den Stoff nach. Da hörte Iris sie aus dem Zimmer schimpfen, auf den Boden trampeln und einmal auch gegen den Bettpfosten treten, gefolgt von einem schrillen *Auuu!*, sodass Iris die Augen zukneifen musste.

Dann wieder saßen sie häufig abends bei einem Tee, unterhielten sich über den Tag, Livias Wiedereinstieg, neue Beziehungskonstellationen in der Klasse. Iris hörte Livia gern zu, wie sie über Lars, Henrik, Charlotte und Mia erzählte. Als würde sie sie selbst zum ersten Mal richtig wahrnehmen. Sie hatte früher nie von den Klassenkameraden erzählt. Schule, das waren die Bücher und notwendige Arbeiten. Nicht die Menschen dabei. Die hatte sie beim Sport gehabt – und da ja eigentlich auch nicht, dachte Iris.

Ab und an, ohne dass Iris etwas dazutat, ploppten Folgefragen auf: »Sag mal, wenn ich mich irgendwann entscheiden sollte, meinen Vater, Heiko, doch noch mal kennenlernen zu wollen, würdest du dann mitkommen?«

»Ja. Natürlich.«

Oder: »Sebastian ... was denkst du, wird es ihm gut gehen in Frankreich?«

»Ich denke schon, ja«, erwiderte Iris dann, ohne sich den winzigen Stich im Herzen anmerken zu lassen.

»Soll ich zu Gerd Opa sagen?«

Iris lachte. »Nein, ganz sicher nicht.«

Und nach solchen Einsprengseln schwenkte Livia gleich wieder zu einem anderen, einfacheren Thema.

Ein Highlight in dieser Zeit war neben den täglichen kleinen Telefonaten mit Pietro, die nach wie vor in keine Verabredung mündeten, der Besuch bei Dr. Mendez. Das war etwa zehn Tage vor der Party.

Das Hämatom am Schienbein hatte sich wirklich deutlich zurückentwickelt, wenngleich es immer noch da war. Aber das dauernde Nasenbluten, die nächsten blauen Flecken vom Sportunterricht und überhaupt das grundsätzliche Unwohlsein mit dem nun seit beinahe acht Wochen eingenommenen Medikament sollten endlich ein Ende haben. Und es war ja auch die verabredete Zeit für eine Nachsorge beim Krankenhausarzt.

Das Klinikum zu betreten war für Iris fast so, als würde sie erneut nach Brunsbek fahren. Etwas hier war das vertraute Fremde.

Selbst Orte haben kleine Schwestern.

Dr. Mendez schien es ähnlich zu gehen, denn trotz seiner immer noch müden Augen war er strahlend auf Livia und Iris zugekommen, und wenn man es nicht besser gewusst hätte, hätte Iris fast vermutet, er wollte sie zur Begrüßung in den Arm nehmen. Was er natürlich nicht tat.

Und doch sagte er: »Livia, Frau Zimmermann. Wie schön, Sie zu sehen! Wie geht es Ihnen beiden?«

Livia hob den rechten Arm in die Luft auf Schulterhöhe und symbolisierte mit dem linken eine Taillenumarmung: »Wollen wir tanzen, lieber Dr. Mendez? Dann sehen Sie, wie es mir geht.«

Dr. Mendez lachte. »Madame, darf ich bitten?«

Und tatsächlich drehten die beiden sich zu den eingebildeten Klängen in einer Art Rumba durch das Sprechzimmer.

Iris konnte kaum die Augen von diesem unglaublichen Anblick wenden und fragte sich, warum Dr. Mendez als überarbeiteter Krankenhausarzt sie beide so ins Herz geschlossen hatte. Hundert Patienten gingen hier täglich ein und aus. Sicher war Sebastian ein Teil des Grundes. Und dennoch … Vielleicht einfach, weil sie so waren, wie sie waren. Die Zimmermann-Frauen.

Dr. Mendez fand dann wieder zu seiner Rolle zurück, ließ Livia auf einem Strich laufen und hüpfen, testete ihre Reflexe am Knie und besah sich den Bluterguss.

Am Ende schob er die Unterlippe ein wenig nach vorne und sagte: »Unbedenklich. Du hast das super weggesteckt, Livia. Du bist topfit, und der Rest des Hämatoms baut sich über die nächsten Wochen ab. Ich sagte ja bereits von Anfang an, dass das Schienbein aufgrund des fehlenden Fleisches eine sensible Stelle ist, aber dein Bluterguss hat sich wirklich so gut zurückgebildet, und du bist so bewegungsfähig, dass dein Körper den Rest schafft. Nimm die Packung Marcumar noch zu Ende, und dann war es das.«

Er nahm seine Brille ab. Eine Geste, die Iris schon kannte und mochte, auch wenn sie Abschied verhieß.

»Ich wünsche dir alles Gute, Livia! Vergiss das Trainieren nicht und hör auf, deine Mutter zu ärgern!« Dabei sah er verschwörerisch in Iris' Richtung.

Livia nickte nur. Sie wirkte spürbar bewegt.

»Na komm, Schatz«, sagte Iris und nahm Livia in den Arm. »Wir haben hier noch was.« Sie gab ihrer Tochter einen Umschlag.

»Für Sie«, sagte Livia trocken und reichte Dr. Mendez das Kuvert mit der Einladung.

Er nahm es, ohne hineinzuschauen, entgegen. »Danke. Dann macht's gut, ihr zwei.« Noch einmal sah er Livia gespielt streng in die Augen. »Ich will dich hier erst mal nicht wiedersehen, hörst du?« Darauf gab er beiden die Hand und verschwand den Flur hinunter.

»Meinst du, er kommt?«, fragte Livia beim Hinausgehen.

»So sicher wie Sebastian«, antwortete Iris.

Livia seufzte. »Also schon mal zwei weniger.«

* * *

»Und du bist wirklich mit ihr hingefahren?«

»Jep.«

»Und du hast es ihr vorher gesagt?«

»Jep.«

»Und sie wollte nicht rein?«

»Nope.«

»Und sie ist nicht zusammengebrochen? Hat dich nicht verflucht? Ist nicht abgehauen?«

»Nope.«

»Wahnsinn!« Johanna konnte sich kaum einkriegen. »Das ist ja wirklich Wahnsinn. Hättest du das gedacht?«

»Ganz ehrlich, ich weiß gar nicht, was ich gedacht habe. Diese Situation war doch ziemlich … wie soll ich sagen … einzigartig.«

»Iris?«

»Hm?«

»Ich bin unglaublich stolz auf dich, weißt du das? Wozu du dich da durchgerungen hast, war unglaublich mutig. Ich hab dir ja immer zugeredet, aber ich bin trotzdem nicht sicher, ob ich selbst das am Ende geschafft hätte. Das Risiko war ziemlich hoch.«

»Hm.«

»Iris?«

»Hm?«

»Bist du noch dran? Nun sag doch mal was anderes als *hm.*«

»Ja. Du hast recht. Ich bin auch stolz auf mich, und ich denke auch, dass ich großes Glück hatte, mit Livias Reaktion, meine ich. Aber es gab gar keine andere Wahl. Ich *musste* dieses Risiko eingehen. Für Livia und mich.«

»Es ist doch immer wieder dasselbe.«

»Was meinst du?«

»Na ja. Geht es nicht immer wieder darum, Ängste loszulassen und den Sprung ins Ungewisse zu wagen, wenn man etwas erreichen möchte?«

»So sagt man, aber redest du jetzt von dir?«

Johanna atmete tief durch. »Nein, wenn ich ehrlich bin, kann ich da nicht von mir sprechen. Ich bin nie gesprungen. Ich habe immer gewartet, bis was passiert ist.«

»Und Gerd?«

»Wenn du so willst, ist Gerd mir auch passiert. Und das ist was Gutes, so meine ich das nicht. Aber er war nun auch nicht gerade die Belohnung für meinen leidvollen Loslösungsprozess von etwas.« Johanna lachte kurz auf.

»Weißt du was, Mama. Ich habe eine Idee. Wenn wir uns das nächste Mal etwas länger sehen, dann kannst du springen und so richtig schön loslassen.«

»Hm?«, machte nun Johanna.

»Wir springen zusammen vom Zehnmeterturm.«

»*Was* tun wir?«

»Wir springen vom Zehnmeterturm. Wir alle drei.«

»Dir ist schon klar, dass ich sechsundsechzig und seit zwanzig Jahren noch nicht mal mehr vom Beckenrand gesprungen bin, oder? Wie oft hast du das denn schon gemacht?«

Iris lachte. »Noch nie. Aber dann werde ich es.«

»Du bist verrückt.«

»Möglich.«

»Ich hab dich lieb.«

»Ich dich auch.«

Und von dem Moment an dachte Iris, dass das Fest und alles Weitere ruhig kommen könnten.

27

Hast du deine Sachen weggeräumt?«

»Ja.«

»Hat Bea sich gemeldet?«

»Ja-haa, das habe ich dir doch schon drei Mal gesagt.« Entnervt rollte Livia mit den Augen.

»Sie kommt, oder?«

»Mama, ja. Sie kommt.«

»Und ihr findet es wirklich nicht schlimm, dass Pietro uns bei den Vorbereitungen hilft?«

»Solange er wirklich hilft und nicht einfach nur den Frauen bei der Arbeit zusieht«, sagte Johanna, deren Kopf fast vollständig im Kühlschrank abgetaucht war. »Iris, wo ist denn die Mayonnaise? Ich brauche die Mayonnaise für die U-Boote«, kam es dumpf aus dem Inneren.

Nun rollte Iris mit den Augen. Was für eine Hektik. Es war erst drei. Die Party war für sieben angesetzt, und schon drehten alle förmlich durch, Iris eingeschlossen.

Aber es stimmte: Sie war ungeheuer aufgeregt. Iris konnte sich nicht erinnern, in den letzten Jahren zu etwas eingeladen zu haben, was auch nur ansatzweise den Namen Party hätte verdient gehabt. Und wenn alle kamen, die kommen könnten, dann wären sie gut und gern zu zehnt oder zu zwölft oder sogar zu fünfzehnt.

Livia hatte noch zwei Mädchen aus ihrer Klasse eingeladen und tatsächlich einen Jungen, Antoni. Das waren mit Bea schon fünf. Dann ihre Mutter mit Gerd und Ally und vielleicht deren Freundin. Neun. Iris selbst, zehn. Katja und Tobi. Dann vielleicht Sebastian und Dr. Mendez mit oder ohne Frau, und wer weiß, wer sonst noch. Außer Pietro natürlich …

Iris war inzwischen so aufgeregt, dass sie die Entscheidung zu diesem Fest schon fast bereute. Im Grunde war dies das erste halbwegs echte Date, das sie mit dem Italiener haben würde: in ihrer Wohnung, mit drei Generationen Zimmermann-Frauen und so vielen Leuten, wie sie noch nie um sich gehabt hatte. Das alles machte ein Schlückchen Sekt umso notwendiger.

»Iris«, sagte ihre Mutter streng. »Kannst du bitte aufhören zu süffeln? Wenn du so weitermachst, liegst du unter der Couch, bevor überhaupt der erste Gast da ist. Gerd mag das auch nicht so. Angesäuselte Frauen, meine ich.«

Iris fand jedoch nicht, dass sie sich an den Erwartungshorizont eines ihr bis dato unbekannten Mannes anpassen sollte, und das sagte sie auch. Daraufhin wurde ihre Mutter sauer, und Iris gönnte sich erst recht noch ein Schlückchen. Bis Livia dazwischenfuhr und beide, Mutter und Großmutter, anraunzte: »Könnt ihr vielleicht mal beide aufhören? Ich habe echt keine Lust auf diesen Familienstress. Sonst sagen wir direkt alles ab. Noch geht es!«

Das saß bei beiden, und Iris machte sich murrend an die Fertigstellung der Quiche, während Johanna weiter die U-Boote dekorierte.

Iris hatte von einem exklusiven Caterer Fingerfood und Desserts bestellt, und um vier waren sie dann so weit, dass sie das tun konnten, was auch ganz wichtig war: sich hübsch machen!

Iris hatte sich extra ein dunkelblaues, ärmelloses Strickkleid und ein weißes Bolerojäckchen bestellt, zu dem sie bunt geblümte hohe Pumps tragen wollte. Irgendwas musste ja an den Tag der Blume erinnern. Johanna hatte sich für eine Türkis-Bleu-Kombination entschieden: alles ein bisschen weiter, leicht fließende Seide und sehr geschmeidig. Mit ihrem Turban dazu sah sie wirklich elegant aus. Ja, und Livia – Livia hatte sich für eine Jeans-Hotpants entschieden, unter der sie eine schwarze Strumpfhose anhatte und eine elend lange hellgraue Mohair-Strickjacke trug. Dazu dezentes Make-up, Lidstrich und knallrote Lippen. Sie sah umwerfend aus! Iris hatte noch nicht mal gewusst, dass sie diese Kosmetik besaß, geschweige denn, dass sie sie so gekonnt auftragen konnte. Sie war sprachlos. Was für eine wunderschöne Tochter sie hatte! »Wow, Libby. Du bist der Hammer!«

Livia errötete unter ihrem Make-up. »Nun mach mal halblang, Mama.«

Doch auch Johanna war perplex. »Meine Güte, wo kommt denn dieses Mädchen plötzlich her! Los, die Damen, ein Selfie für die Ewigkeit.«

Und so posierten die drei Frauen in Iris' Dreizimmerwohnung, machten einen Kussmund, schmiegten sich aneinander und zeigten die drei Generationen der Zimmermann-Frauen.

Ab fünf klingelte es dann eigentlich nur noch. Pietro war der Erste, gefolgt von Albertina, »eine Cousine dritten Grades«, geschätztes Alter siebzehn, und Alberto, »ich weiß nicht genau, ihr Freund, glaube ich«, geschätztes Alter zweiundzwanzig.

Alle balancierten etwa drei Tabletts in den Händen, von denen je nach Fracht die unterschiedlichsten Düfte ausgingen: geschmorte Zucchini und Paprika, Thunfischpaste, Sepia in Balsamico-Marinade, Crostini mit Knoblauchbutter, Kokosflocken- und Mandeltörtchen. Es war ein Gedicht, noch bevor jemand wirklich Hallo sagen konnte.

Pietro begrüßte Iris mit einem Kuss auf die Wange, einem Kuss, der etwas weniger flüchtig war, als es sich für eine Begrüßung gehört hätte, zwei Luftküsschen für Livia und einem Handkuss für Johanna.

Iris schüttelte den Kopf. Was für ein verrückter, liebenswerter Galan, dieser junge Mann.

Bea war die Nächste, dann die Schulfreundinnen, dann der Lieferservice, dann Gerd, dann Ally mit zwei Freundinnen und einem Hund, der in jede Handtasche gepasst hätte, was dennoch nicht so ganz leicht mit Gata zu vereinbaren war, die ihm zur Begrüßung direkt eine wischte.

Iris wusste gar nicht, wem sie sich zuerst zuwenden sollte. So viele fremde Menschen. Eigentlich hatte sie gedacht, sie würde direkt das Gespräch mit Gerd suchen, aber irgendetwas an ihm machte es ihr schwer. Er wirkte so … begutachtend, kontrollierend. Trotz seiner freundlichen Begrüßung hatte Iris das Gefühl, dass er ein Mensch war, der Dinge für »standesgemäß« halten wollte. Und Iris wollte das nicht.

Also hielt sie sich an Ally, eine laute, lustige Mittvierzigerin so wie sie, aber alles an ihr war größer als Iris: ihr Organ, ihre Körpermaße, die Geschwindigkeit, in der sie Gläser leerte und Menschen mit sehr direkten Kommentaren versah. So sagte sie etwa ohne zu zögern zu Bea: »Na, du bist ja auch eher eine von der Genussseite. Hast du auch was zu kompensieren? Haben wir doch alle, oder?« Iris spürte, dass Ally das nicht wirklich böse meinte, aber als erster Satz an eine Fremde war es auch nicht wirklich einladend oder »standesgemäß«. Bea lachte den Kommentar jedoch gekonnt weg: »Du hättest mich mal vor vier Wochen sehen sollen.« Iris sah viel Rebellion in Ally. Allein, dass sie ihre Freundin mehrfach innig in den Arm nahm und auf die Wange küsste, wenn ihr Vater es garantiert sah, war so ein Zeichen. Vielleicht liebte sie Frauen, vielleicht auch nicht. In jedem Fall liebte sie die Provokation. Und Iris mochte das.

Ally war es auch, die sich mit einsetzender Dämmerung unmittelbar an Iris' Computer zu schaffen machte, ihn – wie durch ein Wunder – mit den Boxen im Wohnzimmer koppelte und direkt Abba ansteuerte. Mit schlechtem Gewissen dachte Iris daran, dass sie vergessen hatte, den Nachbarn Bescheid zu geben, dass es etwas lauter werden könnte. Aber bevor sie sichs versah, lag sie Ally und Livia und Bea schon in den Armen, drehte und kreiselte im Takt zu *Mamma Mia* und ertappte sich dabei, wie sie aus voller Kehle mitsang. Aus dem Augenwinkel sah sie ihre Mutter an Gerds Seite, deren wippender Fuß signalisierte, dass sie sich der Runde nur zu gern anschließen würde, deren Miene aber anständig und ernst Würde beweisen wollte.

Es war ihr Fest, dachte Iris. Das Zimmermann-Frauen-Fest. Und ohne lange zu zögern, hüpfte sie zu Johanna, nahm ihre Hand und zog sie mit in das Wohnzimmer. Mit einem verschämten Achselzucken in Gerds Richtung ließ Johanna sich nicht zweimal bitten.

Für Iris hätte es das fast sein können: Sie sah ihre lachende Tochter, ihre ausgelassene Mutter, eine ihr fremde und doch vertraute Ally, einen etwas griesgrämigen Gerd und einen Pietro, der jede ihrer Bewegungen verfolgte, ohne sich ihr aufzudrängen … Sie hatte ein Glas in der Hand und ein Lächeln auf den Lippen. Aber das war es noch nicht, denn es klingelte weiter!

Um acht kam Julia – wieder in Jeans und den Botten, aus deren tiefem Profil sich so schön der Holsteinsand auf dem Parkett verteilte. Als Gastgeschenk brachte sie ein Miniaturmobile mit, ähnlich dem, das Iris auf dem Hof so gut gefallen hatte. Iris machte sie mit Livia und Bea bekannt. Ein Plan blieb ein Plan. Um halb neun kam Dr. Mendez, ohne Frau. »Nur auf einen Sprung«, sagte er mit seinem inzwischen so vertrauten müden und doch zugewandten Blick. In der Hand hielt er einen riesigen Strauß gelber Chrysanthemen. Kurz darauf trudelte auch Katja mit ihrem Tobi und einer Flasche Himbeergeist ein.

Iris dachte, ihr Herz müsste gleich zerspringen. Das alles war eine Überdosis an guten Gefühlen. Ihr war, als würde alle Freundlichkeit der Welt gerade in ihrer kleinen Wohnung Platz nehmen.

Und doch fehlte noch etwas. *Jemand.* Immer wieder ertappte sie sich dabei, wie sie zur Tür schielte, als würde die sich von alleine öffnen.

»Vergiss es, Mama, er kommt nicht«, sagte Livia, ihre schlaue Tochter, die Iris' Nervosität registriert hatte.

Und dann klingelte es wieder. Und vor der Tür stand jemand, den Iris nun wirklich als Allerletztes hier erwartet hatte: »Guten Abend, Frau Zimmermann. Ich hoffe, Sie nehmen mir nicht übel, dass ich einfach so hereinplatze, aber ich dachte, vielleicht ist das ja eine gute Gelegenheit ...«

Fast schüchtern stand diese große, hagere Frau vor ihr.

»Selbstverständlich, Frau Garber. Ich freue mich. Kommen Sie doch herein.« Und dann drehte sie sich um und rief: »Bea ... Bea ... kommst du mal. Hier ist jemand, der dich begrüßen möchte ...«

Arm in Arm mit Ally und Livia und Julia tänzelte Bea in den Flur. »Wer ist ...?«

Als Bea ihre Mutter erkannte, blieb sie wie angewurzelt stehen. *»Duuuu ...?«*

Iris überließ Mutter und Tochter sich selbst. Sie wusste nur zu gut, wie schwer Annäherung sein konnte. Und gleichzeitig freute sie sich, dass neben der Freundlichkeit auch die Versöhnung ein Plätzchen in Hamburg-Winterhude gefunden hatte. Fehlte nur noch einer, dachte Iris mit einem Hauch von Wehmut. Ihr Kopf sagte: Vergiss es! Ihr Herz dagegen: Du irrst dich!

Und dieses Mal sollte das Herz recht behalten.

»Iris, ich glaube, hier ist jemand, den du begrüßen möchtest.« Johanna hatte den Gast ins Wohnzimmer gelotst und lächelte ihre Tochter an. Noch bevor Iris reagieren konnte, hörte sie Livia kreischen. »*Sebastian*, du … du … ach, ich glaube es einfach nicht!« Noch bevor Sebastian etwas erwidern konnte, flog Livia ihm um den Hals.

»Na, na, na, mein Mädchen, ist ja gut«, sagte Sebastian etwas unbeholfen, aber mit einem Strahlen.

Inzwischen ohne Schuhe, kam sich Iris vor dem massigen Mann noch kleiner vor. Sie sah ihn an, wie er da vor ihr stand: unrasiert, mit Wollmütze auf dem Kopf, seinem Sauerstoffgerät hinter sich, ihre Tochter im Arm und eine schwarze Reisetasche über der anderen Schulter, in der Hand ein kleines Kästchen. »Du hast dich also doch auf den Weg gemacht«, sagte Iris leise. Mehr wollte ihr nicht einfallen.

»Ich hatte neulich vergessen, dir was mitzugeben«, erwiderte er trocken und streckte ihr das Pappkästchen entgegen, das mit Sicherheit seit den Sechzigerjahren in irgendeiner Schublade gelegen hatte, so abgewetzt sah es aus.

Iris nahm es schweigend entgegen.

Livia zappelte ungeduldig hin und her. »Was ist das denn? Mach es doch endlich auf, Mama.«

Unsicher schaute Iris von dem einen zum anderen.

Livia machte eine aufmunternde Geste, die sagen sollte: na los.

Mit zittrigen Fingern löste Iris das Band von der Box und nahm behutsam den Deckel ab. In Watte gebettet, lagen da fünf Schlüssel. Iris musste nicht fragen, um zu verstehen. Livia auch nicht.

Inzwischen hatte sich um die drei regelrecht ein Kreis gebildet. Johanna, Julia, Ally, Bea, Beas Mutter und Dr. Mendez – alle versuchten sie, einen Blick über Iris' Schulter zu erhaschen, um zu verstehen, was die Gastgeberinnen so sprachlos machte.

»Was ist das?«, fragte Ally.

»Schlüssel«, sagte Julia knapp.

»Von was?«, fragte Ally.

»Vom Schweinestall«, kam es mit erstickter Stimme von Iris und Livia wie aus einem Mund.

»Schweinestall? Klingt echt verlockend«, sagte Ally.

»Das ist Sebastians Hof in Brunsbek«, sagte nun Bea. »Und so ziemlich der schönste Ort, den ich kenne.«

Dr. Mendez drückte Sebastian kurz die Schulter. »Ist es so weit?«

Pietro fand nun offenbar auch, dass es Zeit war, sich einzumischen: »Worum geht es denn? Was ist so weit?«

Iris umfasste Pietros Nacken und gab ihm einen Kuss aufs Ohr: »Stell jetzt keine Fragen«, hauchte sie.

Sebastian nickte.

»Daher die Reisetasche?«, fragte Iris.

Wieder nickte Sebastian.

»Mehr brauchst du nicht?«

»Ich hab doch alles hier drin«, sagte Sebastian und klopfte sich auf die Brust.

»Wann?«

»Bevor du morgen aufwachst.«

Livia schmiegte sich eng an Sebastian. »Das ist doch Mist, Bastian. Was willst du denn da auf dem blöden Hausboot? Wir haben uns doch ganz gut aneinander gewöhnt.«

Sebastian streichelte Livia über den Kopf. »Wenn du nicht aufhörst, min Deern, dann gehe ich direkt wieder. Du weißt, dass ich so was nicht mag.«

Dr. Mendez nahm Livias Hand. »Na komm, Livia, wir zwei rocken jetzt mal die Bude.«

Iris staunte nicht schlecht. Was in den Menschen so alles schlummerte.

»Wir auch?«, fragte Iris Sebastian. Doch der zeigte auf sein Sauerstoffgerät. »Ist heute nicht so mein Tag.«

Iris strich ihm kurz über die Hand, und dann gingen sie ins Wohnzimmer. Iris, um mit ihrem Herzen, in dem gerade ein unfassbares Glück wohnte, einen Moment allein zu sein; Sebastian, um es sich im Sessel gemütlich zu machen und dem Treiben zuzuschauen.

Da tanzte Bea mit ihrer Mutter, Ally mit Julia, Johanna mit Gerd und immer so weiter kreuz und quer durcheinander. Iris ließ sich wohlig treiben, nahm ihre Tochter in den Arm und Pietro und dann Dr. Mendez, fasste Gerd mit beiden Händen an der Hüfte: »Wir zwei müssen uns auch noch unterhalten!«, drehte sich, bis ihr schwindelig wurde. Dieser Abend sollte einfach nicht aufhören.

Doch das tat er. Sebastian hatte sich früh hingelegt – und auf Iris' Drängen in ihrem eigenen Bett. So viele Schlafplätze hatten sie einfach nicht. Dr. Mendez war ebenfalls um kurz nach Mitternacht verschwunden, aber immerhin war es doch mehr als ein Sprung gewesen, auf den er geblieben war. Ab drei verabschiedeten sich dann die meisten, nur Bea und Julia hatten beschlossen – und es in Beas Fall auch erlaubt bekommen –, bei Livia zu übernachten. Sie zogen sich jedoch in Livias Zimmer zurück, und Iris hätte zu gern gehört, worüber sie sprachen. Iris hatte Julia an dem Abend kurz zur Seite genommen und ihr von ihrer Beichte berichtet. Mit einem leisen »Wow!« hatte Julia sie daraufhin in den Arm genommen. Sie vermutete, dass Julia deswegen blieb. Um zu prüfen, wie viel *distress* in ihrer Tochter steckte und ob sie helfen konnte. Doch Iris war da zuversichtlich.

Sie selbst setzte sich mit einem letzten Glas Wein und dem Schlüsselbund in ihren Sessel. Was für ein verrückter Kerl, dachte sie. Geht einfach nach Frankreich und hinterlässt mir sein Haus. Sie überlegte, so lange wach zu bleiben, bis er aufstehen und sich auf den Weg machen würde. Der Zug nach Paris ging um kurz nach zehn, hatte er ihr erzählt. Andererseits aber wollte Iris das auch nicht als letztes Bild vor sich haben: grauer Morgenhimmel, eine leicht verkaterte Iris und ein müder Griesgram. Nein. Sie wollte es anders. Frischer. Unberührter.

Also ging sie kurz duschen, zog sich einen sauberen Schlafanzug an und kroch vorsichtig zu Sebastian unter die Decke. Dann legte sie ihren Arm um den fest schlafenden Mann, küsste ihn sanft auf den Nacken und schloss die Augen. Als sie plötzlich eine warme Hand auf ihrem Oberschenkel spürte, ließ sie es geschehen. Bestimmt hatte Sebastian sich nur im Schlaf bewegt.

Einschlafen jedoch wollte sie nicht. Nachdem sie Sebastians ruhigen Atemzügen eine Weile gelauscht hatte, stand sie wieder auf.

Pietro hatte sich auf einer Yogamatte zusammengerollt, zugedeckt nur mit seiner Jacke. Wie das Sandmännchen schleifte Iris ihre Decke hinter sich her, rollte sich so gut es ging an den warmen Körper des Italieners und legte die Decke über sie beide.

Auch er drückte im Schlaf ihre Hüfte. »*Bella*«, hörte sie ihn murmeln. Doch es klang anders als bei Sebastian.

Der eine wollte gehen, der andere ankommen.

Iris legte ihre Hand auf Pietros und schlief traumlos ein.

28

Du spinnst!«, rief Bea ungläubig. »Das kann nicht sein.«
»Aber wenn ich's dir doch sage!«, hielt Livia entgegen. »Und was heißt überhaupt: Das kann nicht sein? Jeder hat einen Vater.«

Bea und Livia hatten es sich auf Livias Bett gemütlich gemacht. Julia saß davor, die Beine ausgestreckt, Gata schlafend auf ihrem Schoß. Sie hatte die Augen geschlossen. Auf Livias Handy lief leise Madonna. Julias Wahl.

»Das heißt, sie hat dich dein Leben lang belogen?«

»Wenn du es so ausdrücken willst.«

»Aber das ist Beschiss, Livia. Das ist Hochverrat. Wie kannst du hier so ruhig sitzen? Sie hat dich um deinen Vater gebracht! Ich würde ausrasten.« Bea war richtig wütend.

»Ja, aber ich kann irgendwie nicht sauer auf sie sein. Vielleicht ist das noch gar nicht richtig bei mir angekommen. Und du hättest diesen Schuppen mal sehen sollen, in dem er vielleicht war. Nur Säufer. Ich weiß nicht …« Livia schluckte. Das Wort Vater fühlte sich fremd an, diese zersprungene Bierwerbung fühlte sich fremd an. Alles an der Situation fühlte sich an, als gehörte es nicht zu ihr.

»Aber Livia, wer weiß, was alles anders gelaufen wäre, wenn du ihn schon viel früher getroffen hättest. Sie kann dir doch nicht einfach deinen Vater vorenthalten!« Bea wollte sich gar nicht beruhigen.

»Sie wollte Livia nur beschützen«, kam es schließlich ruhig von unten. Julia hielt die Augen noch immer geschlossen. »Und nicht

Iris ist gegangen. Er hat die beiden sitzen lassen, als Iris schwanger war. Das darfst du nicht vergessen, Bea. Sei nicht so streng.«

»Ja, aber …«, hob Bea erneut an.

Livia schwieg. Sie war froh, dass sie diese Festung nicht allein verteidigen musste.

»Du, Bea, solltest doch am besten wissen, dass es auch mit beiden Elternteilen nicht immer das Paradies auf Erden ist, oder? Ich glaube, ein gutes Leben hat weniger mit den Menschen an sich als mit dem zu tun, wie sich die verhalten, die um einen sind. Meinst du nicht?«

Livia biss sich auf die Unterlippe. Vielleicht hätte sie Julia nicht von Beas Besuch in Brunsbek erzählen sollen.

Bea erwiderte nichts, und Julia nutzte die Stille, um das Thema zu wechseln. »Sag mal, Livia, da gibt es aber noch etwas anderes. Wenn ihr wirklich nach Brunsbek zieht, dachte ich, dass es da vielleicht auch für dich eine schöne Aufgabe gibt …«

Und so wurde der nächste Plan geboren und diskutiert. Die Dämmerung war längst angebrochen.

* * *

Als Iris am nächsten Mittag gegen halb zwölf aufwachte, lag Pietro nicht mehr neben ihr, und der Griesgram war weg, aber eine der Chrysanthemenblüten steckte in einem kleinen Glas auf ihrem Nachttisch.

»Hast du ihn noch gesehen?«, fragte Iris ihre Tochter drei Stunden später, nachdem Bea und Julia sich nach einem üppigen Frühstück mit Pancakes, Marmelade und frischen Hörnchen verabschiedet hatten.

»Wen?«

Iris lächelte. »Beide«, entgegnete sie offen.

Livia nickte. »Dein Italiener hat sich für heute Nachmittag wieder angekündigt, wenn du das meinst …« Verschmitzt sah die Tochter ihre Mutter an. »Und Sebastian … Ich habe mitbekommen, dass er ins Bad gegangen ist, aber irgendwie wollte ich nicht aufstehen.«

»Verstehe ich völlig.« Der Apfel fiel wirklich nicht weit vom Stamm.

»Hast du mit Julia eigentlich mal über unsere Idee gesprochen?«, fragte Iris beiläufig.

Ein Strahlen ging über Livias Gesicht. »Ja, habe ich«, kam es wie aus der Pistole geschossen zurück. »Wobei ich wohl besser sagen sollte, dass sie mit mir über *ihre* Idee gesprochen hat.«

Überrascht wartete Iris ab.

»Mit den Mädels von *Girls in Distress* ist es eher schwierig. Du weißt ja: Schutzräume und so. Die kann man nicht einfach nach Brunsbek verpflanzen. Aber Julia hat Kontakte, und sie dachte eher an Mädchen, die Kunst- und Körpertherapien machen. Da könnte was gehen …«

Wow!, dachte Iris. Aber offenbar dachte sie es nicht nur, denn Livia sagte: »Ja, das klingt nach was, oder?«

»Ja, mein Schatz, das klingt nach etwas ganz Tollem!«

Versonnen rührte Iris in ihrer Tasse. »Ist es nicht irre?«

»Was?«

»Alles irgendwie. Vor sechs Wochen noch war alles wie immer. Und jetzt ist es das nicht mehr. Gar nichts ist mehr wie immer. Dein Unfall, der Sport. Oma ist wieder da. Es gibt einen Mann namens Sebastian. Wir ziehen um, in ein fremdes Haus. Julia und ihr Verein. Die Wahrheit über deinen Vater …«

»Hm«, machte Livia nur.

»Meinst du, du wirst mir das verzeihen können?« Iris konnte sich die Frage nicht verkneifen.

»Was jetzt genau?«

»Na, alles …«

»Mama?« Livia hatte sich weit über den Tisch gebeugt. »Kannst du mir einen Gefallen tun?«

Erwartungsvoll schaute Iris sie an.

»Hörst du einfach mal auf zu reden? Ich melde mich schon, wenn mir danach ist, okay?«

Iris schluckte trocken. »Okay.«

»Und die Party war der mega Knaller!«

»Okay.«

* * *

Zwei Wochen nach dieser Unterhaltung hatte Iris bereits ihre Wohnung gekündigt, mit Livia das erstaunlich gute Zeugnis beim Italiener gefeiert, ihre alte Rostlaube wieder inklusive Katze bis unters Dach vollgepackt, den Schlüsselbund geküsst und die Tür zum Schweinestall aufgeschlossen. Iris würde jetzt noch eine Weile pendeln, bis sie sich sicher genug fühlte, um den Schritt in die Selbstständigkeit zu wagen. Das würde sich finden.

An einem Dienstag Mitte Juli holten sie Johanna vom Bahnhof ab, und nachmittags saßen sie zu dritt auf der Hausbank und blinzelten in die warme Sonne.

Als Iris es nicht länger aushielt, räusperte sie sich. »So, ihr Lieben, und morgen setzen wir dann den vorerst letzten Plan in die Tat um.«

Träge hob Livia den Kopf. »Na, da sind wir aber alle mal gespannt. Noch ’ne Kneipe?«

Iris lachte. Erstaunlich genug, aber bis zu diesem Tag war Livias Vater nicht ein einziges Mal Thema gewesen. Es würde sicher noch kommen. Irgendwann. »Nein, mein Schatz, keine Kneipe.

Morgen gehen wir schwimmen. Und morgen werde ich vom Zehnmeterturm springen. Wenn ich es nicht freiwillig tue, dann dürft ihr mich schubsen! Na, wie klingt das?«

Johanna stöhnte auf. »Ich dachte, du hast es vergessen! Muss ich da wirklich mit?«

Livia dagegen sah ihre Mutter halb staunend, halb skeptisch an. »Wie immer. Es klingt wie immer. Am Ende machst du es ja doch nicht.« In ihrer Stimme lag ein Hauch von Trotz und Resignation.

»Mama«, sagte Iris nun zu ihrer Mutter, »erinnerst du dich noch, wie du damals deinen Führerschein machen wolltest und ganze drei Mal durch die theoretische Prüfung gerasselt bist?«

»Musst du mich jetzt daran erinnern?«

»Ja, muss ich. Denn nach deinen drei Fehlversuchen hat eigentlich niemand mehr geglaubt, dass du es doch noch schaffst, stimmt's?«

»Nett war das nicht, aber möglicherweise war es so, ja. Warum bringst du das jetzt auf den Tisch?«

»Es ist Livias gutes Recht, nicht mehr an meinen Sprung zu glauben, aber lasst es uns doch versuchen, oder?«

Livia zuckte mit den Achseln. »Wenn du meinst.«

»Dann brauche ich aber noch einen Badeanzug. Und zwar einen schicken«, sagte Johanna. »Einen, der leuchtet, wenn ich da oben stehe. Sonst traue ich mich das nicht.«

»Na gut, dann gehen wir morgen einen Badeanzug kaufen und danach schwimmen. Sehr schön.«

Am Abend, als die beiden älteren Frauen noch auf ein Glas Wein auf der Hausbank saßen, brachte Johanna das Gespräch auf Gerd.

»Du magst ihn nicht, stimmt's?«

Iris kreiste mit ihrem Finger um das Glas mit französischem Roséwein. Sebastian. Wo er wohl gerade steckte?

»Muss ich ihn mögen? Wichtig ist doch, dass er dir guttut.«

Johanna nickte. »Das tut er. Aber sag, was stört dich an ihm?«

Iris überlegte. »Es ist ja nun nicht gerade so, dass ich in diesen Dingen ein besonders gutes Händchen bewiesen hätte, nicht wahr? Insofern sollte dich das nicht irritieren.« Sie nahm einen Schluck. »Er ist anders als Papa. Entschlossener, bestimmter. Ich nehme an, das passt besser zu dir als jemand, der seine Dominanz immer wieder hinter Schwäche verbirgt. Das ist direkter.« Iris lachte. »Aber er ist immer noch dominant.«

»Na, wünschst du dir etwa einen Mann, der komplett nach deiner Pfeife tanzt?«

Iris blinzelte in den Sternenhimmel. Wenn Sebastian jetzt auch nach oben schaute, würden sich ihre Blicke am Großen Wagen vielleicht treffen. »So würde ich es nicht ausdrücken. Das ist ja nur das andere Extrem. Vermutlich wünsche ich mir einfach jemanden, der mich so mag, wie ich bin; den Dinge vielleicht belustigen, wenn ich sie anders mache, der das aber nicht verurteilt. Der mich streng anguckt, wenn ich was wirklich Blödes mache, aber nicht draufhaut. Und der mich ansonsten natürlich abgöttisch liebt.«

»Ach, so einen meinst du. Stimmt, das ist ja wirklich ganz einfach. Aber komisch … der ist doch schon da …«

Iris horchte auf.

»Sag jetzt nicht, du bist die Letzte, die es merkt?«

»Die was merkt?«

Johanna richtete sich regelrecht auf, was ihr gar nicht zu gefallen schien. »Sag mal, bist du wirklich so naiv?«

Große Augen bei Iris.

»Was ist denn mit dir und Pietro? Merkst du denn nicht, wie sehr er sich um dich bemüht?«

Iris hatte Lust, sich zu echauffieren. »Mama! Mach mal einen Punkt. Weißt du, um wie viel ich älter bin? Und Pietro ist ein Luftikus. Er weiß doch gar nicht, was Liebe ist.«

Jetzt wurde Johanna ernst. »Iris, mein Schatz, bei allem, was recht ist, ich glaube, er weiß es viel besser als du. Gib ihm eine Chance. Er tut dir gut, glaube mir.«

Iris unterdrückte ein Schluchzen.

Warum müssen die Worte von Müttern immer wirken wie eine Erlösung? Sie hatte es doch selbst schon gespürt, aber erst jetzt, als Johanna es sagte, fühlte sie es auch. »Da magst du recht haben«, gab sie kleinlaut zu.

Einen Moment lang schwiegen die beiden Frauen, Mutter und Tochter. Dann sagte Iris: »Meinst du, Livia hat auch schon den Hau des Lebens, so männertechnisch, meine ich?«

»Ich hoffe nicht«, erwiderte Johanna. »Zumindest hast du ihr ja nicht die ganzen Jahre eine schlechte Beziehung vorgelebt. Vielleicht hilft das.«

»Du meinst, es war richtig, sie über ihren Vater zu belügen?«

»Das habe ich nicht gesagt. Aber es hat ihr bestimmt nicht geschadet, ohne jemanden wie Heiko groß zu werden. Sie ist ein starkes Mädchen, Iris. Sie macht das gut.«

Iris nickte. »Ja, das habe ich die letzten Wochen auch ein paarmal gedacht.«

»Von wem sie das wohl hat …«

Iris lachte und stand auf. »Das fragt man sich. Komm, lass uns reingehen. Mir wird kalt.«

29

Es war doch nur dieser eine Schritt. Augen zu und nach vorn. Es konnte nichts passieren. Beine eng zusammen. Kerzengerade Haltung, und einfach fallen lassen. Ins hellblaue, erleuchtete Wasser.

Von unten sah es immer so schön aus. So weich und vertraut.

Aber wenn man dann oben stand, war da nur Tiefe. Und Angst. Wovor, wusste auch Iris nicht. Es gab da keine Dämonen. Nur das hellblaue Wasser.

Und dieses Mal würde sie den Schritt gehen. Für sich. Für Libby.

»Kommst du, Mama?«

Iris sah erneut an sich herab: Ihre weißen Beine waren leicht bläulich geädert. Aber sie sah auch Johannas Beine, weiß und mit Krampfadern. Sie hatten das Plateau erreicht. Sie standen auf diesem schwarzen Tartanbelag.

Wovor sollte sie denn Angst haben? Hatte sie nicht alle Dämonen in sich herausgelassen in den letzten Wochen? War sie nicht bereits von viel höheren Türmen gesprungen zuletzt? Und was sollte da unten anderes sein als das klare, hellblaue Wasser?

»Ja, Libby, ich komme. Gibst du mir deine Hand? Ich muss die Augen zumachen.«

Und da war sie: die weiche, zierliche, glatte Hand ihrer Tochter.

»Kommst du auch, Oma?«

»Na, was denkt ihr denn? Seht mal, alle bewundern meinen schönen türkisfarbenen neuen Badeanzug.« Wie ein Model tänzelte Johanna mit ihren krummen Füßen auf der Plattform hin und her. Iris wurde ganz schwindelig. »Können wir es nun endlich hinter uns bringen, bitte?«

»Spaßverderber«, sagte Johanna und griff nach Iris' freier Hand.

»Mach die Augen wieder zu, Mama!« Das war Livia.

»Auf drei«, sagte Johanna. »Eins – zwei – *los!*«

Und da fielen sie, schreiend, kreischend, johlend dem hellen Blau entgegen, in dem keine Dämonen mehr warteten.

Drei Monate später …
Brunsbek im Oktober

Lieber Bastian,

es ist länger her, dass ich mich nicht gemeldet habe. Ich wollte es direkt tun, nachdem ich deine Postkarte aus Viviers erhalten hatte. Viviers – was für ein schöner Name. Kommt vielleicht von Vivre. Vivere. Leben heißt das.
Du klangst gut, wie im Frieden mit dir selbst. Vielleicht lebst du wirklich deinen Traum auf dem Boot. Sauerstoff kann man nie genug haben. Dort an der Rhône hat er vermutlich die Süße von Lavendelblüten und die Wärme von Honigbienen.
Hier ist der Herbst eingekehrt. Das Licht hat schon diesen dunklen sattgelben Schimmer, wenn es beginnt, zu dämmern. Es ist schön. Ich sitze gerne auf deiner Hausbank und lasse die Sonne über mich und die Wände und den Efeu streichen. Oft auch mit Pietro. Ich bin dann eins. Wir sind dann eins.
Livia entwickelt sich prächtig. Ihr Hämatom ist kaum noch zu sehen. Dr. Mendez – schöne Grüße übrigens – ist sehr zufrieden.
Ich habe ihr einen mintgrünen Motorroller gekauft. Sie ist mehr bei den Mädels auf Julias Hof als hier. Na ja, zweimal die Woche kommen nun tatsächlich drei bis fünf Mädchen

zu uns, mit denen Livia ein bisschen Körpertraining macht. Das macht sie gut. Am liebsten würde sie ja die Schule schmeißen und eine physiotherapeutische Ausbildung machen. Aber das konnten Julia und ich ihr gerade noch ausreden. ☺

Apropos: Ich habe im August gekündigt. Du kannst dir nicht vorstellen, wie Härtling um mich gekämpft hat. Gehaltserhöhung, Beförderung, das volle Programm. Da war ich echt baff. Ich habe eine Freistellung herausgehandelt und bekomme bis Februar noch mein Gehalt. Das hilft, mich hier zu sortieren und neu aufzustellen. Rike – die Käseverkäuferin, du erinnerst dich? – macht schon gute Lobbyarbeit für mich …

Und weißt du, mein lieber Sebastian, was der Oberknaller ist? Ich bin vom Zehnmeterturm gesprungen! Ich hab's geschafft. Ich und Johanna und Livia, wir alle drei. Alle drei Zimmermann-Frauen sind vom Zehner gesprungen. Da staunst du, was? Ach komm, sag jetzt nicht, dass dir das klar war. War es nicht!

An dem Abend nach dem Sprung bin ich noch zu Livia ins Zimmer, um ihr Gute Nacht zu sagen. Und weißt du, was sie da gemacht hat? Hilfe, jetzt fange ich schon wieder an zu heulen. Sie hat mich in den Arm genommen und gesagt: »Ich bin echt stolz auf dich, Mama. Du hast das gut gemacht. Du hast alles sehr gut gemacht. Ich hab dich lieb.«

Das hat sie gesagt.

Und ich hab gefragt: »Und die Sache mit deinem Vater?«

»Die hast du auch gut gemacht, aber lass mir dafür noch ein bisschen Zeit.«

Ich hab sie ganz fest gedrückt.

Ist das nicht wunderbar, Sebastian? Ist es möglich, dass wir am Ende alle doch das Richtige getan haben und nun das

Schöne finden? Kann das sein? Vielleicht gibt es das doch, so ein kosmisches Gleichgewicht. Wer weiß …
Deinem Häuschen geht es auch gut. Die Pflanzen machen wir langsam winterfest. Und Johanna hat den Weg zum Haus mit Buchsbäumen eingesäumt. Liebe über alle Grenzen hinweg, waren ihre Worte dafür ;-)
Vermisst du ihn manchmal, deinen Schweinestall? Wir vermissen dich schon. Ich vermisse dich, du alter Griesgram. Aber ich habe mal ein bisschen gestöbert. Avignon soll eine schöne Stadt sein. Ich denke, ich werde sie besuchen. Nächstes Jahr, wenn der Frühling kommt. Sie liegt ja an der Rhône.

Liebe Grüße,
Iris

Anmerkung und Danksagung

Dieses Buch im Schlusslektorat noch einmal durchzuarbeiten und es dann an den Verlag zu übergeben, hat heute etwas Beklemmendes.

Es ist das dritte Buch, das ich zusammen mit der wunderbaren und langjährigen Lektorin des Droemer Knaur Verlags Christine Steffen-Reimann machen durfte.

Meine Laufbahn als Autorin begann 2018 mit ihr und meinem Roman *Weitewelt* (damals noch unter meinem Klarnamen), an den Christine von Anfang an geglaubt hatte. Und erst einmal nur sie.

Unter dem Pseudonym Jana Bennings erschien dann 2022 bei Knaur der Roman *In Liebe, für immer,* und nun, anderthalb Jahre später *Wenn wir von Nähe reden* – ein Buch, das chronologisch vor *In Liebe …* geschrieben wurde.

Für mich – wie auch für so viele meiner Autorenkolleg*innen, von denen so manche über die Jahre zu erfolgreichen *SPIEGEL*-Bestsellerautor*innen avancierten – war Christine eine ganz besondere und einzigartige Frau. Sie hatte ein Gespür für die Unterhaltung, das ich seither noch bei niemand anderem so entdecken konnte. Sie war meine Mentorin, die an mir festhielt und etwas in den Texten sah, die der Vertrieb und der Rotstift des Controllings bereits längst aufgegeben hatten.

Sie hatte etwas Unbeugsames, ja, manchmal sogar Divenhaftes, ohne je die Liebe zu den Texten und die Kraft des geschriebenen Wortes zu verraten.

Ich bin unendlich traurig, dass Christine das Erscheinen dieses Buches nicht mehr miterleben wird. Und dankbar, dass sie seinerzeit ausgerechnet mein Manuskript aus dem riesigen Teich der Unterhaltungsromane herausgefischt hat.

Ferner möchte ich an dieser Stelle allen Müttern danken. Egal, ob in einer stabilen Partnerschaft und Familie, alleinerziehend, eingespannt im Beruf oder Vollzeitmama – Mütter machen einen unendlich wertvollen und aufreibenden Job, der als solcher noch immer nicht hinreichend gewürdigt wird. Die tägliche innere Anspannung zwischen dem Wunsch, den eigenen Kindern ein bestmögliches liebevolles Zuhause zu bieten, und der Frage, wo man selbst bleibt mit seinen Bedürfnissen, die ebenfalls gelebt werden dürfen und sollen, kennt wohl jede Mutter. Täglich ringen Fürsorge und Schuldgefühle miteinander – den eigenen Kindern, aber auch den eigenen Müttern gegenüber, denn wir sind ja selbst auch alle Töchter.

Ich hoffe, ihr tollen Frauen da draußen konntet der Lektüre des Zimmermann-Trios etwas abgewinnen und daraus vielleicht etwas für euch mitnehmen. Schon dann hätte sich dieses Buch gelohnt, mit dem mich selbst eine große Zärtlichkeit verbindet.

Ich danke dem ganzen Team des Knaur Verlags für die professionelle und wunderschöne Umsetzung des Romans und Silvie Kuttny-Walser für ihr feinfühliges Lektorat.

Hamburg, im Juli 2023

Braucht wahre Liebe wirklich ein Happy End?

JANA BENNINGS

In Liebe, für immer

Roman

Es ist mehr als Liebe auf den ersten Blick, als Juli und Richard sich 1979 in Hamburg begegnen: ein Gefühl so tief und wahr, wie Liebe nur sein kann. Trotzdem folgt auf einen leidenschaftlichen Sommer die erste Trennung.
Es wird nicht die letzte bleiben: Über vier Jahrzehnte wird das Leben Juli und Richard immer wieder zusammenführen, immer wieder wird sie da sein, diese eine, große Liebe – und immer wieder werden Missverständnisse und unglückliche Zufälle verhindern, dass Juli und Richard wirklich zusammenkommen. Doch wahre Liebe ist etwas fürs Leben, und das ist immer für eine Überraschung gut …
Mit viel Gefühl hat Jana Bennings einen ebenso ergreifenden wie lebensweisen Liebesroman für alle geschrieben, die wieder einmal ganz in einer großen Liebesgeschichte versinken wollen.

KNAUR

Was ist das eigentlich: das Leben?

CLAUDIA WUTTKE

Weitewelt

Roman

Für die alleinerziehende Mutter Annabel Wiesengrund hätte es der entscheidende Tag in ihrer Karriere werden sollen. Doch alles geht schief – und zu der Präsentation, bei der sie hätte zeigen können, was in ihr steckt, kommt es erst gar nicht.
Stattdessen findet sich Annabel zusammen mit Töchterchen Romy in einem kleinen Kaff namens Weitewelt in Schleswig-Holstein wieder. Und in einem zauberhaften alten Haus, das sie von Tag zu Tag mehr in seinen Bann zieht. Bald stellt sie fest, dass sie gar nicht mehr fortwill, denn das Haus ist für sie inzwischen zum Traumpalast geworden.
Doch ihr kleines Paradies ist bedroht …

Ein blitzgescheiter und charmanter Frauenroman von Claudia Wuttke über Neuaufbruch und Selbsterkenntnis.

KNAUR